第N+1个

Many And One

夏繁天 著

山東文藝出版社

图书在版编目（CIP）数据

第N+1个 / 夏繁天著. -- 济南 : 山东文艺出版社, 2016.7

ISBN 978-7-5329-5250-2

Ⅰ. ①第… Ⅱ. ①夏… Ⅲ. ①长篇小说－中国－当代 Ⅳ. ①I247.5

中国版本图书馆CIP数据核字(2016)第113950号

第N+1个

夏繁天　著

主管部门　山东出版传媒股份有限公司
出版发行　山东文艺出版社
社　　址　山东济南市英雄山路189号
邮　　编　250002
网　　址　www.sdwyprees.com

读者服务　0531—82098776（总编室）
　　　　　0531—82098775（市场营销部）
电子邮箱　sdwy@sdpress.com.cn

印　　刷　北京鹏润伟业印刷有限公司
开　　本　787毫米×1092毫米　1/16
字　　数　220千
印　　张　16
版　　次　2016年7月第1版
印　　次　2016年7月第1次印刷
书　　号　ISBN 978-7-5329-5250-2
定　　价　36.80元

目录

引子

被人发现时，女孩正躺在一条肮脏破烂的巷道里，脖子上缠着一条红色的腰带。几只又黑又肥的老鼠从她身边飞速地穿过，猩红色的眼睛像地狱中的鬼火。

她衣衫凌乱，雪白细腻的肌肤裸露在寒冷的冬夜里，而她本人似乎对冷暖疼痛失去了知觉。她眼神空洞而绝望地凝视着头顶上方狭窄漆黑的夜空，除了喉咙里时而发出呜咽般的惨叫声，她已经无法对警方的提问做出任何回应。

她是第十三名受害者，也是唯一一名幸存者。但是，她活着却要承受比死亡更大的痛苦。

迟警官站在两米开外的地方面无表情地抽着烟，思绪已无法遏制地回到去年的此时，回到那个同样寒冷的冬夜。那是一切罪恶的开始，像一场没有终点的噩梦。

红蓝交织的警车车灯打在他轮廓分明的侧脸上，照出眼睑下方两道深深的皱纹。这一年来的痛苦折磨让他在不知不觉中老去了好几岁。他连做梦都想抓到那名残忍的凶手，也曾在梦中无数次将凶手就地处决。但在现实中，他却连凶手的样子都不知道。想到这儿，迟警官愤怒地挥拳朝身旁的一堵墙砸去，屈辱感油然而生。

“我去周围查看下情况。”迟警官对自己的同伴们说道，转了几个弯便走出这片无人问津的拆迁住宅区，来到宽阔笔直的街道上。他站在一个亮着广告灯的 T 字路口，抬头寻找附近的监控装置，并未注意到，不远处一名男子正从暗处悄悄地窥视着他的身影……

第1章 第一名幸存者

2014年12月18日,C城的天空飘着淅沥的小雨,空气中弥漫着团团雾气。

22点30分，狄安目不转睛地凝视着墙上的挂钟，修长的手指在堆满杂物的办公桌上烦躁地敲个不停。趁着老板Stefan出去抽烟的工夫，狄安动作迅速地将办公桌上的记事本、签字笔、U盘、耳机等物品胡乱丢进包里，匆匆披上风衣溜出了办公室的大门。

进入电梯间，狄安终于松了一口气。想象着几分钟之后Stefan因为人手不足在办公室里急得焦头烂额的样子，狄安不禁苦笑着摇了摇头。他不想做逃兵，但是今晚，他必须得找佟潇好好聊聊，否则两人之间那岌岌可危的感情就真的要结束了。

连续加班一个多月，每天工作到深夜，偶尔还要熬到第二天清早。长此以往，狄安觉得自己早晚有一天要猝死在办公室里。

这个刚从西南某名牌大学建筑系毕业的研究生，好不容易在面试中打败众多竞争者，挤进一家世界知名的英国建筑事务所，工作没多久就尝到了建筑行业的各种艰辛。甲方的脸色变得比女人还要快，催图就像催命一样。老板被折磨得痛苦不堪，他手下的员工又岂能有好日子过?

狄安早已经无力吐槽工作方面的艰辛。工作丢了还可以再找，但相识了三年的女友是他无论如何都割舍不掉的。如果再不见面，如果再不道歉，女友迟早会跟别人跑掉吧。

Stefan 的电话催命一般响个不停，狄安不想接，但也不能因此关掉手机，因为佟潇说过今晚会主动打电话联系他。Stefan 并不是一个不讲情面的人，年近四十岁的他在遥远的英国有老婆有孩子，知道家庭对于一个男人的重要性。但他现在身处异乡，懂得入乡随俗的道理，中国人个个都那么拼命地工作，他也只能是人在江湖身不由己。

出了地铁站，狄安穿过一条宽敞的街道，来到一条光线昏暗的小巷子里。这里是一片即将拆迁的老住宅区，房子破烂不堪，有些已经摇摇欲坠，连钉子户都无法忍受如此恶劣的居住条件，价钱谈得差不多就都纷纷搬离了这个鬼地方。

狄安租住的高层公寓就在这片老宅区的对面，绕行需要二十分钟，从这里穿过则只需要七八分钟。寒冷冬夜，细雨连绵，狄安身心疲惫，迫切想要回到家中，他毫不犹豫地选择了后者，毕竟这条路对他来说已经不陌生了。他并不担心自己会在半路遭遇抢劫，因为这里静得连个鬼影子都没有，更别说歹徒了。

手机铃声再次响起，在这个僻静幽深的巷道里显得尤为刺耳。狄安能感应到这是佟潇打来的电话，他欣喜若狂地按下接听键，没等对方开口就抢着说道："潇潇，我好想你！"

"嗯。"佟潇不冷不热地应了一句，随后问道，"你在哪里？还在公司加班吗？"

"没有，我溜出来了。我想回家跟你视频，我们需要好好谈谈。"

"你还有多久到家？我等你。"

"很快了，再过……"狄安还没有将"十几分钟"这几个字说出口，手机突然脱离了他的掌心，在夜空中划出一道弧线掉落在冰冷坚硬的水泥路面上。

"Shit！你走路不睁眼睛吗？"狄安心疼地拾起上个月新买的 iPhone 6，

忍不住对那个撞在他身上的男人破口大骂。刚抬起头，他的表情一下子僵住了，喉咙里再也发不出半点声音，一股莫名的寒气正从某个地方侵入他的身体。

身穿黑色雨衣的男子不仅没有道歉，反而行色匆匆地离开，步履比之前更加快速，转眼间就消失在苍茫的夜色中。

狄安看着那个高大的背影愣了许久，心想，那家伙到底是怎么回事？撞了人还理直气壮的。且不说那件老气又过时的雨衣披在他身上如同“死神”一般，就是刚刚擦肩而过的瞬间，狄安也从他身边感受到了某种诡异的氛围。

想到这儿，狄安不禁打了个冷战，心里有种不祥的预感。

尝试几次过后手机都启动不了，狄安只能自认倒霉。一阵冷风吹过，冻得狄安打了个震耳欲聋的喷嚏，几乎要把路边那几扇破破烂烂的玻璃窗震碎。他裹紧风衣的衣领，低着头匆忙赶路，并在心中暗暗发誓：这绝对是他最后一次抄近路。

道路越来越窄，未经规划的老住宅楼杂乱无章地挤在一起，像一堆疯狂生长的杂草。狄安厌恶地环顾了下四周，准备以最快的速度从这条漆黑的小路穿过。然而刚走出几米，狄安却再次停下了脚步，他惊愣地看着不远处的地面，发现一个黑黢黢的身影正躺在一堆破砖烂瓦的旁边，像是被人丢弃在路边的垃圾。

是醉鬼、流浪汉，还是尸体？狄安的脑海中迅速闪过一些可怕的念头。他壮着胆子缓缓接近那个黑影，走到近处才看清那个黑影原来是一个女人。他蹲下身体，将一只手贴近女子的鼻前，隐约中感受到了对方微弱的呼吸。

“太好了，看来还有救。”就在狄安放心地舒了口气时，女子突然诈尸一般睁开眼睛，瞪着布满红血丝的眼球恶狠狠地看着狄安，二话不说就掐住了他的脖子。

“等等，你放开我，我不是坏人！”狄安挣扎着掰开女子的手腕，艰难地咳嗽了几声，这才发现女子的脖子上缠着一条红色的腰带，衣衫有些凌乱。狄安很快就意识到这里刚刚发生过什么，以及刚才那个撞在他身上的“雨衣男子”的身份。他愤怒地握紧了拳头，恨自己就这样错过了凶手。他拿出手机想要报警，恍然想起自己的手机也被那个该死的男人给撞坏了。

受伤的女子神志不清，双手在空中胡乱挥舞着，狄安两次试图接近她均以失败告终，无奈之下只好一个人跑到街边的便利店报警。

十几分钟后，一辆警车呼啸着停在了狄安所在的位置，立江街 93 号。救护车也随即赶到。警车上下来五名警察，其中一个年纪稍大的人跟另外几个人小声交代了一些事情后，他们便分头行动起来。有人去检查受害者的情况，有人去勘查案发现场，一名年轻的警察则径直朝狄安这边走来。

经过简短的寒暄，核实了报案者的身份后，年轻警察开门见山地问道：“你是什么时间经过这条小巷的？怎么跟那个人撞上的？”

“就是走路的时候不小心撞到了，具体时间应该是 23 点 19 分，因为我当时正在给女朋友打电话，特别留意过手机上的时间。”

“描述一下那个人的样子吧，越详细越好，比如高矮胖瘦、穿着打扮这些。”

“我想想看……那个人穿了一件长及脚踝的黑色雨衣，全身上下遮得严严实实的。单从背影来看，我也说不准他具体是什么样的身材，但他撞我的那一下挺有劲的，应该不至于太瘦弱吧。唯一能够肯定的是，那个人的身高是 181 厘米。”

“你能观察得这么精确吗？”问话的警察好奇地看了狄安一眼，似乎觉得他在夸夸其谈，但狄安严肃的表情却像是在说：“骗你对我有什么好处吗？”

年轻的警察在本子上记了几笔，随后又问道：“那个人长什么样子？有没有什么比较容易记住的特点？”

“长相啊……”这个问题倒是让狄安犯难了，虽然他刚跟那个人擦肩而过，但是匆忙之中并没有看见那个人的脸，他甚至怀疑那个漆黑的雨帽下面根本就没有人脸，而是一团可怕的黑洞。

“这么说，你根本就没看见那个人的长相？”警察的语气有些失望，但还是本着职业精神继续提问道，“那声音呢？那个人有没有发出让你印象深刻的声音？”

“没有，他没有发出任何声音。他把我手机撞在地上都没吱声，那个人真是……”狄安本想借此机会发泄一下手机被撞坏的愤怒，但他知道警察根本没有闲工夫管这些破事，于是便识趣地闭上了嘴巴。之后，对方又问了他一些无关紧要的问题，虽然对破案没什么太大的帮助，但他还是老老实实地一一作答了。

问话期间，狄安注意到不远的前方，一名身材挺拔的男子正独自站在警车旁边，面无表情地抽着烟。他就是警车到达后第一个下车的人，也是对其他人发号施令的人。在狄安的印象中，那个人好像始终都没有移动过位置，在同事们忙得不可开交的时候，他只是出神地打量着受害者脖子上的红色腰带，似乎在思索一些事情。

少顷，当受害者的情绪逐渐稳定下来，被医护人员送上救护车后，那名神情冷峻的警官一下子回过神来，掐灭短到烫手的烟头对同事们说道：“我去周围看下情况，或许还有其他目击者。”说完，他眼神犀利地瞥了一眼正在偷偷观察他的狄安，两个人的视线穿过夜色对了个正着，吓得狄安浑身一激灵，连忙把头偏向了一边。就在这时，那人突然迈着大步朝狄安这边走来。擦肩而过的时候，他停顿了一下，用冷到几乎可以把人冻僵的语气叮嘱道：“这附近很危险，以后回家不要走这条路了。”

“是啊，以后再也不想来这个鬼地方了。”狄安看着对方那轮廓分明的侧脸，后悔地回答道，这才注意到他的眼睛里似乎有什么东西在闪烁。这，难道是错觉吗？

因为案子的事情耽搁了一些时间，等狄安到达公寓楼下时早已经过了午夜 12 点。这个时间，佟潇应该早就睡着了吧。狄安郁闷地叹了口，心中不免憎恨起那个扫帚星一样的男人。

“狄安，你去哪儿了？为什么手机突然关机了？”就在狄安不知所措的时候，不远处突然传来了一个甜美的女声。这是狄安最想念的声音，是他连做梦都想听到的声音。

“潇潇，你怎么来了？”看着心爱的女孩为了等他在冬夜里冻得瑟瑟发抖，狄安顿时感觉到一阵心疼。他赶紧脱下风衣披在佟潇身上，并纳闷地问道：“来了多久了？为什么不进去等着？”

“你忘了公寓上个月才换了新钥匙吗？你还没抽出时间给我呢。况且，我以为你很快就回家了，所以……”

“有什么话我们进去再说吧。”

“不用了，我很快就说完。”

“进去再说，外面太冷了。”狄安说着走上前去拉佟潇的手，但他的手刚触碰到佟潇那冰冷的指尖，佟潇却像触了电一样快速将手缩到一边，表情痛苦地说道：“狄安，我们，我们分手吧！”

“我现在很累，非常累，没心思开这种恶劣的玩笑。”狄安心情很差，向来温和可亲的他此时已经开始变得狂躁起来，脑海中还不时涌现出犯罪现场那些诡异的画面。“上楼。”狄安几乎是以命令的口吻对佟潇说道，同时用力扯住了对方的手腕。

“我没有开玩笑！”佟潇大声喊道，再一次挣脱控制。“其实，公司里有个同事已经喜欢我很久了，而且我对他也……”

“你在电话里说今天想好好跟我聊聊，这就是你本打算要跟我说的事情？”

佟潇低着头，沉默不语，算是对上个问题的回答。面对这一答案，狄安的表现倒是出奇地冷静。他没有争吵，没有挽留，只是默默地说了一句“这样啊，我知道了”，然后便不再出声。或许他今晚真的太累了，累到无法再浪费多余的口舌，无法再为自己的疏忽大意做出任何辩解，无法再为自己争取一个可以挽回的机会。

狄安不记得自己是如何结束这场滑稽的会面的，当他回过神来的时候，呈现在眼前的已经是佟潇坐着出租车远远离去的画面，而他却像个傻瓜一样痴痴地在原地站了很久，很久。

回到家中，狄安连衣服都没脱就无力地躺在床上，寒冷从心底向全身慢慢扩散。他目不转睛地盯着天花板上的吊灯，任时间一点一点流逝，大脑却疲惫得不愿再思考任何事情。

今夜应该是无眠了，狄安心力交瘁地长叹了口气。他拿起床头上的闹钟看了眼时间，凌晨 1 点 50 分，这刚好是他昨天加班回来的时间。

第2章 夜行生物

凌晨1点50分，房间里漆黑一片，只有笔记本电脑的屏幕亮着一点微弱的光。一个头发浓密得几乎遮挡住双眼的年轻人正坐在电脑前疯狂地敲击键盘，写到精彩之处，嘴角还会露出瘆人的微笑。一只纤瘦的黑猫慵懒地趴在他的电脑旁边，整个身体已经跟漆黑的屋子融合成一体。它瞪着一双幽蓝色的眼睛看着自己的主人，时而机灵地动两下耳朵，变换下姿势。它当然不知道身边这个怪异的男人在写些什么，但却很享受与之做伴的时光。

他是网络小说家狼烟，一个生活在黑暗世界中的孤独男人。他的每一天几乎都是从傍晚六点钟开始的，而第二天早上太阳升起则是他一天结束的标志。他也记不起自己是从何时开始这种黑白颠倒生活的。这都不重要了，现在的他已经彻底沦为一个夜行生物。

他的“堕落”显然与他的职业脱不了干系，但若不是偏好写恐怖类型的小说，需要在午夜寻找灵感，狼烟也不会把自己折磨得如此惨痛。

最近，他经常胃疼，奇怪的作息规律又让他找不到合适的时间去看医生。无奈，狼烟只能凑合着在家附近的药房随便买点胃药。店里的美女倒是善良负责，给他拿药的同时还不忘叮嘱他生活要有规律。听到对方的告诫，狼烟只是笑着回应："我的生活简直太规律了，就连每天起床睡觉的时间都是固定不变的。"只是，跟正常人是完全相反的。

没错，正常人，狼烟早已经不把自己当成正常人来看待了，身边的人亦是如此。他甚至觉得自己从童年时期直到此时此刻，从来都没有真正地正常过。

三年前，狼烟原本是一名工作稳定的银行职员，大学毕业前夕就在某国有银行找到了一份令人羡慕的工作。然而这份来之不易且待遇优厚的工作并没让狼烟满意。工作不到半年，狼烟就主动提出辞职，疯狂的举动让身边的同事很不理解。

但是，这又有什么关系呢？狼烟从来就没指望过自己会被谁理解。反正在大多数人的眼中，他不过是一个思想怪异，行为举止都有那么一点不合群的怪胎罢了。

狼烟忍受不了那样一份枯燥无聊的工作，虽然在外人看来，那是一份既有前途又有钱途的工作，但狼烟偏偏不看重那些，何况与人打交道实在不是他的专长。他之所以按部就班地考大学，学习金融专业，进入银行工作，完全是应了他父亲的要求。然而三年前，狼烟大学毕业没过多久，他的父亲，他唯一的亲人就去世了。

他的闲事还有谁来管呢？他的生活又有谁会在乎呢？

高二那一年，狼烟瞒着他父亲偷偷写作，先后在多本悬疑杂志上发表了二十几个短篇作品，并在其中一本杂志上开设了专栏。但是，狼烟并不满足只做一名杂志写手，他将自己创作的第一部长篇小说《午夜十字路口》投稿给出版社，不到一个月就收到了出版社编辑的积极回复，准备商谈出版签约的事情。

狼烟欣喜若狂地将这个好消息告诉他父亲，没想到父亲只是淡然一笑，语重心长地劝告他说："小枫，以后别再浪费时间写这些没用的东西了。你很快就念高三了，把精力都放在高考上吧。你知道，我希望你将来能念个好大学，找个体面的工作。"

“爸，你的意思是让我放弃吗？在这么重要的时候，在编辑这么看好我的时候？”

“我也没说一辈子都不让你写书了。”父亲无奈地叹了口气，随手拿起桌子上的试卷说道，“你看看你现在的成绩，已经排在班上倒数几名了，即使拼尽全力也未必能赶上进度。如果你现在还执意写作，考大学肯定是没希望了。”

“那我就不考大学了。”狼烟固执地说道，瞪着一双炯炯有神的眼睛看着父亲。

父亲怒吼着拍了下桌子：“胡闹！不考大学将来去做什么？你能保证一辈子靠写作养活你自己吗？”父亲的怒吼声震耳欲聋，似乎要穿透周围的墙壁，传到街坊四邻的耳朵里。

狼烟被这突如其来的态势吓傻了，他颤颤巍巍地向后退了两步，瘫软在椅子上，低头看着自己的脚面，一时间不知道该如何回答父亲的质问。

那是狼烟第一次见到父亲发那么大的脾气，不，准确地来说应该是第二次，因为上一次的时间已经十分久远，且发泄对象并不是他。父亲出狱回来后，狼烟曾在心里默默地发誓：长大以后一定要好好孝敬父亲，绝不会做让父亲难过的事，因为父亲为了他几乎毁掉了自己的人生。

心中的那团烈火正在一点点熄灭，出版社编辑的话却仍然回荡在耳边，“这本书的市场前景很好，如果将来受到读者的追捧，希望你能考虑写第二部。”别说是第二部了，狼烟连第三部都已经有了构思。他不仅要写一个恐怖系列的鬼故事书，还想尝试创作两本侦探推理小说。但是现在，父亲摆出那样强硬的态度，狼烟实在不能违背他的意愿。

“爸，对不起，是我太任性了。我以后会好好学习的，你放心吧。”尽管心有不甘，狼烟却拼命忍住委屈的泪水，表情坚定地笑着向父亲承诺道。

从此，狼烟脱胎换骨，发奋读书，再也没有动笔写过一个字。杂志社的编辑发来约稿信让他继续写专栏故事，狼烟对此充耳不闻；编辑打电话到他们家，想跟狼烟商谈第二本书稿的签约工作，狼烟谎称那部作品已经夭折了，随后狠心挂断了电话。

于是，那本未完待续的书稿像珍藏品一样被狼烟保存了起来，直到现在还躺在他的书柜里，成为一段尘封的记忆。

也因为如此，《午夜十字路口》成为狼烟唯一一本出版过的小说。虽然他头脑中还有很多离奇诡异的构思，但也随着生活走上另一条轨道而渐渐荒废。

父亲去世后两个月，狼烟辞掉了银行的工作。他利用这个笔名重操旧业，在某知名网站发表了第一部长篇网络小说《地狱侦探》，短短几个月就吸引了一大批粉丝的关注。有人搜出那本已经绝版的《午夜十字路口》来看，感慨他是被埋没已久的天才。狼烟从来不回应这些评论，他从不觉得自己是天才，也从没觉得自己被埋没。他所做的一切，不过是因为喜欢。

目前，《地狱侦探》已经进入了尾声部分，狼烟刚刚完成最近几天的存稿任务，决定用接下来的漫漫长夜为新书开一个头。新书的名字叫作《第N+1个》，是狼烟从很久以前就开始构思的犯罪推理小说。故事的内容取自C市一年以来发生的连环杀人案。因为凶手至今仍未落网，狼烟有权利决定自己想要的发展和结局。

当然，还有故事的序幕。

序幕·杀人夜

圣诞将至，气温骤然变得寒冷。女孩忙完医院里的工作，回家时已经过了凌晨一点多。她快速穿过医院后门那条漆黑的小路，并未发现自己正被一名身材高大的男子悄悄尾随。

行至半路，男子突然从后面抱住女孩的身体，同时捂住了她的嘴巴。女孩惊恐地瞪着眼睛，喉咙里发出呜呜的求救声，但那声音沉闷而微弱，根本无法引来任何人的救援。

女孩挣扎了良久，终于耗尽了全身的力气。她像一摊烂泥一样瘫软在男子强劲有力的臂弯中，但是男子的动作并没有丝毫的松懈。他缓缓地解开女孩连衣裙上的红色腰带，将那腰带缠绕在女孩的脖子上，一点点勒紧。女孩痛苦地张着嘴巴，瞳孔渐渐放大。

看着眼前这朵美丽的鲜花枯萎凋零，男子竟满足地闭上了眼睛。他将女孩放倒在地面上，借着幽幽的月光仔细端详女孩那张美丽迷人的脸庞，嘴角浮现出一丝冷酷的笑容。

美丽是种罪恶，多少男人会对这样的容颜产生迷恋，会不惜一切地追求，会奋不顾身地呵护。但他不会，他对美丽的东西只有一种感情，那就是憎恨。他杀了她，可他不想占有她，他只想摧毁她，哪怕对方已经成了一个死人。他脱光了女孩的衣服，用腰带狠狠地抽打着女孩的尸体，直到尸体上遍布数不清的血痕，他才满意地结束了自己的暴行。

正在这时，一个明晃晃的东西吸引了男子的注意。那是一枚戒指，同样美丽而又璀璨夺目的东西。

“已经不需要了吧，不如让我留作战利品。”男子冷笑着说道，随后伸手去摘女孩手上的戒指，但戒指却紧得像嵌在皮肤里一样，拔不下来。男子不满地皱了下眉头，四下寻找可以使用的工具。他从路边捡来一块棱角分明的石头，残忍地砸断了女孩的手指，无名指上那颗闪闪发亮的钻戒瞬间被鲜血染红。

从现在起，她已经不再是一位幸福的准新娘，而是一具即将腐烂在深巷中无人问津的女尸……

第3章 恶魔的脸

几乎是一夜无眠。

早上7点40分，狄安睁着一双布满血丝的眼睛看着窗外阴沉沉的天空，整个人比昨晚更为憔悴。人在过于烦闷和痛苦的时候往往会选择逃避，狄安决定屏蔽掉过去八个小时所发生的一切。他假装自己没有目击过凶案，没有接触过警察，没有跟心爱的女友分手。他还是他，只是与昨天相比，悄然地老去了十几、二十个小时罢了。

狄安向来是乐天派，他从不允许自己为了某件事情一直消沉下去。即使是遭遇了那一连串所谓的不幸，狄安依然可以若无其事地到公司上班，态度诚恳地跟Stefan道歉。在外人看来，他的表现跟平时别无两样。为了麻痹自己的神经，他将注意力全都集中在手头的方案上，生平第一次感觉到工作竟是一件如此令人心安的事情。

因为昨晚临阵脱逃给其他人增添了负担，狄安心里有些自责，等到午休时分同事们都出去吃饭的时候，他还一个人留在办公室里继续画图。然而无论他怎么掩饰精神上的疲惫，身体的抗压程度总是有极限的。大概坚持到一点钟左右，狄安终于再也坐不住了，好歹有将近三十个小时没睡觉了，若再不休息一下，接下来的工作怕是没力气完成了。这样想着，狄安用手撑着桌子站了起来，他定了定神，披上外衣离开座椅，准备去外面透透气。

出了办公室，狄安径直朝电梯间走去，刚走出没几步，背后一个陌生男子突然问道："怎么才午休啊？我已经等你很久了。"

狄安愣了一下，忙回过头去看自己的身后，发现走廊上除了他们两个并没有第三个人出没，这才认真打量起站在不远处的那名陌生男子。那名男子身材挺拔，气质非凡，长相也颇为英俊，狄安很诧异这样的人为什么会主动找他搭话。"对不起，你在跟我说话吗？"狄安不确定地问道，心里有种忐忑的感觉。

"你是狄安吧，如果是就没错了。"男子神秘地笑了一下，在狄安看来有点故弄玄虚的意思。"我在楼下的西餐厅订好了位置，如果不嫌弃可以一起吃个午饭吗？"

"对不起，我不是很明白，我好像不认识你。"狄安更加疑惑，他长这么大还从来没被男的主动搭讪过，而且还一见面就请客吃饭，这真是太奇怪了。对方看出了他的困扰，连忙笑着解释："你不认识我也没关系，我只是想跟你谈谈昨天晚上的案子。"

"你是警察？"狄安警觉地问道，思绪一瞬间变得很混乱。他本想忘掉昨晚那场不愉快的经历，结果麻烦又找上门来了。"对不起，该说的我都说过了，而且我真的没有看见凶手的长相，我真不知道还有什么能帮你们的。"

"你误会了，我不是警察。详细情况我们去餐厅再谈，反正你中午总得吃饭吧？"陌生男子依然态度友好地看着狄安，让狄安一时间找不出拒绝的理由。

怀着忐忑与不悦的心情，狄安跟随那名男子来到楼下的西餐厅。不知道是不是老天在捉弄他，这家餐厅竟是他跟佟潇最近一次约会的地方。就在上个月，佟潇带着精心挑选的礼物兴致勃勃地跑到公司找他过周年纪念日，不巧狄安工作很忙，只能抽出一个多小时陪她在餐厅里匆忙地吃个晚饭。也是从那天起，两个人的关系渐渐变冷了。

狄安拿过菜单看了一眼，最后只点了饮品和沙拉，对于其他食物则完全没有胃口。陌生男子同样心事重重，他点了杯苦涩的黑咖啡，仿佛代表了他此时的全部心情。两个素不相识的人面对面地坐着，狄安一时间感觉到尴尬，同时又有些紧张。“既然你不是警察，为什么要来找我打听昨天那件案子？”

男子喝了口咖啡，无奈地说道：“因为你是最接近真相的人。你看到那名凶手了吧？”

“其实也不算看到吧，我根本就不知道那个人长什么样子。”

“但是你看到了凶手的身高和体型，还凭借凶手走路的姿态判断出了他的……”

“你等等。”狄安突然打断了对方的描述，警惕地问道，“你到底是从哪儿听来这些信息的？你打听这些做什么？”

“这些事是我从迟警官那里听来的，他昨天也在案发现场，你应该已经见过他了。”

“迟警官？”狄安很不情愿地搜索着那段已经被屏蔽掉的记忆。他昨天一共见过五名警察，找他问话的年轻人显然不是，其余三人一直在勘查现场，跟他没有接触，那么，剩下的一个人……想到这儿，狄安的脑海中突然闪现出了一个人影。没错，那人一张冷峻威严而又略带伤感的脸孔给他留下了非常深刻的印象。

“是那名三十多岁的警官吗？我能冒昧地问一下，你跟他是什么关系？”

“我是迟岳明警官的弟弟，我叫迟源。”

“可是作为一名警察来说，迟警官在案发现场的表现似乎有点反常啊，这里面是不是还有什么隐情？”狄安直言不讳地说出了心中的疑惑，昨夜的场景又清晰地重现在眼前。

“这也是没有办法的事，毕竟这一连串的案子已经持续了一年多的时间，作为专案组的组长，他的压力不是一般人能想象的。况且……”迟源欲言又止，仔细想了想还是跳过了后面的话。“看到他那么辛苦的样子，我真的很想帮帮他。”

“我知道这样说肯定会扫你的兴，但我只是一名普通的建筑工作者，私人时间基本都被老板无情地占用了。虽然我偶尔也爱读侦探小说，但在现实生活中，我对那些嗜血恶魔并不感兴趣。而且，我真的提供不了更多的线索给你们了。”狄安抱歉地对迟源说。他知道自己的拒绝或许会浇灭对方最后的希望，但意气用事，草率接受就能够帮助对方吗？

果然，迟源的情绪低落了下来，但眼神中的光芒并未随之陨落。他将身体稍稍前倾，靠近狄安，用十分低沉的语气问道：“难道你对那名幸存者也一点都不关心吗？从某种意义上来说，你可是她的救命恩人哪。”

听到这句话，狄安的心里好像堵了块石头般难受。回想起昨夜的那个惊魂时刻，他屏住呼吸，一字一顿地说道：“那个女孩，她，还好吗？”

“经历过那种事情的人，已经无法再用‘好’这个字来形容了吧。”迟源伤感地回答道，表情变得更加凝重。停顿了片刻，迟源严肃地对狄安说道：“虽然你不太关心这件案子，但我还是想告诉你，同样的案件从去年起到现在已经发生了十三起，被你救下的那名女孩，她是唯一的一名幸存者。也许，她看到了凶手的长相。”

凶手的长相？那张隐藏在黑洞里的恶魔的脸？狄安摇了下头，不敢再继续想象那个恐怖的画面。“既然她有可能看见凶手，那你去问她不就好了。画模拟画像还是怎样，总能问出些有价值的东西来，总比在我身上浪费时间要好吧？”

“如果可以当然最好。但是，她的精神状况不太乐观，根本就回答不了警方的问题。”

“那你跟我说这些有什么用呢？”

“我希望你去见见那个女孩。”

“为什么是我？”狄安不解地问道，心里有点窝火。“她昨晚可是试图要掐死我来着。”

“狄安，我觉得你应该认识那个女孩！”迟源几乎是大喊着说出了最后几个字，惹得周围的顾客纷纷把目光投向他们这边。如此一来，狄安更觉得莫名其妙，毫不客气地大声回应道：“你在胡说八道些什么，我怎么可能会认识她呢？”

“这个人，你确定不认识吗？”迟源说着从口袋里拿出一张照片摆在狄安的面前。照片里的女孩与狄安年纪相仿，皮肤白皙，五官精致，纵使未施粉黛，也看得出来是个清新靓丽的美人。

狄安目不转睛地盯着那张照片，忽然有种被捉弄的感觉。怎么会是她呢？如果是她，昨天晚上我怎么会没认出来？不对，一定是迟源搞错了。“我的确认识照片上的人，她叫杨子菡，住在星河公寓605室，是我的邻居。但是她……”

“她就是受害者。”迟源确信不疑地说道。

“怎么可能，我昨天救她的时候怎么没……”突然，狄安的表情僵住了，他用微微颤抖的手捂住嘴巴，不再说话。仔细回想起来，他昨天晚上根本就没有认真看过那名受害者的长相，何况当时身处漆黑僻静的小道，受害者面目狰狞，没认出来也是很正常的事情。

现在，狄安终于清楚迟源来找他的目的了。受害者可能是唯一见过凶手长相的人，但却因为惊吓过度无法开口，迟源需要他帮忙安抚受害者的情绪，套出有用的线索。而为什么会选择他，理由很简单，他既是受害者的救命恩人又是受害者为数不多的朋友之一，更重要的是：受害者对他有爱慕之情。这些信息怕是经过了迟源的精心调查。

狡猾，坐在他对面的男人是个非常狡猾的人，狄安暗自想到。但他已经无从选择。无论如何他都不能放弃杨子菡不管，虽然算不上是特别亲密的朋友，但此时放手也未免太过无情。

那个坚强善良的女孩从遥远的北方孤身一人来到C城闯荡，身边没有一个亲戚，朋友也不多。狄安偶尔会帮她一些小忙，两个人的关系称不上有多熟，但狄安能感觉到杨子菡对他有种特别的依赖。佟潇曾经为了杨子菡跟他吵过一架，不放心那么漂亮的女孩子住在他隔壁。如今，佟潇离开了，杨子菡被杀人魔袭击了，这所有的厄运似乎都在围着他转。

简单吃了些东西，狄安跟随迟源去了杨子菡所在的第二人民医院住院部。时间很不巧，医生刚给杨子菡注射过镇静剂，她正躺在病床上安静地睡着，完全无法跟昨晚那个狰狞着想要置人于死地的疯女人联系在一起。

要是昨晚的一切是场噩梦就好了，可怜的子菡不该遭受那样的不幸。狄安走近病床，仔细端详着子菡熟睡的模样，心里有种说不出来的难过，当他的目光掠过子菡脖子上那条醒目的勒痕时，狄安顿时感觉到一阵窒息般的憋闷。

他绕到窗前，看着住院部外面的庭院调整了下情绪，抱歉地对迟源说道："对不起，我想我得回公司去上班了，我没那么多时间等她醒过来。"

迟源也没有执意挽留他，非常客气地回应道："没关系，今天真是麻烦你了，我送你回公司吧。"刚走出两步，迟源轻轻地把手搭在狄安的肩上，安慰他说道："放心好了，受害者并没有被凶手性侵，她的衣服只是在挣扎的过程中被弄乱了而已。"

得知这个结果，狄安轻松地舒了口长气。

这应该算是他从昨晚到目前为止听到的最好的消息了。

第4章 第一名受害者

离开病房，狄安找医生详细了解了子菡的情况，虽然她的身体已经没有大碍，但精神上的创伤却不知何时才能恢复。据说，子菡从昨夜被送来医院到刚刚睡着之前，情绪一直很焦躁，不仅回应不了警方提出的问题，连语言系统似乎也出了毛病。

坐在迟源的车上，狄安心情沉重地看着窗外，不知道自己还能做些什么。是啊，唯一的幸存者变成现在这副样子，这的确让警方非常棘手。不过，狄安现在也没有心思考虑这些问题，毕竟自己的生活已经如一团乱麻。工作忙得不可开交，女朋友跟他闹分手，倘若在这样的情况下还能帮别人寻找凶手，那他可真是要佩服自己的承受能力了。

“实在抱歉，耽误你宝贵的工作时间了。”迟源用余光瞥到狄安焦虑万分的表情，再次诚恳地表示了他的歉意。狄安也立刻从沉思中清醒过来，连忙解释道：“不是的，我在想其他的事情。对了，迟先生，你是做什么工作的？该不会是私家侦探吧？”

“我们年纪差不多，你直接叫我的名字就行了。还有，我可不是什么私家侦探，只是个名不见经传的小律师，跟三个朋友合伙开了一家事务所，所以时间支配比较自由。”

“真羡慕你啊，不用像我这样整天被老板欺压。”

“哪有，接不着案子还不是照样饿肚子。狄安，你是今年 8 月才来这个城市的吧？”

“是的，8 月中旬。”

“那你应该不太了解连环杀人案的情况吧？”

“只是略微听说了一点，具体情况还真的不知道。”

“既然如此……”迟源停顿了一下，表情突然变得严肃起来，“反正还有二十几分钟才到公司，不介意我给你讲讲那起案子的详情吧？”

“当然不介意，只要不影响你开车就好。”狄安紧张地吞了下口水，重新调整了一下坐姿，故作镇定地回答道。随后，他神情凝重地看了看迟源那张英气逼人的侧脸，注意到对方原本精明睿智的眼睛中透露出一种让人难以琢磨的复杂情绪。

一系列案件的序幕发生在一年前，2013 年 12 月 22 日凌晨，圣诞节之前。

第一名受害者的尸体是由一位拾荒老人于清晨 6 点左右发现的，地点位于 C 市第二人民医院后门附近的小巷子里。拾荒老人常年在那一带活动，偶尔见过一些饿死、冻死、病死的猫狗尸体，但人的尸体还是头一次见，所以当场被吓得心脏病突发，直接被送进了医院。也就是说，真正报警的人其实是听闻老人的惊叫声及时赶来、正要去医院上班的医生。

经过查实，受害者正是第二人民医院的护士，名叫梁冰，遇害时二十三岁。毫不夸张地说，她的美貌在整个医院都是出了名的，绝对称得上是院里面最漂亮的女人。遇害那天，梁冰被安排值小夜班，下班收拾好一切离开医院时已经是凌晨 1 点 30 分左右了。

为了工作方便，梁冰在医院附近跟别人一起合租了套房子，从医院后门步行到住所仅需要十分钟的时间，发现尸体的地点刚好位于梁冰每天回家的必经路线附近。

受害者在被人发现的时候全身赤裸，身上共有四十几道被皮鞭抽打过的痕迹。有的力度较轻，只留下暗紫色的痕迹，有的力度较大，抽打处已经皮开肉绽。除了被鞭打过的伤痕，受害者的脖子上有一道十分明显的勒痕，那也是致使受害者死亡的直接原因。

经过法医鉴定，那些被抽打过的痕迹是在受害者死后才留下的，也就是说，凶手在杀人之后进行了疯狂的鞭尸行为。经过细致比对，警方确认勒死受害者的凶器与鞭尸的凶器是同一件物品，最有可能的就是受害者遇害当天佩戴的腰带，但作案凶器并未遗留在现场。

除了脖子上的勒痕与全身上下被抽打过的痕迹，受害者的左手也遭到了较为严重的破坏。警方在尸体附近找到了一块血迹斑斑的石头，属于建筑垃圾，棱角分明，重量约两千克，凶手用那块重石砸断了受害者的手指，目的是为了拿走无名指上那枚价值不菲的戒指。

戒指的事情由受害者的同事证实，至于凶手为什么要采用如此残忍的手段，大概是因为手指肿胀无法使戒指正常脱落的缘故。

经过法医的进一步检查，发现受害者并没有遭到凶手的性侵犯。尽管受害者随身携带的现金和贵重物品全都不见了，但凶手明显不是为了劫财，拿走受害者的财物不过是一个简单的伪装而已。能够对受害者的尸体进行鞭尸，凶手的内心一定积压了非常强烈的不满，那么，报复杀人的可能性是非常大的。

之前也说过，受害者年轻漂亮，追求者众多，平时走在街上任谁都会忍不住多看她两眼。这样的人本来就容易遭人嫉妒，更何况梁冰向来心直口快，爱开玩笑，保不准什么时候不小心得罪了谁，自己却还一无所知。正是基于这样的情况，警方的排查工作有些困难，但是只要多花些时间，肯定能找到案件的突破点。

然而，就在警方夜以继日地寻找线索时，案件突然变得没那么单纯了。之前他们一直在受害者的人际关系网中寻找凶手，但这种可能性因新情况的发生而大大降低了。

又一起案件发生了，或者说是上一起案件的延续。

次年，2014 年 1 月 13 日，类似的案件再次发生。此次的受害者是一名乡下进城的打工妹，年龄二十二岁，遇害的时候做的是夜店里的陪酒工作。同样是年轻貌美的女孩，同样是走夜路被凶手袭击，同样是被凶手残忍地勒死，全身赤裸，尸体上有多处被抽打过的痕迹。

警方仔细对比了两名受害者脖子上的勒痕，发现它们的吻合度十分惊人，极有可能是由同一件作案凶器致使的。换句话说，这两起案子的凶手十有八九是同一个人。难不成警方所面临的是一个连环杀手？难道疯狂的杀戮还会继续？

这个可怕的猜想在接下来的一个月被证实了。2014 年的 2 月 20 日，第三名受害者的尸体在工地附近一处简陋破旧的出租屋旁被人发现。那里位置偏僻，人烟稀少，监控设施极缺，连路灯都没有几盏能正常发亮。发现尸体的人是三名后半夜喝酒回来的打工仔，这名死者正是其中一人的女朋友，遇害前在一家 KTV 里做服务生。

此后，每个月都有一名新的死者出现，作案手法如出一辙。

十二名受害者的死法完全一致，被人发现时，她们都是全身赤裸，尸体遭受了凶手残忍的凌辱。毋庸置疑，凶手是个异常危险的人物。他像猎人一样精心挑选、跟踪、锁定自己的猎物，疯狂地进行着他的狩猎游戏，难道目的仅仅是为了满足畸形的心理需求吗？

凶手选择的目标都是二十岁到三十岁之间的女性，共同特征是年轻漂亮。凶手对这种类型的女人有着特殊的“偏好”，这与他过往的人生经历一定有着密不可分的联系。

或许，他曾经有过一位年轻漂亮的女友，但后来却被女友欺骗得异常惨痛？或许，他在童年时期有过一段痛苦阴暗的经历，这段经历与他年轻漂亮的母亲有关？或许，他曾被年长的女性“玩弄”过，耻辱与愤怒一直积压心里，多年后一触即发？

古今中外，凶残恐怖的连环杀人案时有发生，几乎每一个连环杀手都有一段比较特殊的人生经历。一个人是不会无缘无故堕落成嗜血恶魔的，除非他是一个不折不扣的疯子。但警方认为犯下 C 市连环杀人案的凶手绝对不可能是个精神病患者，因为如此小心翼翼而又严谨有序的作案手法并不符合精神病人的作案特点。

警方结合多起案件分析，推测凶手应该是一个具有如下特征的人：

1. 凶手的作案地点全部都集中在老城区的某一范围内，根据作案地点的分布情况可大概圈定凶手的所在区域。凶手对这个城市的布局规划、道路系统以及暗巷分布非常了解，推测凶手应该是本地人。

2. 凶手有计划地作案，小心谨慎，从不露出破绽，推测凶手应该具有较高的智商，接受过高等教育，也许是脑力劳动者，且有一定的经济基础。

3. 为了方便作案，凶手应该有自己的交通工具，有汽车的可能性很大。

4. 凶手经常夜间出行，一直将作案凶器保留在身边，作案后，凶手的衣物上可能会沾染到受害者的血迹，单身独居者作案更方便。

5. 凶手选择腰带作为凶器，先将受害者劫持，再将受害者活活勒死，说明凶手对自己的体力很有自信，推测凶手为男性，且身体较为强壮。

6. 凶手脱光了受害者的衣服，只对尸体进行鞭打，却没有性侵受害者，说明凶手可能有生理缺陷，只能通过暴力手段发泄心中的欲望。

7. 凶手可能经历过重大的家庭变故或遭遇过精神上的打击。

8. 不排除有前科的人员再度犯案，其家庭成员也许有犯罪史。

9.……

尽管警方对凶手的基本状况做了很多分析，但仅凭这些就想在几百万人口的大城市中找出凶手也实在不容易。没有目击者，就没有更多的线索，警方只能对几类有嫌疑的人群进行排查，工作进展缓慢，效果不明显。

匆忙地讲述完连环杀人案的大概经过，迟源的车子刚好停在了狄安公司楼下。狄安经历了前所未有的漫长的二十分钟，感觉自己像是看了一部重口味的犯罪影片，而他本人竟然还是影片里一个不可缺少的重要角色。想到自己的霉运竟给警方带来一丝曙光，狄安的心里终于开始有了一点小小的成就感，但他的任务也只能到此为止了。

“迟源，我知道迟警官现在面临着常人难以想象的压力，如果这次没破案，他大概会让出专案组组长的位置吧。我也很能理解你想替哥哥将凶手绳之以法的心情，但是很抱歉，我帮不了你更多的忙了。”狄安说着解开安全带，在副驾驶上伸展了一下僵硬的胳膊，这二十多分钟里，他几乎老实得像木偶一样听完了迟源的叙述。

“我是不会放弃的，就算是搜遍城市的每一个角落，我也一定要把凶手找出来。”迟源紧蹙着眉头说道，眼神中透露着浓烈的恨意。

狄安被这种紧张的氛围惊出一个寒战。他连忙打开车门，勉强挤出一丝苦涩的笑容对迟源说道：“谢谢你送我回来。再次抱歉，没能帮到你。”迟源则对他摆摆手说：“不，你已经尽力了。是我太自私了，不顾及你的感受把你牵扯到这么麻烦的事情里来。我之所以会这么做，完全是因为那第一个受害者……”

“你是说那名护士吗？”狄安困惑地问道，隐约中察觉到一些不对的地方。

“那名年轻漂亮的护士，一系列案件的第一个受害者，曾经是我哥的女朋友。”

“你说什么？”狄安情绪激动地问道。

“虽然案件发生的时候他们已经分手了，但我知道，我哥还爱着她……”迟源的声音有些颤抖，大脑似乎难以负荷这份记忆给他带来的痛苦。停顿了片刻，迟源突然发动引擎，强忍难过对狄安说：“对不起，不该跟你说这些的，我走了。”然后绝尘而去。

狄安面无表情地站在原地，内心却如同一团乱麻。

什么叫作不该说这些？很显然，迟源就是要故意说这些话给他听。什么叫作如果不介意，我就给你讲讲案子的详情？迟源本来就打算把这件案子滴水不漏地告诉他吧。

狡猾，那个男人简直太狡猾了。

回来的路上，狄安本来已经下定决心不再管这件麻烦的事情了。但是现在，了解到那样的内幕，狄安怎么可能回归到他平静的生活中去？

回想起昨晚在案发现场遇见的那名警官，回想起那张冷峻严肃却又略带伤感的面孔，狄安的心情根本无法平静。对了，还有临别的时候，狄安无意中从迟警官眼中看到的，似乎在闪烁的东西，其实是眼泪吧。

下午 3 点 40 分，C 市刑警大队，连环杀人案专案组办公室里，迟岳明正端坐在会议桌前出神地看着眼前的几组照片。照片上的十二名受害者无一例外全都是被凶手活活勒死的，作案凶器则是摆在他右手边的，用证物袋装起来的红色腰带。

鉴定人员在这条红色腰带上检测出了多名受害者的血液，是凶手在鞭打受害者的过程中沾在腰带上的。也就是说，在这十三起案子当中，凶手一直以来都是用这条腰带在作案。

而且，这条腰带的主人正是连环案的第一名受害者 —— 梁冰。

2013 年 12 月 22 日清早，接到医院人员的报案，迟岳明带领四名警察匆忙赶往案发现场。刘崎是最先看到尸体的。当时，刘崎看到那具女尸后的反应很不寻常，虽然刚进刑警队不久，可他的胆子并不小，甚至还见识过被人肢解得七零八落的尸体，但是那具完好无损的女尸却让他惊呆了好几秒钟。

“怎么了？有什么不对的地方吗？”迟岳明疑惑地问道，随后快步朝刘崎那边走去。

“迟队，这具尸体……是……那个……”刘崎吞吞吐吐半天都没把话说清楚，但迟岳明已经知道他想说什么了。这名受害者是迟岳明的熟人，准确来说，是他的前女友。

案发当时，迟岳明已经跟梁冰分手两个多月了，但队里的人都知道，迟队长心里根本就没放下那个女人。这一点不难想象，梁冰年轻漂亮，是医院里的一朵院花，身边有不少追求者，把她娶回家不知道是多少男人的心愿。事实上，迟岳明已经向梁冰求过婚了，还不惜花掉大量的积蓄给她买了一枚价值不菲的戒指。即使两人分手，迟岳明也没有把戒指要回来。

“迟队，如果你不舒服……”看到迟岳明脸色苍白、神情悲痛的样子，刘崎担心地说道，“这边交给我们就行了，你先回车里休息一下吧。”

迟岳明摇摇头，迫使自己恢复理智，但眼睛却始终不忍再瞥向那具全身赤裸的尸体。少顷，迟岳明斩钉截铁地说道：“发生了这么严重的案子，我哪有去休息的道理。”随后，他安排法医去检查尸体，自己则带着刘崎在附近寻找线索。

据梁冰同事提供的信息说，梁冰在遇害那天穿了一件米色连衣裙，上面配有一条红色的腰带，因为她们是在更衣室里一起换的衣服，所以印象特别深刻。但在案发现场，那条红色的腰带却不翼而飞，很显然是被凶手拿走了。

关于梁冰遇害当天左手上戴着的戒指，则是由一个爱八卦的小护士提供的信息。至于分手后为什么还戴着前男友送的戒指，她不屑地回答道：“那个女人既爱臭美又爱慕虚荣，把求婚戒指当成普通的装饰品也没什么大不了的！”话语中充满了鄙夷和嫉妒。好在问话的人不是迟岳明而是刘崎，否则那个小护士可就有苦头吃了。

案件发生后，为了不让自己有空余的时间胡思乱想，迟岳明不吃饭不睡觉连续工作了三十几个小时。当他疲惫不堪地独自处在办公室里时，积压了两天的情绪终于爆发了。那一刻，从不轻易流下的男儿泪顺着他沧桑的脸颊肆无忌惮地落下，十分钟，半个小时，或许更久。

接下来的一段时间，他们仔细排查了受害者的人际关系网，逐一调查他们有无作案动机以及当晚的不在场证明。直到第二起案件发生后，他们才基本上放弃了熟人作案的可能。

“迟队，迟队！”刘崎从旁边推了迟岳明一下，将他从沉思中拉回现实。

“什么？”迟岳明抬起头来，视线终于离开了那堆在案发现场拍下的照片。

“案发现场附近的监控设施都已经调查过了，没有发现如目击者所描述的可疑男子。”

“凶手肯定是刻意避开了监控设施，或者在中途换了另外的装备。那个狡猾的家伙作了这么多起案子，绝对不会犯这种低级错误的。”

“但他却将凶器落在了现场，并且给受害者留了一口活气。”刘崎自作聪明地提醒道。

“那是因为当时的情况太紧急了。凶手正在作案时听到有人讲电话的声音，为了逃离犯罪现场，他只能终止作案。”

“那他为什么不从其他方向逃走？案发地点还有许多小岔路吧？他为什么偏偏选择了迎着目击者的方向逃离？按理来说他也不应该犯这种低级错误。”

迟岳明沉默了一下，紧蹙眉头说出了自己的推测：“也许，他是故意的。凶手听到有人接近以后，知道自己已经来不及完成整套犯罪过程，但他又不想仓皇逃跑，为了寻求新的刺激，他故意将凶器遗留在现场，并迎着来者的方向走去，故意与之相撞，故意让狄安成为有用的目击证人。”

“你的意思是说，凶手故意这么安排是想给警方留下线索，希望我们快点抓到他吗？”刘崎诧异地瞪了下眼睛，随后无奈地摇着头说道，“天哪，疯子的想法我真是理解不了。”

“其实不难理解。连环杀手一般都是喜欢寻求刺激的人，杀人给他们带来的刺激并不仅仅是杀人本身这个行为，向警方炫耀他的能耐甚至挑衅也可以获得心理上的满足感。”

“那他接下来还会有什么疯狂的举动？”

“没有时间让他再疯狂了。”迟岳明咬牙切齿地说着，紧接着打开手边的一份文件。

这是犯罪心理专家根据之前的案发特点对凶手做的侧写报告。警方将凶手的范围落定在这些最具有作案嫌疑的人群里，但因排查范围太大，工作一直没取得突破性的进展。但是这一次情况不一样了，因为有了目击者的出现，凶手的体态特征已经暴露，除此之外，医院的病房里还躺着一名幸存者，那个女孩也许看见了凶手的长相。

“迟队，你把这份文件又拿出来，是要我们做一次地毯式的搜索吗？”

“是的，通过目击者狄安的描述，我们现在可以把一些新获得的条件加进去，这样的话排查范围就会大大缩小了。”迟岳明说着在文件上添加了几点至关重要的信息：男性，年龄二十岁到三十岁之间；身高 184 厘米左右；体重 65 到 75 公斤之间。

狄安根据凶手走路的姿态判断出凶手是一名身手矫健的年轻人，确定无疑是男性。依照凶手的背影以及撞击时的力度，狄安估计凶手的体重大约在 140 斤左右，由于凶手当时披了件宽松的雨衣，这个数据可能会存在浮动。

至于凶手的身高，狄安信心十足地告诉警方，他从小就对物体的尺寸很敏感，不用尺子就可以判断出物体的边长、直径等数据，而成为建筑师以后，他的目测能力比以前更加精准。他说他当时看到凶手的身高是 181 厘米，那就绝对不会是 180 厘米或 182 厘米。但是考虑到凶手走路的时候略微低了些头，实际高度应该还要多出几厘米，所以，重新评估凶手的身高应该是在 184 厘米左右。

刘崎盯着那几个新添加的数字若有所思地说道：“有了年龄，身高和体重，排查范围确实缩小了不少。尤其是这个身高，西南地区的成年男子能长到 184 厘米的可不太多啊！”

“即使不多，查出来的结果也是个不容小觑的数字。”

“符合条件的怎么也得有上百号人吧？”刘崎疲惫地叹了口气问，“然后呢？逐个排除他们的作案嫌疑吗？这个工作量也不小啊。而且犯罪嫌疑人是个非常狡猾的家伙，就算我们接触到他也未必能识破他的身份啊……”

“只要是犯罪就一定会留下痕迹。不论怎么说，先把可疑的人都给我揪出来，这一次就算是掘地三尺也要把凶手找出来。将重点嫌疑人列一份详细的名单，此外还需要他们的近期照片，我想让医院里的女孩亲自辨认凶手，也许她看到了凶手的长相。”

“让受害者做辨认之前，我们是不是可以先找狄安来看一下照片？有些目击者，虽然他们描述不出凶手的长相，但也难保他们再次见到凶手时不会有似曾相识的感觉。”

听了刘崎的建议，迟岳明若有所思地“嗯”了一声。突然，他好像想起什么事情一样，用手轻轻地敲了下桌子道：“就这么办，先让狄安看看那些照片！”

第5章 似曾相识的身影

翌日，星期六，通过一晚上的辛勤工作，狄安终于获得了宝贵的休息日。面对突然来临的幸福，狄安反倒有些不知所措。他红着眼睛坐在餐桌旁，一边喝咖啡提神，一边浏览手机上最近两天的新闻，几条扎眼的标题瞬间进入了他的视线。

C市连环杀人魔再出江湖

都市白领夜班归途偶遇杀人魔，受害女子生命垂危获挽救

杀戮再起，嗜血恶魔捕获新猎物

狄安随便点进一条新闻大概浏览了一下里面的内容，失望地发现媒体交代的信息并不比他了解的多。事实上，通过迟源的叙述，狄安已经将此系列案件的前因后果了解得差不多了，而媒体关于这类容易引起社会恐慌的新闻则要斟酌再三才能进行报道。即使有些不负责任标题党想借助这个噱头提高自己的知名度，监管部门也不会任由他们在文章中大肆渲染。

添油加醋，那是小说家该干的事情，记者的工作可不包括这些。

受到这些新闻的影响，狄安的精神一下子亢奋了许多。他一口气喝光

了杯子里的咖啡，两口吞进一片涂满黄油的吐司面包，随后换下睡衣，匆忙出了家门。

第二次来到医院，狄安很快就找到了子菡所在的特殊看护病房。通过从迟源那里得来的信息，狄安了解到连环杀人案的第一名受害者正是这所医院的护士，案发现场就在医院的不远处，这个信息让狄安心中多了一些忐忑，担心凶手会不会一时心血来潮，故地重游。

作为连环杀人案的唯一一名幸存者和潜在的目击证人，杨子菡的人身安全时刻都在警方的保护之下。想要看望她，必须要经过非常严格的检查，并做详细的个人信息登记。因为狄安已经不算是陌生面孔了，见到子菡对他来说不是什么难事。

天空终于放晴了，病房里洒满了阳光。狄安推门进去的时候，子菡正好醒着。她的情绪比前两天稳定了许多，但脸上的表情却变得有些麻木。她安静地靠在床头，眼睛盯着窗外的树梢发呆，完全没注意到有人进了她的房间。

为了不惊扰子菡，狄安在门口稍微站了一会儿，直到子菡将视线重新回到病房内，略带困意地伸了个懒腰，狄安才步履轻盈地走到子菡的床前，用极其温柔的声音试探地问道："子菡，你还记得我吗？我是你的朋友，狄安。"

"朋友……狄……安？"子菡困惑地打量着来访的男子，眼神中流露出一丝小小的恐惧。

"是啊，我就住在你的隔壁，你还认识我吗？"

"狄安……"子菡并不回答狄安的问题，只是不断地重复这个名字，好像她的语言系统里只剩下最后这两个含义不明的字眼。

"好啦，你不要一直这样叫我的名字，我会害羞的。"狄安并没有失去耐心，他像哄小孩子一样对子菡友好地笑了笑，随后关切地问道，"身体好些了吗？脖子还痛不痛？"狄安说着靠近子菡，想撩起她的长发看看脖子上的勒痕，没想到子菡突然变得非常警惕，将身体缩成一团，好奇的目光瞬间变成了敌视。

“对不起，我不碰你。”狄安吓得连忙把手缩回来，极力替自己辩解，“我不会伤害你的，请你相信我，我真的不是坏人。”子菡半信半疑地皱了下眉头，指着窗边的一把椅子，嗓子里发出含糊不清的声音，“嗯”“呜”之类的，但狄安理解了，那是让他坐下的意思。

狄安不敢再轻举妄动，乖乖地坐到子菡指定的那张椅子上，心里琢磨着：精神受了刺激的人脑子里都在想些什么呢？这丫头会不会思想一时混乱把我给当成犯人了？好在这是起连环杀人案，否则我就要成为警方的重点怀疑对象了。

病房里的气氛有些压抑，子菡一句话都不说，只是目不转睛地看着狄安，似乎在努力回想着什么事情。就在这时，走廊外响起两下礼貌的敲门声，一名男子随之走进病房。

“没想到你还是来了。”刚一进病房，迟源就微笑着对狄安说道。

“行了，你别装了。”狄安不满地抱怨道，“你早就知道我还会来医院吧。跟我讲了那样的故事，让我想起迟警官那样凄凉的表情，我怎么可能会放任那个杀人狂不管？迟源，其实你早就把我的性格给摸透了吧？”

“对不起，我没有恶意，我只是想帮哥哥尽快破案而已。”迟源无奈地耸了下肩膀，快速转移话题道，“怎么样，杨子菡好一些了吗？问出什么信息来了吗？”

“到目前为止，她能说的只有我的名字而已。”

“是吗，那可真是伤脑筋了。”迟源苦笑了一下，搬了把椅子坐在狄安的旁边。

“接下来的工作只能交心理辅导专家了，像我这种外行恐怕没办法让她开口。”

“她刚才不是叫了你的名字吗？”

“那又怎么样呢？反正她也没想起我是谁。我怀疑她现在连自己是谁都不知道了。”狄安心疼地看了子菡一眼，发现她的视线已经从自己的身上转移到了迟源那里。“你啊，神志都不清醒了还没忘记看帅哥吗？”狄安半开玩笑地说道，突然想起子菡之前也有这样的喜好。

女人喜欢那种高大英俊的男人是很正常的事情，同样，男人也会对貌美如花的女子感兴趣。但是，什么样的原因会让一个男人堕落成魔鬼，残忍地杀害那么多无辜的漂亮女孩呢？如果第一次杀人是偶然，那么第二次、第三次又是什么呢？

还是说最开始的那一次也是早有打算的？

狄安曾经读过一本解读连环杀手的书籍，里面详细剖析了第一次杀戮的起因。大部分连环杀手在犯罪之前都有过无数次的暴力幻想，只是没找到合适的作案机会或下定不了决心，但往往只需要某个因素轻轻一推，他们就会跨越内心的道德线，转瞬间成为杀人不眨眼的恶魔。而这件案子的凶手，他第一次犯罪又是被什么事情触发的呢？毕竟作为一个心智正常的男子，狄安永远也无法理解那种嗜血的癖好。

因为子菡需要休息，狄安跟迟源只在病房里待了二十几分钟就不得不离开了。临走前，迟源告诉狄安，“她在我哥找来的心理专家面前一个字都没有说过，所以我敢肯定，她还记得你。”狄安笑了笑，没有接话，心想杨子菡若是只对我的话才有反应，那接下来的事情可就有意思了。

从病房出来以后，两个人朝相反的方向走去。迟源去住院部的另一层楼会见一个委托人，据说是一个行将就木的老人委托他们办理遗产分割的事情。狄安则去找子菡的主治医生了解最新情况。其实，狄安嘴上虽然不说，但他比任何人都要关心子菡的状况，因为他知道，无论是警方也好，迟源也好，他们所关心的只是案子，只是期待能从子菡那里打听到凶手的信息罢了。

但是那天晚上，子菡真的看到了凶手的脸吗？如果没看到，在经历了那样的噩梦之后，她为何还要继续承受案件的困扰？那对她来说也未免太不公平了。

离开主治医生办公室，狄安心事重重地走在连接门诊部与住院部的连廊中。不远处，一名身材高挑的男子正无精打采地斜靠在窗台边，双手插着口袋，低着头，浓密的刘海几乎遮住了双眼。狄安不由自主地多看了他两眼，感觉那身影似曾相识。

正在这时，男子迈开步子朝住院部这边走来，同时用手拨了下挡在额前的头发，露出一双无神到几乎快要干涸的眼睛。那双眼睛明明很漂亮，长而卷曲的睫毛甚至还有些迷人，但是为什么，拥有它们的竟会是一个如此颓废的人？狄安苦笑着与男子擦肩而过，突然，他转过身来，拉住那名男子的衣袖，用不确定的语气问道："等等，我们是不是在哪儿见过？"

男子停下脚步，莫名其妙地看着狄安，他的眼睛并没有因为惊讶而增添些神采。少顷，他慢吞吞地说道："你是狄安吗？我们可有八年的时间没见过面了。"

"这么说，你真的是……狼烟？"狄安再次打量起他面前的这名男子，他曾经的高中同桌兼好友。那个学生时代一表人才，被许多女生暗恋过的美少年，如今竟然变成了一个沧桑感十足的大叔？"这么久没见，我都快要认不出你来了……"狄安不好意思把话说明，只能暗自感叹岁月的无情。

狼烟本人倒是并不介意这副吊儿郎当的颓废形象，坦然地对狄安说道："一般情况下，我只在夜间才出来活动，所以你现在见到的我是没带灵魂出门的行尸走肉。"

正常人或许无法理解狼烟的意思，但狄安一听就立刻明白了。念高中的时候，他跟狼烟的关系不算特别亲近，但相比其他同学来说，他们两个的接触绝不算少。狼烟是个比较奇怪的人，用同学的话来说就是"有点神经"。他酷爱恐怖血腥的东西，不仅爱看，还特别爱写。

班里的同学都很佩服他的才华，但真正敢接近他、跟他做朋友的人却少之又少。女孩子只是远远地看着他，私下里谈论他，而当着他的面，那些人连跟他对视的勇气都没有，仿佛他那双漂亮的眼睛能将人的灵魂吞噬掉一样。

只有狄安是个特例。

本来作为同桌，两个人的接触就比其他人多一些，狄安的性格又特别温和，时间久了也就成了聊得来的朋友。狄安很喜欢看狼烟写的故事，无论是发表过的还是没发表过的，狄安几乎全都读过，偶尔还给狼烟提些意见。狼烟唯一出版过的实体小说《午夜十字路口》是狄安的最爱，直到研究生毕业来到新的城市工作，那本书依然是他最不能舍弃的物品之一。

可惜后来，狼烟的写作事业在他父亲的阻止下不得不遗憾终止。狼烟算是个孝子，从不违背父亲的意愿，他发誓自己一定要考上重点大学，不再让父亲操心。那家伙的脑子也真的很聪明，停止写作后只用了两个月的时间就从班级的倒数第八名变成了正数第六，高考时更是取得了全校前五十名的好成绩。

然后，就没有然后了。

他们分开了，八年多没有见面，狄安不太了解狼烟这些年的生活状态，但从刚才的一句话里，他听出狼烟又开始了漫无边际的创作生涯，并且过的是黑白颠倒的非人类生活。

结束了短暂的回忆，狄安颇为感慨地调侃狼烟道："你这个夜间生物，大白天的来医院做什么？生病了吗？"

"老是过这种不正常的生活，身体开始提出抗议了。"

"喂，你可不要英年早逝啊，我还等着你大红大紫的那一天呢。"

"你怎么刚一见面就咒我啊？我只是胃不舒服而已。你呢，来医院做什么？"

"我……"狄安迟疑了一下，没有说实话。"有个同事经常加班累倒了，我代表老板来慰问一下。"

狼烟惨然一笑，有种同病相怜的感觉，不过他现在这副模样可完全是自找的。在走廊上闲聊了一会儿，狼烟终于掩饰不住困意，哈欠连天地对狄安说道："实在抱歉，下次见面我们再聊吧，再不回去睡觉我真的要死在这里了。"

"那你路上小心。"狄安温柔地提醒道，忧心忡忡地看着昔日好友渐渐远去的背影，内心有种难以形容的滋味。

第 6 章　第 67 张照片

一个星期后，警方再次找到狄安。因为事先通电话约好了见面地点，一到午休时间狄安就立刻来到办公楼对面的咖啡馆赴约。

此次前来的共有两名警察。其中一人名叫刘崎，年龄跟狄安差不多，长相斯文，态度随和，他就是案发当晚负责找狄安做笔录的年轻警察，而另外一位即使穿着便衣也气质冷峻的男人，毫无疑问就是迟源的哥哥——市刑警队队长、连环杀人案专案组组长，迟岳明警官。上一次见面，狄安跟这位警官有且仅有过一句简短的对话，与案件完全无关，但是他的形象已经深深地刻在了狄安的脑海中，挥之不去。

跟之前那次一样，迟岳明仍然是一副不苟言笑的神态，冰冷犀利的眼神连遵纪守法的好市民看了也会发怵，更别说那些为非作歹的不法之徒了。刘崎非常了解迟岳明的脾气，他担心迟队长的威严会把狄安给吓到，于是赶紧抢在迟队长开口前对狄安说道："实在不好意思，又来打扰你了。今天，我们想请你帮忙辨认一个人，就是案发当晚你看到的那名可疑男子。"

听到这句话，狄安顿时睁大了眼睛，惊讶地问道："你们找到嫌疑人了？"

"还没有。"刘崎毫不隐瞒地回答道，随后从包里拿出一台平板电脑，打开一个名为"筛选结果"的文件夹，里面顿时出现了上百张密密麻麻的缩略图。“这里有我们筛选出来的 137 名嫌疑人。麻烦你仔细回忆一下，看能不能找出你在案发当晚遇到的那个人。”

“怎么有这么多备选答案啊？”狄安疑惑地从刘警官手中接过平板电脑，快速浏览了一眼从编号 001 到编号 137 的照片缩略图，瞬间感觉到肩上的担子很沉重。拿来这么多照片做参考，别说他那天根本就没看到凶手的长相，就算是看到了也会被这些照片弄昏头。

狄安在心里偷偷犯嘀咕，嘴上却勉强自己说道：“我试试看吧，不过你们可别抱太大希望啊！”说完这句话，狄安的表情变得认真起来，手指开始在屏幕上一张一张地滑动照片。如果伤害子菡的浑蛋真的在这些人当中，狄安恨不得立马把他揪出来撕成碎片。

照片上全都是些陌生男人的面孔，虽然长相千差万别，但体型基本上都比较相似，看来警方在筛选犯罪嫌疑人时很大程度上参考了他当晚给出的数据。

浏览到五十多号的时候，狄安已经感觉到头晕眼花了，心想翻看大老爷们照片的感觉跟看美女的照片比起来简直就是天壤之别。他为难地瞟了一眼坐在对面的两位警官，有点想要放弃的意思，结果却被迟警官森严的目光活生生地吓了回来。他轻声叹了口气，并在心里暗自抱怨了一声，低着头，继续在平板电脑上一张一张地翻看那些照片。

手指滑过第 67 张照片，仅在第 68 张照片上停留了不到半秒钟，狄安立刻又将页面翻了回来。他困惑地盯着照片里的男人看了好一会儿，十分纳闷地抬头看着迟岳明，又看看刘崎，问道：“这个人，为什么会在里面？”

“哪一个？”刘崎喜出望外地问道，一把从狄安手里夺过平板电脑，仔细打量起照片里面的男子。照片上的男人皮肤苍白，五官端正，拥有一双漂亮却无神的眼睛，乍一看上去像是没睡醒的样子，但仔细一看就会发现，他的眼睛里似乎还隐藏着另外一个世界。

“这个男人是嫌疑人吗？你好好回忆一下。”迟岳明终于开腔了，犀利的眼神再次落到狄安的脸上，让后者有种不知所措的感觉。

“对不起，我说的不是嫌疑人。”狄安抱歉地回答道。“照片上的那个人是我朋友，我只是不明白他为什么会在你们的备选名单里？”

刘崎看出了狄安的担忧，连忙在一旁解释道：“我们这一次要做地毯式的搜查，符合特征的人几乎都在这里面了。”

“是的，这里面也有我认识的人，所以你不用有心理负担。”迟岳明也跟着补充了一句。

狄安“哦”了一声，苦笑着问迟岳明：“是吗？这些人里也有你的朋友吗？”

“只是个熟人而已，算不上朋友。他……”迟岳明说着停顿了一下，脸上露出一丝不悦的神情，好像接下来要谈到的人会勾起一些不太美好的回忆。“他叫曹阳，是梁冰的同事，第二人民医院的急诊科医生。以前在医院里，我跟他见过几次面，他还帮我处理过一次伤口。梁冰遇害以后，警方对医院里的医生和护士都进行了问话，曹阳自然也接受过调查。但是因为他跟梁冰的关系不熟，没有任何作案动机，连作案时间好像也有点对不上，所以就把他从嫌疑人名单上排除掉了。”

“也就是说，这个叫曹阳的人重新回到犯罪嫌疑人名单上，是因为我提供的线索缩小了你们的排查范围，使你们有可能根据这样一份名单找出连环案杀人凶手？”

“的确是这样。你的数据将我们之前的分析结果缩小了将近一千倍。”

“即便如此，你们不是也找出了上百个犯罪嫌疑人吗？”狄安说着叹了口气，“要是我当时看见凶手的长相就好了，哪怕只是侧脸也好。”

“你已经帮了我们很大的忙，不用自责。再说你当时要是真的看见了凶手的长相，说不定当场就被凶手给灭口了。”

听到这句话，狄安的心里不禁感到一阵后怕，雨夜中与凶手擦肩而过的场景再次从脑海中闪过。“是啊，现在想那些也没用了，重要的是尽快抓住凶手，替所有的受害者报仇。”

“我们继续吧。”迟岳明也不想浪费时间，重新将话题拉回到犯罪嫌疑人名单上。“对了，跟我说说你的这个朋友吧？”

狄安从刘崎那里拿回平板电脑，凝视着照片里的男子，缓缓说道：“他是一名网络小说家，专门写恐怖类型的小说，虽然不是大红大紫的那种，但在他们那个圈子里也算是小有名气。我跟他是高中同学，念书的时候关系还不错，不过高中毕业后就没怎么联系了。如果你们对他感兴趣，可以去看看他写的小说，他的笔名叫狼烟。”

“他就是狼烟？”突然，刘崎在一旁忍不住大声插话道，“我看过他写的东西，不瞒你们说，我也算是他的忠实书迷。”

“啊？你也看网络小说？”迟岳明惊讶地看了一眼自己的徒弟，表示无法理解。从业十三年的迟岳明比刘崎大了整整十岁，原本就比同龄人老成的他对年轻人喜爱的事物基本不感冒。他从来没看过网络小说，但想想也知道那些东西既没文采也没深度。即使有业余时间，他更喜欢看些侦探推理类小说，虽然那些书也写得很脱离现实。

“迟队，关于代沟的问题我就不跟你啰唆了，但是现在的人很多都喜欢快餐文化，就算没什么营养，打发下时间总是可以的。而且我想说的是，狼烟写的东西确实挺好看的，他的想象力不是一般地丰富，有些场景连我这个当警察的看起来都觉得毛骨悚然。是吧？”刘崎一边说一边冲狄安挤眉弄眼，希望狄安也帮自己的偶像说两句好话。

狄安尴尬地挤出一丝笑容，算是表达自己对刘警官的支持。然而实际上，狄安与狼烟多年前虽是好友，但他并不了解现在的狼烟，完全不知道狼烟最近在网络上写了些什么，是否还值得他像当年那样追捧和拥护。

题外话闲扯了一些，狄安又开始在两位警官面前翻看起照片来。大约又过了五分钟，狄安已经彻底把这些照片从头到尾一张不落地翻了一遍。不出所料，狄安果然没能找出他们想要的犯罪嫌疑人。迟岳明有些失望，但也没再继续勉强狄安。他让刘崎收好平板电脑，随后对狄安说道：“既然你这边失败了，我们只好让被害人再重新辨认一次了。”

一听这话，狄安就知道警方又要去找杨子菡的麻烦了。他微微皱起眉头，有些不满地说道："迟警官，我知道你们破案心切，但你们也得考虑下受害者的精神状态吧？"

"你放心好了，我们有非常优秀的心理专家，她不会让那个女孩受伤害的。"

"恐怕子菡不能配合你们的工作。"狄安毫不客气地说。他想起迟源前两天在医院里向他透露的信息：杨子菡在那名心理专家面前可是一个字都没有说过。

听到这句略带挑衅的话，迟岳明的脸色也立即阴沉下来。思索了片刻，他冷冷地看着狄安的眼睛说："我明白你的意思，那个女孩只对你的话有反应。不如这样好了，你把这些照片拿给她看，让她协助我们从中找出犯罪嫌疑人来。"

迟岳明的话音刚落，刘崎就用胳膊肘顶了他的肋骨一下，挡住嘴小声说道："迟队，这样做也太不合规矩了吧？莫非你最开始就是这么打算的？"

"这件事不用你管，你只要不多嘴就行了。"迟岳明若有所思地眯了下眼睛，在刘崎看来，他的眼中似乎闪过了一道寒光。稳住刘崎以后，迟岳明用稍微和缓一点的态度对狄安说，"你在这起案子当中的作用至关重要，希望你可以继续协助我们的工作。"

"既然你们执意要这样做，那我……"发现自己接二连三地中了那兄弟两人的计策，狄安心里不免有些恼火，但是犹豫再三，他还是答应了迟岳明的要求，因为除此之外，他并没有更好的选择了。

晚上 11 点 15 分，迟岳明拖着疲惫的身躯回到家中。虽然称之为家，其实也不过是一套两居室的老房子而已，是他跟迟源那对早早就过世的父母留下来的。室内装修不算过时，家具也是三年前新换的，但缺少了最重要的女主人，房子里连一点生气都没有。

刑警队里的人几乎都知道，迟岳明是个不折不扣的工作狂。工作十几年来，他立功无数，破获了许多杀人抢劫的恶性案件，在警界颇有名声。

但也正是因为这样，迟岳明把自己的人生大事给耽误了。如今，三十五岁的他依然单身，这种生活状态恐怕还要持续很长一段时间。

洗了个舒服的热水澡后，迟岳明坐在卧室里那张落满灰尘的电脑桌前，他已经有很长一段时间没碰过这台电脑了。经常工作到很晚才回家，每次进门他都恨不得立马倒头大睡，根本就没有多余的时间用来消遣。其实今天他也一样疲惫，何尝不想早点躺在床上好好恢复下体力，但他心里始终放不下一个人，那名网络小说家，狼烟。

迟岳明以游客的身份进入某知名小说网站，在搜索栏中输入了“狼烟”进行搜索。点开狼烟的个人主页，迟岳明看到页面右边的粉丝数量，发现这个人确实已经算是小有名气了。

紧接着，迟岳明看到了他的所有作品：《午夜十字路口》《血屋》《断头台》等等，而目前正在连载的一部超长篇人气小说名为《地狱侦探》。

带着十足的好奇心，迟岳明点进这部小说，快速浏览了最前面的两章，果不其然，是那种口味偏重的恐怖类小说，男主角还拥有类似于阴阳眼的特异功能。迟岳明早已经步入了大叔的年龄，对这种不切实际的意淫小说没有太大的兴趣。看到评论区里的粉丝们讨论得一片火热，迟岳明不得不感叹自己的确是老了。

他返回到作者的个人主页，点开一部作者最新上传的作品。让他颇感兴趣的是作品打着犯罪、推理的标签。这本书名为《第 N+1 个》，上传时间是四天前，字数虽只有三万多，但已经受到不少读者的关注。迟岳明无奈地笑了笑，心想这些人应该都是作者的铁杆粉丝吧，无论作者发表什么样的新作品，粉丝们肯定都会蜂拥而至的。

这样想着，迟岳明自己也不禁点开了作品的序章。

序幕 · 杀人夜

圣诞将至，气温骤然变得寒冷。女孩忙完医院里的工作，回家时已经过了凌晨一点多。她快速穿过医院后门那条漆黑的小路，并未发现自己正被一名身材高大的男子悄悄尾随。

……

刚看完前几行，迟岳明的心里就有种莫名的压抑感。这似曾相识的人物，似曾相识的场景，这个作者所写的该不会是去年的那件事情吧？迟岳明顶着巨大的心理压力读完了序章的内容，他可以百分之百地确定，狼烟的新书就是在写他们目前调查的连环杀人案。

书里的内容勾起了迟岳明一段非常可怕的记忆。看到自己的前女友在作者的笔下死得那样凄惨，迟岳明愤怒得双手都在颤抖。他难过地捂着胸口，竭力控制着自己的情绪，终于还是忍无可忍地将桌上的玻璃杯狠狠地摔在了地上。

随着一声清脆的碎裂声响，迟岳明咬牙切齿地吐出了两个字：“畜生！”

第7章 自作孽不可活

早上8点10分，狼烟心满意足地为小说的第六章画上了圆满的句号。他伸伸懒腰，透过窗帘的缝隙看到早上的光线，心想：我这见不得光的生活怕是持续不了太久了。

最近几天，狼烟有点承受不住了，无论是身体方面还是精神方面都疲惫到了极点。虽然对于一部新的作品来说，好戏才刚刚上演，但他能不能坚持到最后恐怕还是个问题。

那只名叫小狼的黑猫窝在他的被子上睡得正香，鼻子里时不时发出“呼噜呼噜”的声音。狼烟看着它打了一个大大的哈欠，睡意一点点袭来。

打开卧室的门来到客厅，狼烟情不自禁地眯起了双眼。客厅里已经布满了明媚的阳光，这是人类新一天的开始，也是狼烟准备洗澡睡觉的时刻。他低着头，猫着腰，晃晃荡荡地朝浴室走去。突然，一阵响亮的敲门声从外面的走廊传来。

他惊讶地走到门前，透过猫眼看到一个三十多岁的陌生男人站在外面。男人穿着休闲的夹克衫和牛仔裤，梳着精神利落的发型，脸上挂着青色的胡楂，面容虽然有些憔悴，却掩饰不住他的威严和冷峻。也许是错觉，狼烟从那个男人的眼中仿佛看到了一股杀意。

“快开门，警察！”没等狼烟开口，门外的男子已经先行自报了家门。

狼烟抓了抓头发，默不作声，心想我这还没睡觉怎么就开始做起梦来了。

“快点开门，再不开我可要撞门了。”

狼烟一听这话，立刻打开了房门，他可不想一大早上就自讨苦果吃。门外的男子神情严肃地看了他两眼，随后出示了手里的警官证，毫不客气地闯进了他的家门。

“警察叔叔，您大早上来敲门，是来扫黄的吗？您随便查，我家里没藏女人。”

“你叫唐泽枫？”迟岳明没工夫跟他贫嘴，开门见山地问道。

“是我。顺便说一句，家里面也没藏男的，我不好那口。”

“我管不着你好哪口，我不是来扫黄的。我问你，你几天前是不是在网站上发表了一部小说，名叫《第 N+1 个》？”

“没错啊。”狼烟如实回答道，“啊！莫非，您也是我的忠实粉丝？没想到连警察叔叔都这么捧我，这可真是让我倍感荣幸啊！”

“我看了你的小说，写得很真实。”迟岳明实事求是地说道，这也是他此时站在这里的原因之一。“你的文章涉及我们目前正在调查的案子，所以麻烦你跟我走一趟。”

“什么？改编真实案件还犯法吗？警察叔叔，你们这管得也太宽了吧？何况我写这个也没有别的意思啊，就是想借此机会火上一把。您看，国外那些根据真实案件改编的影视作品多火啊，我随便说上几部您肯定听过。《开膛手杰克》，家喻户晓；《十二宫》，大卫·芬奇的经典之作；还有《杀人回忆》，那里面的凶手真是……”

听到这儿，迟岳明厌恶地瞪了狼烟一眼，狼烟这才识趣地把嘴闭上。

什么少言寡语，什么不擅与人交际，想起狄安之前说过的那些话，迟岳明根本就没法拿那个形象与眼前这个吊儿郎当的贫嘴作家对上号。若不是狄安太不了解现在的狼烟，那就是狼烟压抑得太久，人格分裂了。迟岳明敢打赌，狼烟这小子不用打草稿也能现场口述出一篇精彩的小说来，从这方面来讲他还算是有点能耐。

僵持了片刻，迟岳明态度稍微和缓了一些，对狼烟解释道：“我也没说是改编的问题，我现在只是想请你去刑警队协助警方做下调查，这是每个公民都应该履行的责任。”

“闹了半天不是来抓我的？”狼烟放心地舒了口气，“那您早点说明情况嘛，何必在这儿对我吹胡子瞪眼睛的，害得我差点吓尿裤子了。您等着，我去上个厕所就来。”

半个小时后，狼烟被迟岳明带到了市刑警大队，刘崎早就在那儿恭候偶像的到来了，不仅是他，网络部门的柯航也被叫来了。见到迟队长对狼烟冷言冷语地招呼着，刘崎的心里感觉很不痛快，但那也是没有办法的事情，谁让狼烟在小说的一开头就狠戳迟队长的痛处，把他那段伤心往事如此真实地重现在广大读者的眼前呢。按照迟岳明那个火暴脾气来看，没痛扁狼烟一顿已经算是仁至义尽了。

狼烟神态悠闲地往三位警察面前一坐，反客为主地问道：“警察叔叔，有什么问题你们赶紧问吧，时候不早了，问完我还得回家睡觉呢。”

“抱歉，影响你休息了。”刘崎不好意思地赔了个笑脸，迟岳明却反差强烈地阴沉着脸，“抱什么歉啊？谁让他该睡觉的时候不睡觉，困死他也活该！”屋里的气氛一下子被迟岳明弄冷了，另外几人只好尴尬地看着他，等待领导继续发言。

“你的书我们都看过了，实话实说，写得还算不错。”僵持了几秒，迟岳明竟然主动给狼烟找了个台阶下，顺口夸了他两句。“但问题是，你在文章中将凶手的犯罪过程描写得那么详细，那么逼真，仿佛真实地重现了当时的犯罪场景，你是怎么做到的？”

这个问题大大出乎狼烟的意料。他在椅子上换了个姿势，受宠若惊地说道：“没想到迟警官对我的作品评价这么高啊？我还以为您老人家看不上我写的东西呢。只是您的问题似乎有些难回答，这就好比我要问您，您这么多年破了那么多案子，抓了那么多坏人，立了那么多功，您是怎么做到的？您怎么回答啊，还不就是靠那点经验和天赋嘛。”

好在迟岳明已经领教过狼烟的贫嘴，这会儿才竭力控制住自己没当场发起火来，但他还是攥了下拳头，态度冷淡地问道：“你是不是没理解我的意思？”

“难道我说错了？”狼烟不解地问道，“那您是什么意思啊？”

“我的意思是说，你的书里涉及很多我们警方并没有向外界透露过的信息，你能把那些细节描写得那么到位，恐怕不完全是依靠你与生俱来的想象力吧？”

“迟警官，您到底什么意思啊？”狼烟紧张地吞了下口水，原本就毫无血色的脸变得更加苍白。“你们是不是误会什么了？不会因为我把案子写得淋漓尽致就怀疑我是凶手吧？”

“我没那么说，但是你的多项特征都符合我们要找的那个人。”

“比如单身男性，独居，夜间出来活动？您要非这么认为我可真是百口莫辩了。我这个人一向独来独往，您要真的怀疑我，我连个像样的不在场证明都无法提供，因为那些时候我大概都在家里写书呢。唯一能证明我清白的只有家里那只黑猫，可惜它还不会说人话。”狼烟说完，烦躁地抓扯着自己那头乱蓬蓬的长发，这似乎是他心烦时的习惯性动作。

刘崎不忍心看到偶像被逼入进退两难的境地，好心劝解他道：“想要为自己开脱，最好的办法就是如实告诉我们，你的信息是从谁那儿得知的？”

“把他供出来我就解脱了？”狼烟半信半疑地问道。

“那要视情况而定。”迟岳明依然板着脸回答道。

“好吧。”狼烟耸了下肩膀表示投降，“这本书我已经构思很久了，但真正开始搜集资料是这个月的月初。为了更加真实地重现这一系列案件，我在论坛里发了一个帖子，表示自己迫切需要连环杀人案的相关信息。也许是因为这个话题很受关注，刚发帖不久我就收到了大量的回复，但大家告诉我的信息都是媒体已经报道过的新闻，这对我来说没有任何用处。但在一天之后，我收到了一封特别的私信，那个人自称是一名记者，因为连环杀人案曾经采访过你们几次。至于他跟你们聊到什么程度我不知道，总之，他把他得到的信息全都告诉了我，这才有了你们现在看到的作品。”

听完狼烟的解释，迟岳明严肃地思考了片刻。这个解释在他的意料之中，但也无法立刻确认它的真伪。唯一能够肯定的是，倘若真的存在那么一个人，将所有的信息全都告诉了狼烟，那么，这个人绝对不会是什么记者。他要么是警方内部的人，口风不严，无视纪律。要么……

昨天晚上，当迟岳明读到狼烟这篇小说的时候心里就有种异样的感觉，仿佛作者亲临了杀人现场，目睹凶手犯下一桩桩残忍的罪行。尽管作者的想象力很丰富，但书中的真实细节显然不是光凭想象就能写出来的，信息的来源是一个很大的疑点。

首先怀疑狼烟本人就是凶手，这是最简单、最直接的推测，虽荒唐却不是完全没有道理，毕竟他的体型、年龄、职业、家庭环境等特征全都符合他们罗列的条件。

除去这个推测，迟岳明还有另外一个相对合理的想法。既然凶手是一个喜欢寻求刺激的人，长期以来将杀人当成狩猎游戏，那么，凶手必定非常享受整个游戏的过程，而游戏产生的影响对他来说也是不容错过的好戏。那么，他必然会暗中关注案子的进展，比如媒体方面的报道，人们在网络上传播的信息。

既然如此，如果狼烟在某个地方发布了这样一条消息：亲爱的读者朋友们，本人正在筹划一本关于C市连环杀人案的新书，为此寻求该案件的内幕，望知情人士透露些信息给我。

假如凶手看到了类似这样的消息，难保他不会在暗中联络狼烟，将自己的犯罪过程告诉对方。这样的行为在常人看来可能难以理解，但对凶手来说，这其实只是一种炫耀。

凶手只需要稍微了解一下狼烟的名气就可以知道，这个话题如果被狼烟写成小说一定会受到很大的关注，这会让凶手获得很大的成就感。只要他不交代对自己不利的信息，警方即使是看到这部小说也奈何不了他。所以，找到那名知情人士是他们必须要做的事情。

见三位警官半天没有说话，狼烟忍不住打起了哈欠。他不耐烦地催促迟岳明说："警察叔叔，您还有什么要问的赶紧问，要是不问了就放我回去。您要再这样折磨我，我可真要猝死在你们刑警队里了。非常时期，您不想再无故弄出一条人命来吧？"

"行了，刘崎，你把他送回去吧，我没工夫听他在这儿说相声。"迟岳明发号施令道，紧接着又把刘崎拉到自己的身边，小声叮嘱道，"找人给我盯着他，他的嫌疑还没解除呢。"

"迟队，你真的怀疑他？他怎么可能……"刘崎表情纠结地看着迟岳明，心里还想替偶像求求情，迟岳明却无情地打断了他，"看你这熊样儿，还像不像个警察？就算凶手是你亲爹，犯了法该抓也得抓。快去执行任务吧！"

"是！"刘崎响亮地回了一句，转眼又客客气气地跟狼烟说，"今天真是麻烦你了，我这就送你回去。"

刘崎跟狼烟一前一后地走着，迟岳明突然叫住他们，好奇地问了狼烟一句："凶手还没落网呢，你的小说打算怎么结尾？"

"小说的结局？"狼烟对这个问题颇感意外，但他心中早就有了自己的答案。"结局当然会让罪犯受到应有的惩治，但真相一定会让你们所有人都瞠目结舌。"

"我很期待。"迟岳明诚恳地说道，随后提醒他，"内容方面不要写得太过火了，如果影响到我们办案，我们必定会先把你给办了。"

"我明白。"狼烟坦然地回答道，会意地笑了一下。

第8章　蓝胡子

2014年12月25日16点10分，莱茵河酒吧尚未到营业时间，但酒吧的大门也不是紧锁着的。这个时间，迟岳明来这里当然不是为了消遣，除了眼下正在调查的连环杀人案，他对任何事情都不感兴趣。

拉开酒吧雕有精美花纹的金属大门，迟岳明径直朝吧台旁边的桌子走去。那张四人方桌旁坐着两名男子，均为三十岁上下的年纪。其中一人染着红色的头发，手里正在翻一本酒吧门店的装修杂志。看到喜欢的装修风格，他就把页面折出一个小角作为标记，看样子是在为酒吧的翻新做准备。

红发男子的对面坐着一个扎着马尾辫子的男人。他穿着时髦，手指与耳朵上均有精致的饰品做点缀，颇具有摇滚青年的风格。此时，他正抱着一把吉他弹奏一段迟岳明从未听过的乐曲，旋律悠扬且略带伤感，像在祭奠一段逝去的感情。迟岳明饶有兴趣地欣赏了几个小节，心中暗加赞许。虽然不忍惊扰这位深情投入的吉他手，但他并没有忘了自己肩上的重任。他从夹克衫内侧的口袋里掏出证件，提醒似的咳了一声，神情严肃地对那两名男子说道："对不起，打扰一下，我是刑警队的。请问酒吧老板在吗？"

正在弹吉他的男子一听是刑警队来人，立马停止了拨弦的动作，脸上露出一丝不安的表情，与刚才的悠然自得形成了强烈的反差。他跟坐在对面的红发男子交换了下眼色，缓缓站起身来，忧心忡忡地答道："我就是这家店的老板。"停顿了一秒钟又接着补充道，"你们怎么又来了？打架那事不是已经解决了吗？"

"什么打架的事？"对方的问题反倒让迟岳明有些摸不着头脑。但是很快，他就意识到对方误会他来此的目的了，于是耐心解释道："你担心的那件事不归我管。我是专案组的，负责调查一起杀人案。麻烦你给我看一下 2014 年 12 月 4 日晚上的监控录像。"

刚刚撇清了打架那回事，突然间又蹦出来"杀人"这个词，酒吧老板的脸色真是一阵比一阵难看。别看他打扮得挺潮，浑身上下透着一股叛逆的劲，实际上却是一个特别害怕惹是生非的人。他紧张地搓了搓双手，担忧地说道："警察同志，我们这个酒吧就是几个爱玩音乐的兄弟凑在一起开的，环境不复杂。偶尔有个小打小闹的插曲也属于正常现象，但可从来没发生过杀人放火的大乱子。您怎么就查到我们这儿来了呢？"

"你不用紧张。"迟岳明安慰对方，"我今天来只是想找你们店里的一位顾客，这个人对我们目前正在调查的案子兴许有点帮助。"

"原来是这么回事啊！"酒吧老板这才松了一口气，脸色看起来也比刚才正常多了。他放下一直紧紧抱在怀里的吉他，小声跟对面的兄弟交代了一下今天晚上的演出事宜，随后就带着迟岳明朝后勤区的监控室走去。

途中，他笑着对迟岳明解释，自己生性胆小，最怕给别人惹麻烦，同时也害怕别人无故给他添乱子。他刚才表现出来的那份顾虑，完全是被前几天的事给吓出的后遗症。

那天晚上 11 点多钟，有一位男顾客喝多了，想要调戏邻桌的一个美女，谁知那女孩并不是一个人来的，人家男朋友就在演出台那边跟酒吧的贝斯手——就是外面那位翻杂志的红发兄弟交流经验呢。听见自己的女朋友拼命喊他，男子赶紧跑回来充当护花使者。赶上女孩的男友也喝了不少酒，而且还是个暴脾气，两个人吵了几句就大打出手。结果，女孩的男友被对方用酒瓶子开了瓢，鲜血四溅，差点没闹出人命来。

女孩当场就被吓傻了，电话都不会打了，还是酒吧的服务生及时报警并拨打了120急救。闹了这么一出戏下来，酒吧当晚的生意也就别想做了。不做生意就没钱赚，但这经济损失却又无处索赔，所以那名吉他手老板最恐惧的就是类似的麻烦。

来到监控室，迟岳明调出了他想要找的那段监控录像，时间是2014年12月4日22点。他之所以要调查12月4日晚上的监控录像，目的是要找出狼烟所说的那名记者。虽然对方很可能没进入酒吧，而是在这附近利用酒吧的网络与狼烟进行交流，进而隐藏自己的身份，但警方办案不能忽略任何一条有用的线索，监控录像是一定要检查的。

今天上午，迟岳明从狼烟那里得到了他在论坛上发帖用的账号和密码。随后，网络部门的柯航仔细查看了狼烟的发帖记录，发现狼烟在2014年12月3日22点49分发出了那条想要在网上征集连环杀人案相关信息的帖子。

半个小时之内就有大量的粉丝回帖，但在那些粉丝中并没有警方要找的人。就像狼烟说的那样，那名自称为记者的人于次日，也就是2014年12月4日晚上用站内信的方式联络了狼烟。

发送站内信的用户名叫“蓝胡子”，这个名字属于十五世纪法国南斯地区的一个连环杀手。此人曾经是法国最富有的人之一，是圣女贞德的私人护卫和最好的朋友，但在圣女贞德遭人背叛被火烧死之后，他失去了信仰，变得自暴自弃，残忍杀害了数以百计的孩童。这名用户选择蓝胡子作为自己的名称，显然也是对连环杀人犯比较感兴趣的人。

这个名叫蓝胡子的人于12月4日22点32分利用这家酒吧的网络成功注册，并在22点38分给狼烟发送了第一条站内信：

你好，我是一名社会新闻记者。由于工作的原因，我曾经采访过连环杀人案专案组的刑警，手上有大量关于此案件的真实资料。如果你还有这方面的需要，请速回我私信。

十几分钟后，狼烟回复了这条信息：

你好，本人的这部作品已经有了基本的构思，目前正苦恼搜集不到细节方面的信息。如果你能将那些资料赠送给我，或者是卖给我，我都将对你表达十万分的感激。

五分钟后，蓝胡子回复道：

资料涉及十几起案子的详细情况，字数很多，不方便在这里交流。请留下你的电子邮箱，我会将相关文件发送给你。至于金钱方面的报酬我不需要，期待你的大作。

看到这条信息，狼烟很快将自己的工作邮箱告知了对方，并十分客气地询问对方：敢问阁下怎么称呼？可以留个联络方式吗？改天我一定请客吃饭，以表示我对阁下的感激。

蓝胡子立刻回绝了狼烟的好意：请客吃饭就不必了。我知道我现在做的事情有违职业道德，或许还可能会被警方追究责任，所以联络方式我就不留了，真实身份你也不必知道。希望你能写出好的作品来，在下一定会抽出时间拜读。

以上这些就是狼烟与蓝胡子在论坛上的全部交流。

十几分钟后，狼烟的工作邮箱收到了一封邮件，他也将邮箱的用户名及密码告诉了迟岳明，以方便警方核对信息。单从这一点来看，狼烟也算是比较配合警方的工作。除了一份添加在附件中的 PDF 文件，对方连一个多余的文字都没写，但是这封邮件无疑是蓝胡子发送过来的。蓝胡子所使用的邮箱同样是在 12 月 4 日晚上刚刚注册的，操作时间几乎是在他在使用论坛的同时。

迟岳明早已经在刑警队将那份 PDF 文件从头到尾仔细阅读过。文件里包含了很多案发现场的真实情况、受害者的私人信息、警方的侦察方向、侦察进展等，绝大部分内容都是不允许向普通百姓公开的情报。接受过几家媒体的采访倒是不假，但迟岳明可不记得专案组有哪个同事跟记者聊得这么透彻，内容详尽得简直像是警方的调查报告。

迟岳明首先将监控录像调到 12 月 4 日 22 点整，这个时间正是酒吧的营业高峰。以蓝胡子进入酒吧的假设为前提，简单说来分为两种情况：第一，蓝胡子是在发帖前不久才进入酒吧的，也就是22点到22点30分之间；第二，蓝胡子早早就来到了酒吧，时间可能是酒吧开始营业到22点之间的任意时刻，这样一来就增加了警方的调查范围，但与此同时，他在酒吧逗留得越久也就越容易引起别人的注意。为了节省时间，迟岳明打算先查看第一种情况。而18点到22点之间的那段视频他则打算回到刑警队再慢慢查看。

酒吧老板在一旁对迟岳明解释，12月4日那一周刚好赶上他们店里做周年纪念的酬宾活动，顾客比平时要翻了一倍。果然，有那么几分钟的时间，顾客几乎是接踵而至的。要是那个蓝胡子真的混在其中，把他找出来不是件容易事，但对迟岳明来说却也不难。

暂时除掉女性顾客不算，结伴而来的人也先不算，从22点到22点30分这段期间单独走进酒吧的顾客一共有十八人。如果蓝胡子就是狄安看到的那名凶手，仔细观察这十八个人，从身高、体形以及年龄上来看，比较符合凶手特征的就只有三个人。毕竟在这西南地区，成年男子的身高在180公分以上的并不太多。

第一个人戴着一副全框眼镜，身穿正装，手里提着一个黑色的公文包，外表看起来正派斯文。但是仔细看他藏在眼镜下的那双眼睛，茫然无神，空洞呆滞，俨然是一个工作不顺寻求发泄场所的公司白领。这个人暂时排除。

第二个人长相有些凶恶，染了一头金灿灿的黄发，进入酒吧之前正在打电话。迟岳明将画面放大，根据那个人的口型大概读出了他所讲的内容：“我到了，你们快点啊！”看来他已经跟别人约好在酒吧见面。这个人也暂时排除。

第三名男子紧跟在一对情侣的身后进入酒吧。他头戴一顶棕色的毛线帽子，脖子上裹了条配套的围巾，自始至终低着头走路，双手插在口袋里，有种特意躲避监控的感觉。迟岳明看不清男子的长相，但这可疑的行为足以引起他的注意。

他将监控录像调至23点24分左右，这是狼烟接收到对方邮件的时刻，从这个时间开始快进着向后观看。23点42分，第三名男子离开酒吧，走路时仍然小心翼翼地低着头。迟岳明察觉到那名男子走路的姿势有些不自然。他将画面退回，定格在男子推门出去的瞬间，指着屏幕上的人问道："老板，这个人你有印象吗？"

老板一听这个问题，顿时面露难色。他本人倒是很愿意配合警方的工作，但这时间间隔也未免太长了点。"您要是问最近几天的顾客情况，店里或许有哪位服务生能记得他。但这二十天前的顾客，除非他做出了特别引人注目的事情，一般来说没有人能记得吧？"

"没事，我就随口一问。"迟岳明安慰酒吧老板道，本来对这个问题他就没抱什么希望。若是此人故意不想让别人对他有印象，那他肯定会低调行事，把自己变成一个透明人。他继续播放录像，看着男子渐渐远去的身影，直到男子走出了监视器的监控范围。

突然，迟岳明想起了什么事情，连忙把监控录像又拉回到刚才定格的画面。仔细打量了片刻，他若有所思地眯了下眼睛。"怎么会是他呢？我早应该想到的。"迟岳明在内心反问自己，同时，失望地摇了摇头。

第9章　嫌疑人

22点50分，一辆黑色宝马X5SUV从东二环边缘一片老旧的居民区驶出。夜已深，疲惫的人们正准备入睡，但狼烟的一天才刚开始不久。

他习惯了夜间的生活，喜欢夜晚冰凉清爽的空气，喜欢空旷无人的街道，喜欢褪去繁华与喧嚣的宁静，他喜欢一个人享受这些。可是今天，狼烟却发现一辆可疑的黑色大众车从他刚出门没多久就尾随在他身后。

想到自己因为最近发表的小说被警方怀疑，狼烟猜测后面那辆车里的人多半是迟警官派来盯梢的警察，而他自己，大概也成为警方重点监视的犯罪嫌疑人了。不过，这样的情况并没有对他造成任何的心理负担，相反倒是让他感觉到了少有的兴奋。

拐过一个路口，来到一条宽敞的路段，狼烟见周围的车子很少，突然加足马力以闪电般的速度冲了出去。他一边看着后视镜一边笑着说："既然想跟踪我，那我就陪你好好玩玩。"

后面的车子显然不甘示弱，紧跟着加速追了上来。难得有人陪他飙车，狼烟一时兴起将车子开得更快。两辆车始终保持着一段距离，呼啸着穿过雾气凝重的夜色。

就这样足足耍了对方四十多分钟，绕着老城区的道路开了大半圈，狼烟才将车子停在一家二十四小时营业的连锁便利店门前。后面的车子并没有跟丢，看来追他的驾驶员技术非同一般。但是跟到现在，对方应该早就意识到自己被耍了。他可是做好了奉陪到底的打算，不知道那个被安排监视工作的警察会以怎样的心情应对接下来的任务呢？

进入便利商店，狼烟径直走到冷藏货架前，偶尔兜风从这里路过，狼烟会到这家店里买宵夜，顺便也给小狼买些零食。

仔细打量了半天，狼烟并没有找到他想要的东西，脸上不禁露出失望的表情。店里除了两名女店员之外，没有其他顾客。其中一位年纪较轻的女店员看到顾客似乎在寻找什么东西，赶紧从收银台那边跑过来帮忙。

“先生，请问您在找什么东西吗？”女孩礼貌地问道。

“我在找金枪鱼沙拉，看样子已经卖完了。”

“是吗？我看看啊……”女孩在冷藏货架前仔细寻找了一番，随后抱歉地说道，“不好意思，您来得太晚了，今天确实都卖完了。”

“这样啊，没给小狼买到想吃的零食，它大概会失望吧。”狼烟自言自语地说道。

“是给您儿子买零食吗？要不要看看其他的东西？这个寿司味道也不错哦！”女孩说完悄悄地看了对方一眼，从对方不修边幅的打扮上，女孩猜不出他的具体年龄，推测可能是三十岁左右，儿子应该正处于调皮捣蛋的时期吧。

“那家伙可比小孩子任性多了，如果不喂它想吃的东西，它会一直跟在你屁股后面‘喵喵’地叫，叫得人心烦意乱的。”

“哈哈，闹了半天原来是小猫啊！”女孩会意地一笑，露出两个甜美的酒窝和一口洁白整齐的牙齿。随后她又半开玩笑地说道，“当你们家的猫真幸福，一看就知道你特别宠它。”

“当然了，可我不仅会宠猫，也会宠女孩子，你有兴趣试试吗？”狼烟扭过头来看着女孩，用略带挑逗的语气问道。女孩这才看清楚对方的长相，虽然是一副不修边幅的模样，胡子刮得不干净，头发又长又乱，但五官却很耐看，尤其是那双眼睛，深邃迷人，仿佛能将人的灵魂吸噬进去一般。

“还有什么需要帮忙的吗？”女孩红着脸岔过对方的玩笑话，没想到对方又接着问她，“你几点钟下班？我送你回家吧！”

这时，女孩终于不再装傻，难为情地推辞道：“不用了，我自己打车回去就行。”

狼烟尴尬地笑了一下，对女孩解释道：“你放心，我没有别的意思。只是最近这段时间连环杀人犯活动猖獗，像你这么漂亮的女孩子太晚回家不安全。”

“你送我回家也未必就安全啊！”女孩警惕地回应道，眼神中流露出对对方的不信任。对于一个刚刚见面、连名字都不知道的陌生男人，她怎么能轻易答应这种请求呢？

狼烟倒是不介意女孩的直言不讳，他没有用自己的三寸不烂之舌说服女孩，反而识趣地说道：“没关系，是我的请求太唐突了。希望下次或者下下次能有幸担任护花使者这个角色。”狼烟说完，微笑着看了女孩一眼，转身就在店里闲逛起来。

女孩回到收银台，小声跟另外一位女店员解释，自己是去帮那位顾客找东西的。随后，她又好奇地向对方打听起连环杀人案的事情来。女孩是上个月中旬来这座城市打工的，对连环杀人案的具体情形并不了解，只知道上星期有几条炒得沸沸扬扬的新闻，报道的就是类似的案件，但那好像离自己的生活很遥远。

提到这件事，年长的店员露出一脸不安的神色。她用夸张的语气讲了几个从别人那里听来的传闻，恐怖的氛围虽被她渲染得不错，但其中的内容却是真假参半。除了从外界听来的消息，她自己也有一些不太愉快的经历，比如家里那个正在念初三的女儿，晚上放学根本就不敢一个人回家，仔细一打听，女儿班上的好几个同学也是如此。

听完这些，女孩的脸色也变得不怎么好看了。她拿出手机，焦虑地看了一眼时间，很快就有人要来换班了。午夜时分，难道她真的要一个人回家吗？

就在这时，狼烟捧着一堆零食来收银台结账了。女孩拼命掩饰住内心的担忧，动作熟练地帮狼烟结账。“你好，一共是六十八块四。请问需要袋子吗？”

“需要。”

“那一共是六十八块七。”

“稍等。”狼烟拿出钱包，尽量从里面找些零钱出来。

趁着狼烟找钱的时候，女孩的目光刚好落到狼烟钱包里的一张照片上，那并不是女朋友或者家人的照片，而是一只黑色的猫咪。一看到那只可爱的猫咪，女孩就忍不住搭话道：“这就是你养的猫吗？好可爱呀！是孟买猫吧？”

“哦？”狼烟愣了一下，随后笑着回答道，“哦，没错。看来你对猫也很有研究嘛！”

“算不上有研究啦，只是比较喜欢而已。前不久我刚从朋友那里要了只小猫，是苏格兰折耳猫，很可爱的。”

“折耳猫可不太好养啊。它们的肠胃比较脆弱，最好不要经常更换猫粮的品牌。多给它吃些动物肝脏，以免营养不良，否则容易掉毛。还有洗澡之后尽量把它吹干，这样可以防止皮肤病的发生。总之，折耳猫很可爱，但也有点娇气，你要多花些心思照顾它才行啊！”

“我现在还没有什么养猫的经验呢，以后要慢慢学习。”女孩说着对狼烟甜甜地笑了一下，轻松的话题让她顿时恢复了活力。她再次看了看狼烟那张略带沧桑却富有魅力的脸，心想爱猫的男人总不至于心地太坏吧。

结账过后，女孩帮狼烟把东西装进购物袋，心里却有点舍不得对方就这样走掉了，还想再多聊两句。但是作为一名女生，她哪儿好意思主动开口搭讪。就在这个时候，狼烟突然从便利店的门口折返回来，再次问了她一遍：“你确定这么晚要一个人回家吗？”

女孩犹豫了一下，羞涩地回答道：“我，我还有十几分钟换班，如果你不介意等我……”

“当然不介意，我就在外面那辆车里等你。”狼烟说着指了指停在门口的座驾，心中暗自得意：今晚的猎物这么容易就上钩了。

第 10 章　冒牌记者

午夜时分，月黑人静，迟岳明终于将莱茵河酒吧的监控录像完整地检查了一遍。此举并没有更多的收获，因为在此之前，他已经基本确认了那名冒牌记者的身份。离开专案组办公室，他驱车前往市中心一处高档小区。夜已深，他仍在继续工作。

刷过两道门禁，迟岳明来到六号楼的 1203 室。他并不顾虑三更半夜的突然造访会打扰到对方休息，反而不耐烦地按响了门铃。屋里的男子应声出来开门，见到门外这名神情威严的警官，他先是愣了两秒钟，随后用一种调侃的语气说道：“哟，这不是大名鼎鼎的迟警官嘛，什么风把您给吹这儿来了？”

迟岳明脸色阴沉地白了对方一眼，没好气地说道：“我想什么时候来就什么时候来，用得着跟你汇报吗？”话音刚落，没等迟源说“请”就擅自进入了房间。

这是一套装修别致的三居室住宅，配上一些独具匠心的创意设计，零星点缀些花草，颇显小资情调。单从客厅内部十分规则的物品摆设即可得知，房子的主人患有严重的强迫症。果然，迟岳明刚一进家门，迟源就动作迅速地将他随意脱放的鞋子摆得整整齐齐，似乎不这样做就心里很不舒服。

迟源虽为迟岳明的亲弟弟，但兄弟两人平日里的接触并不频繁。这倒不是因为他们两人感情不好，只是迟岳明把生活的重心基本都放在了工作上，尤其是去年冬天开始接手连环杀人案后，迟岳明几乎没有了自己的私人时间。

赶上案件毫无头绪，心情异常烦闷的时候，迟岳明偶尔会跑到迟源家里来发发牢骚，听听外行人的建议。所以这一次，迟岳明深更半夜突然来访，迟源不用细想也知道案子又出了问题。他并不急着发问，做好了洗耳恭听的准备，没想到迟岳明也不急着表态，反倒神色淡定地坐在沙发上，自顾自地点了根烟。

迟源向来讨厌烟草的味道，但他并不介意迟岳明在他的客厅里制造污染。他闷声不响地打开一扇窗户，抱着双臂站在窗边，静静地等待领导发言。一根烟的时间过去后，迟岳明终于清了清嗓子。他饶有兴趣地看了迟源一眼，半开玩笑地问道："我这个当哥的怎么不知道，你什么时候摇身一变成记者了？"

"什么记者？"迟源惊讶地反问道，脸上带着困惑的表情。

"行了，你就别在我面前装蒜了。你知道网络小说家狼烟吧？你用蓝胡子这个名字在某论坛上跟他聊得挺火热嘛！"

"什么蓝胡子绿胡子的，我哪有那个闲情逸致。"迟源无辜地耸了下肩膀，"再说了，我根本就不认识你说的那个人，我从来都不看网络小说。"

"哦？那你倒是给我解释一下，12 月 4 日晚上 10 点 14 分，你一个人鬼鬼祟祟地跑去莱茵河酒吧干什么？你跟蓝胡子同时出现在那家酒吧里，难道只是个巧合？"

"12 月 4 日？那么久以前的事情我哪记得？我可不知道你说的蓝胡子是谁。"

迟岳明早就料到迟源不会轻易认账。他不慌不忙地从手机里翻出一张截图，走到迟源面前，指着上面的男子严肃地问道："这个人难道不是你吗？这身行头你还没有处理掉吧？介不介意我在你家里搜一下？"迟源毫不在意地瞥了一眼照片上的男子，满不在乎地说道："你随便搜呗，反正我从来都没买过那么难看的衣服。"

"你把衣服处理掉了也没关系，我这还有一张放大后的图片。"迟岳明轻轻划动了一下屏幕，手机上又出现了一张截图，画面刚好定格在男子推门出去的瞬间。"这个人的右手小拇指上戴着一枚明晃晃的戒指，是单身主义的象征。你仔细看看，这枚戒指是不是很眼熟呢？"迟岳明说着猛地抓起迟源的右手，一枚跟图片上极其相似的戒指赫然出现在眼前。

"哈哈，区区一枚戒指又能说明什么问题？"迟源笑着甩开迟岳明的手，挑衅似的问道，"而且，就算我去了那家酒吧又怎么样？你有什么办法证明我就是你说的那个蓝胡子？"

"没错，只要你不给我看你的手机、U盘、笔记本电脑等设备，我的确不能证明什么。但是，你给狼烟的那份资料是你辛辛苦苦整理出来的吧？你自己怎么可能不留一个备份？"

这句话让迟源惊了一下，他刚想辩解自己并没有那样东西，却一眼瞥见了迟岳明那不达目的誓不罢休的表情。如果回答说没有，迟岳明肯定会立马搜查他的房间，而那个东西就摆在他书房的桌子上，现在掩藏已经来不及了。

纠结了片刻，迟源终于做出了投降的手势，"没错，那个备份就在我的移动硬盘里。"坦白交代后，他有些不甘心地看着迟岳明问道，"你怎么会认出那个人是我？我的穿着打扮以及走路的姿态都是经过伪装的。"

"就是你那不自然的伪装才让我起了疑心。"迟岳明坦言解释道，"在你联系狼烟之前就已经想到自己有一天会被警方怀疑吧？作为专案组的组长，我绝对不可能错过那段监控录像。你怕我对你太熟悉，怕我一眼认出你的身影，所以才在装扮与行动方面都做了伪装。但问题就是，如果那个人是我完全不认识的陌生人，他根本就没有必要如此伪装自己。所以那个人很可能是我认识的人，而且还是熟人。"

"然后你就注意到了那枚戒指，是吗？"迟源苦笑着摇了摇头，似乎想表达自己果然还是斗不过面前这只老狐狸。迟岳明略微收敛了下锋芒，态度和缓地对迟源说道："我倒是很想感谢你没有阻碍警方办案。以你的能力，想不留痕迹地隐藏自己的身份并不困难，但你却在酒吧门口留下那段监控录像，我只能认为，你是故意那样做的。"

"哦？我为什么要那样做呢？"迟源情不自禁地挑了下眉毛，似笑非笑地问道。

"因为那部小说一旦发表出来，狼烟就会进入到警方的调查视线，给他提供信息的人也难辞其咎。换成是你，大概也会怀疑那名记者有可能是凶手。如果你将自己隐藏得太深，势必会影响到案件的进展速度，甚至有可能将警方引导到一条完全错误的道路上，这对你我都没有好处，你又何必要那样做？"

此番解释让迟源心服口服，他轻声叹了口气，幽怨地说道："无聊，绕了半天我还是被你这只老狐狸一眼就看穿了！"

迟岳明笑而不语，他并不介意自己被人说成是老狐狸。事实上，行走江湖那么多年，整天跟那些阴险狡诈的罪犯打交道，想不变得狡猾都不行。他一直很相信前辈们说过的那句话：要想成为一名优秀的警察，首先要把自己想象成一名优秀的罪犯。如若不然，则很难揣摩罪犯的心理以及他们接下来的行动。

迟岳明一直以为自己是站在食物链顶端的人。

许多年下来，凡是他想要狩获的猎物几乎无一能幸免。他在街头巷尾与罪犯们接触的时候将自己变成一只狡猾的狐狸，而等情报和线索搜集结束过后，他又摇身一变成为猎人，将罪犯们一网打尽。他从来都没有想过，自己有朝一日竟也成了被别人嬉戏玩弄的猎物。

而且这一次的游戏实在是太危险了。

想到这儿，迟岳明的脸色再次阴沉下来。他转身坐回到沙发上，心情沉重地点起第二根烟，思绪随着缓缓升起的烟雾回到了许久之前。

2001年，二十二岁的迟岳明刚从警校毕业，那个时候，迟源还在念初中。

那一年，他们的父母遭遇车祸不幸身亡。从此以后，兄弟两人相依为命。

由于刚参加工作不久，迟岳明的手头并不宽裕，但他还是省吃俭用，凭借自己的能力供迟源念完了大学。迟源倒也聪明懂事，无论是生活方面还是学习方面从来都不让他担心。

对于迟源来说，这个年长八岁的哥哥或许更像是父亲。

也正因为如此，迟源对迟岳明既感激又尊敬，同时也有一份近乎狂热的崇拜感。尽管没有做警察这一行，迟源仍然对迟岳明接手的每一件案子都很感兴趣，久而久之，迟岳明也就愿意跟他闲聊些工作中的经历。

去年冬天，轰动全城的连环杀人案拉开了序幕，迟岳明的工作遭遇了前所未有的瓶颈。上级领导和社会舆论的压力让他难以喘息。工作之余，他偶尔会找迟源发发牢骚，排解下心中的压抑。毕竟在最初的那起案件当中，迟源并不是一个完全无关的局外人。

作为迟岳明的弟弟，迟源跟第一起案件的受害者梁冰有过几面之缘，虽然关系不熟，平日里无冤无仇，但是按照规矩办事，迟源自然也要接受警方的调查。好在他案发当晚有不在场证明，很快就被排除了作案嫌疑。尤其是在第二起案件发生过后，警方就更没有理由怀疑他了，因为那一晚，他整夜都在委托人的家里处理一起财产纠纷的案子。

然而出于对哥哥的关心，迟源一直很关注连环杀人案的进展情况。所以，迟岳明丝毫不惊讶迟源会假冒记者给狼烟发送那样的信息，因为他一定想借此机会引出真正的凶手。

夹在手指间的烟头已经快要燃尽了，迟岳明突然感觉到一阵灼热，这才回过神来，连忙将烟头掐灭在烟灰缸里。此时，迟源正坐在他的斜对面，用略带期许的目光盯着他，似乎还想从他口中得知案件的最新进展。

“你实话告诉我。”沉默了许久，迟岳明终于回到了今晚的正题。“你给狼烟的那些信息是从哪儿得到的？很多细节我从来都没有跟你讲过。”

“你就不能对此事睁一只眼闭一只眼吗？你知道，我这么做完全没有恶意。”

迟岳明并不理会对方的周旋，再次态度强硬地说道："告诉我！否则有你好看！"

"我偷看了你们的调查报告，这么说你满意吗？"

"什么时候？在哪儿看到的？"

迟岳明的穷追不舍让迟源颇感烦躁，他不耐烦地吐了两口粗气，央求般地说道："哥，拜托你别再问了好吗？我不想其他人因为我而受牵连。"

"迟源，我看你还是没搞清楚目前的状况。你以为我今天是来找你追究责任的吗？那样的话我完全可以把你带到刑警队里去问话。我今天来只是想警告你一件事情，别再插手管这件案子了！你知不知道凶手是个杀人不眨眼的恶魔，你这么做真的很危险。"

听到这样的话，迟源非但不以为然，反而还笑嘻嘻地说道："那个变态杀的都是女人，我一个大老爷们有什么好担心的。你要实在不放心我，找个人把我保护起来不就得了，就像你们保护杨子菡和狄安那样。"

"行了，你就别跟着添乱了，我可没有那么多人手陪你瞎胡闹。"

"对不起，我开个玩笑而已。"见到哥哥似有发火的态势，迟源识趣地停止了说笑。随后，他一本正经地问道，"哥，你见过狼烟了吧？你觉得他怎么样？"

"你是想问，他看起来像不像那种变态杀人狂？"迟岳明一眼就看穿了迟源的心思，实事求是地回答道，"这个问题我不能轻易断言，毕竟人家也没将'变态'两个字写在脸上。但如果他真的是凶手，这案子可就有点意思了。"

"哦？这话怎么讲？"

"我在想那个目击者……"

"你是说狄安？他怎么了？"

"没什么，反正这件事也不能再跟你细说了。"迟岳明一边敷衍弟弟一边将烟盒与打火机收进衣兜里。"今天就到此为止吧，我回去了，你好自为之！"

“这就回去了？不喝两杯再走吗？”迟源有意挽留，迟岳明却笑着回绝道，“算了吧，就你那酒量，喝两杯就够你睡到大天亮了。”

迟源没有接话，无趣地撇了下嘴，跟着哥哥来到门口。

迟岳明走后，迟源轻轻地关上房门，表情突然冰冷下来。他心情复杂地凝视着玄关的一角，眼神中透露出一股可怕的寒意。

第 11 章　初次见面

圣诞节的第二天下午，狄安他们终于将忙了近一个月的项目成功交出去了。老板 Stefan 心情大好，还没到下班时间，他就用一口不太流利的中文对负责该项目的全体成员说道："今天提前收工，我们出去庆祝！"办公室里顿时响起一阵欢呼雀跃的声音。收东西，关电脑，穿外套，大家的动作一个比一个迅速。

狄安也是该小组的一员，为了这个项目呕心沥血，费尽心思，加班时间长得令人发指。虽然今天难得有一个可以发泄的机会，他却并不打算跟同事们去凑这个热闹。他急匆匆地整理好自己的办公桌，披上大衣，来到 Stefan 面前，略带歉意地说道："Sorry，I can't go with you. I have something important to do."

"What？ Is that important than our celebration？" Stefan 诧异地问道，他本想在晚饭期间好好表扬一下狄安呢。虽然最近几天狄安有点心不在焉，但那并不影响他发挥自己的才华。尤其是最后的调整阶段，若不是狄安提出了一个近乎完美的修改方案，甲方的老总恐怕没那么容易就买账。

"Yes，it's the most important thing in the world." 狄安坦诚地回答道，焦急地看了一眼手表。"Sorry，I must go right now. Have fun. See you next week！ Bye！”说完这句，狄安夺门而出，分秒必争地朝目的地赶去。

17 点 54 分，狄安气喘吁吁地冲进市中心一栋高层写字楼内，乘坐电梯前往第十八层。此时离下班时间还有六分钟，狄安必须提前守候在办公室的门口，这样才能给他迫切想见的人一个惊喜。

出了电梯朝右走，狄安驾轻就熟地找到 1803 号。玻璃门上印着该公司的名字：一品文化传媒公司。佟潇就在这里上班，做公司的前台。虽然不是什么赚钱的工作，但却相对轻松，佟潇在这里一干就是两年。这家新公司也就创立了两年多一点，如此说来，佟潇还算得上是一个元老级别的人物。

佟潇每天 18 点整准时下班，这是她的习惯，对时间的把握分毫不差。她与狄安过往发生争吵，多半也是因为狄安约会迟到，害她苦等。

狄安看着手表默默地倒计时，秒针刚转过 12，公司的玻璃门就被人推开了。看见狄安站在门口，手里拿着一束新鲜的红玫瑰，佟潇停在原地愣了一会儿，吃惊地问道：“你怎么来了？我们不是分手了吗？”

“分手？那件事现在还算数吗？”狄安笑着问道，摆出一副耍赖皮的嘴脸。

“狄安，你什么意思？难不成你以为我在跟你开玩笑？”

“难道不是吗？”

“我不是跟你说过了吗，我们公司有一个同事……”

“哪个同事啊？”狄安恰到好处地打断了佟潇的话，饶有兴趣地问道，“让我见见你说的那个男同事吧，他还没下班吧？”

听到狄安这样问，佟潇为难地朝公司里面看了一眼，小声回答道：“他，他不在。”

“是他不在，还是你们公司里根本就没这号人呢？”狄安说完就要推门进去找人，佟潇紧张地阻拦住他，生气地问道，“狄安，你闹够了没有？你到底想干什么呀？”

此时已经有不少人在办公楼里晃动了，瞥到这对年轻男女的架势，任谁都会觉得这是情侣间在争吵。然而，狄安并没有按套路出牌。他没有发火，反而笑了。他拉起佟潇的手，温柔地说道：“潇潇，跟大多数漂亮女生比起来，你不算笨，但你实在不擅长撒谎。你们公司里根本就没有人在追求你，那不过是你想跟我分手临时编造的借口而已。但是实际上，分手这一招也是假的。你那么喜欢我，肯定是想用这招来挽留我，让我对你好一些，比以前更珍惜你。现在我告诉你，你做到了，我认输，行吗？”

“你怎么这么自恋，谁要挽留你啊。”佟潇把手从狄安的手中抽出来，矢口否认道，脸颊却无法掩饰地红润起来。

狄安趁热打铁，继续攻陷对方，“因为我知道啊！上个月见面的时候，你还跟我八卦过你们公司里的事情。你们公司一共有二十三名员工，女性居多，男的只有八人，其中四个是结了婚的。另外四个人里面，两个人是今年新来的应届生，年龄都比你小，是你坚决不会选择的类型。至于最后两个，我不说你也知道了。所以，你所谓的男同事究竟是哪一个呢？”

狄安未说出口的最后两个人其实是一对情侣，这个信息也是之前约会的时候佟潇八卦给他听的。他们的关系虽然在同事面前藏着掖着，但大家多少也察觉到了一些问题。

“我们可有一阵子没好好约会了，你怎么知道我们公司里没有新来的男同事呢？”

“有新来的也无所谓啊，因为你说有个人已经喜欢你很久了，这个很久的标准应该怎么衡量呢，至少也得超过一个月吧？”

“你，你真无赖……”被人当面拆穿成这样，佟潇已经无力替自己辩驳。她低着头站在那儿，看起来像在生闷气，但狄安知道，她只是需要一个可以下的台阶而已。既然如此，那就赶紧承认错误吧。“对不起，都是我不好。我不该冷落你，不该惹你伤心。我是无赖，是全天下最坏的坏蛋，你想怎么惩罚我我都心甘情愿地接受。”

听了这番话，佟潇的脸上终于露出了笑容。她对狄安的温柔没有任何抵抗能力，只要狄安开启这种以柔克刚的模式，无论多么生气，佟潇最终都会惨败。无法否认，狄安说的大部分都是事实，她的确想用分手的方式吓唬吓唬狄安。她本以为狄安会当场认错并设法挽留住她，可万万没有想到……“狄安，那天晚上你就知道我在撒谎，对不对？”佟潇困惑地问起这个问题，总觉得那天晚上的事情有些反常。

狄安点头承认，“我知道你用意何在。我之所以没有挽留你，除了想让彼此都冷静一下之外，还有一个更重要的原因。”

“什么原因？”看到狄安骤然变冷的表情，佟潇心里掠过一丝不祥的预感。

“我们换个地方再说吧，这里不太方便。”狄安严肃地说道，随后带着佟潇离开了人员繁杂的写字楼。

十五分钟后，两人来到街角一家生意不算红火的意式餐厅，挑了一个靠近角落的位置。事到如今，狄安已经没必要再向佟潇隐瞒那晚遇到的事情。他小心翼翼地朝四周张望了一下，确认没有人能听到他们谈话，这才放心地说道：“想必最近几天，你也看了不少关于连环杀人案的新闻吧？这次案件的事发地点正是距离我住处不远的那片拆迁区。新闻中提到了一个目击者，这个人在下夜班回家的途中偶然遇到凶手并且报案，及时挽救了受害者的性命。”

“我看到那些新闻了，最近几天办公室里的女同事还都在讨论这件事呢，想想也真够可怕的。”说这话时，佟潇正用叉子卷起几根意大利面准备往嘴里送。突然，她将叉子掉落在盘中，惊讶地瞪大了眼睛看着面前这位刚刚和好如初的男友，难以置信地捂住了嘴巴。“难道，那名所谓的公司白领是……”

“正是我。”狄安直言不讳地回答道，“所以你能理解那天晚上我为什么没有去追你了吧？事实上，警方这几天也没放过我，总是对我问东问西的。我感觉自己已经快成为他们的救命稻草了。”

“对不起，是我不好。你遇到了那样的事情，我不但没有陪在你身边，反而还跟你闹别扭，我真笨。”佟潇抱歉地说道，惭愧地低下了头。光是想想狄安曾经跟那个杀人魔鬼擦肩而过的情景，佟潇就浑身起鸡皮疙瘩。

“用不着道歉，这不是你我的错。总之在凶手落网之前，你晚上不要单独出门。”

“放心吧，十点以后我基本都会乖乖地待在家里。回去太晚我妈也会唠叨我的不是。”佟潇说着露出一脸无奈的表情，狄安看到她那副可怜的模样只能在心里默默表示同情。

佟潇今年二十四岁，本地人，大学毕业后跟父母住在一起。她母亲是一名虔诚的天主教徒，人虽善良和蔼，但却思想保守，坚决不让佟潇三更半夜出去鬼混。偶尔回去晚了，她母亲一定会追着问她去了哪里，跟谁在一起。如果是去跟狄安约会，她母亲就不再多说什么，如果是别的朋友，若不报上对方的大名，她一晚上都休想睡觉。

对于这样一个奇葩丈母娘，狄安既感激也怨恨。感激的是，佟潇在如此铜墙铁壁似的看管下想出轨都困难；怨恨的是，自己跟佟潇辛辛苦苦谈了三年的异地恋，好不容易熬到研究生毕业，人已经来到了女友生活的城市，却被明令禁止婚前不能住在一起。

所以两个人经常见不到面，闹着要分手，也不完全是狄安的错。

但是佟潇也有叛逆的时候，偶尔会在狄安的公寓里留宿。她母亲最开始也会唠叨，次数多了也就懒得再啰唆。实际上，佟潇悄悄地告诉过狄安，那是她父亲的鼎力相助起了作用。

想到这些，狄安突然甩开了之前阴沉沉的话题，用充满期许的眼神看着佟潇说道：“很久都没在一起了，今天晚上去我那儿吧？”佟潇沉默了片刻，随即点头答应。她这会儿也没心情再去纠结上个星期的事情了。

出了餐厅，两个人沿着灯火通明的街道手挽手漫步前行。狄安时不时讲些小笑话逗佟潇开心，佟潇则手捧着狄安之前送她的玫瑰花，笑容甜蜜，像是找回了最初谈恋爱时的感觉。

走着走着，佟潇突然停下了脚步，狄安扭过头来半开玩笑地问她：“怎么了，刚才吃太多东西，走不动路了吗？”

“才不是呢，我胃不太舒服……”佟潇噘着小嘴娇嗔地回答道，接着便抱着身子蹲在地上，脸上露出一副痛苦不堪的表情。

狄安被这突如其来的变故吓了一跳，连忙停止说笑，也蹲了下来：“怎么回事？是不是刚才吃的东西有问题？”

“不知道，可能休息一下就没事了吧……”

“看你疼得连路都走不了了，不像是没事的样子啊……”想到佟潇之前念大学的时候经常不吃早餐，胃本来就不是很好，狄安觉得这样干等着肯定解决不了问题。“不行，我还是送你去医院吧。”

“不用了，我……啊！你要干什么？”

还没等佟潇把话说完，狄安就动作迅速地将她背了起来，说：“我知道你害怕看医生，所以你今天就乖乖地跟我走吧！”

“我不去，我没事。你放开我，浑蛋！”一听说狄安要强制带她去医院，佟潇立马被吓得花容失色，好像看医生这件事比胃疼来得更加恐怖。

狄安却不理会佟潇的抗议，任凭她怎么挣扎，怎么喊叫，狄安都死死地背着她不肯放手。两人打架似的来到一条大马路边上，狄安匆匆忙忙地拦下了一辆出租车。

“两位去哪儿？”司机师傅从车内后视镜里好奇地看着后排座椅上的两人问道。

狄安想了一下，然后对司机师傅说道：“第二人民医院急诊部。麻烦您快点，我女朋友生病了。”

“好的，没问题。”司机一踩油门冲了出去，安慰狄安说，“第二人民医院离这儿不太远，这个时间不堵车，最多十六七分钟就能把你们送到。”

实际上，司机师傅一路风驰电掣，疯狂超车，只用了十四分钟就将两人送到了医院。

尽管已经到了深夜，急诊科还有好几名值班医生。夜间病人很少，除了佟潇之外，只有一名酒精中毒患者刚刚被朋友送来治疗。

因为事先从迟警官那里看过曹阳的照片，又大概了解对方的身高和体型，狄安一眼就认出此时正在给患者做检查的医生就是曹阳。

没想到这个人今天真的在？狄安暗自庆幸。他之所以带佟潇来第二人民医院做检查无非是想碰碰运气。佟潇公司附近倒也不是没有别的医院，只是趁着这个机会，他想亲眼看看这个因为自己提供的线索重新出现在犯罪嫌疑人名单里的急诊科医生。

不过亲自见到了曹阳以后，狄安反倒有些失望。他本以为自己会像刘警官说的那样，即使没看见凶手的长相，再次见到犯罪嫌疑人时可能会对对方的体态、走路姿势产生似曾相识的感觉。然而，他静静地观察了曹阳一会儿，脑海中并没有任何熟悉的影像与之匹配，那高大而陌生的背影就真的只是高大和陌生而已，除此之外，再无其他的感觉。

看着曹阳对患者认真负责的样子，狄安突然觉得自己的想法很好笑。抓凶手哪是那么容易的事情，最开始看到狼烟的时候他不是也没有什么特别的感觉吗？可如果非要让他从这两个人中做出评判，他当然希望自己的朋友是清白的。不过，这想法多幼稚啊，毕竟这两个人只是犯罪嫌疑人名单里的冰山一角，前提还得是警方给出的那份名单真的将凶手涵盖了进去。

想到警方居然要对这么多犯罪嫌疑人逐个进行排查，狄安头都大了。曹阳只是 1/137，想减小这个分母还真不是件容易的事情。

“哎，扶你女朋友去那张病床躺下，我得给她检查一下。”就在狄安胡思乱想之时，一名戴着眼镜的医生已经大致问了些情况，打算给佟潇做触诊检查。狄安连忙收回心神，把佟潇从椅子上扶起，发现佟潇这时已经脸色煞白，人都快要疼晕过去了。

“医生，她到底怎么了？怎么看起来这么严重？”

“现在还不能确定。”医生有些敷衍地回答道，再次催促两人去那边的病床。

狄安不悦地皱了下眉头，扶着佟潇慢慢躺在病床上。就在戴眼镜的医生准备做检查的时候，曹阳竟不知何时神不知鬼不觉地凑了过来，跟戴眼镜的医生说道：“这个患者交给我来检查就行了，你去歇着吧。”那个医生斜了曹阳一眼，没有说什么。虽然心里有点不爽，但能少干件差事，多休息一会儿也不是什么坏事。

狄安正纳闷这个曹医生到底闹的是哪一出时，曹阳耐心地对他解释道："听你们刚才说的情况，我想你女朋友表现出来的症状应该是胃痉挛。她平时胃就不太好，今天晚上又在意式餐厅吃了不少冰激凌。而且外面天这么冷，她不系大衣扣子，胃部受寒也有可能导致这样的情况。我先给她检查一下，确认是不是其他疾病引起的疼痛，然后再给她打一针止痉挛的药就没什么事了。至于她的胃有没有溃疡和胃炎之类的，需要做胃镜检查才能查清楚。"

"啊，是这样……"狄安放心地舒了口气，心想这医生真是不简单。明明刚才还在其他病床诊治别的患者，却丝毫没有漏掉他们这边的信息。曹阳能判断出佟潇在外面没系大衣扣子，而不是进来以后才将扣子解开的，一定是注意到了他们两个人急匆匆走入诊室时的情形。这些细节虽然不太起眼，但却足以说明曹阳是一个洞察力极强、心思非常细腻的人。

做检查的时候，曹阳又问了佟潇一些问题，比如平时的生活习惯、饮食习惯等。佟潇刚开始还有些抵触情绪，但听医生说她的病没什么大碍，要她以后多注意保暖，按时吃饭，如果再发现胃部有不适反应就到医院做个更彻底的检查时，慢慢放下心来。

佟潇特别害怕打针，宁可在医院里打几个小时点滴也坚决不选择肌肉注射。狄安劝了半天也没能让佟潇回心转意，于是只能半夜三更在这冷清的医院里陪女朋友熬时间。

点滴刚打上没多久就起作用了，佟潇折腾累了，靠在椅子上呼呼地睡了起来。狄安怕佟潇着凉便脱下自己的外套盖在了她的身上。

冬夜的输液室里灯光惨白，环境冷清，即使开着空调也让人感觉到阵阵的寒意。算上他们两个，输液室里一共才三个人。独自坐在第一排戴着耳机听音乐的男孩看起来像个大学生，一边打针还一边抱着本书在默背什么东西，似乎是期末考试快到了在临时抱佛脚。看到那个男孩的样子，狄安想起自己念大学的时候也有过类似的经历，不过那也仅限于他最不擅长的马列毛概和邓论，因为他实在不明白这些课程跟他的专业有什么关系。

坐在那里半天不动就容易犯困，狄安没穿外套，不敢睡觉，于是站起身来打算到输液室外面走动走动，顺便去个卫生间。路过急诊室时，狄安有意识地朝里面张望了一眼，发现那个叫曹阳的医生不在，急诊室里也没有任何患者，戴眼镜的医生正在用手机看视频，另外一个人像是在打瞌睡。

见到这场景，狄安不禁咧了下嘴，心想自己平时虽然总是抱怨工作累，加班多，但是跟这些值夜班的医生相比，他的工作已经不知道要舒服多少倍了。他一边感慨一边低着头继续走路，突然间撞在了迎面走来的人身上。他先是闻到了一股淡淡的烟味，接着抬头就看到曹阳正面无表情地看着他。

狄安想要道歉，曹阳却没打算停留，迈开步子就朝急诊室走去。

“等一下，曹医生。”狄安还没来得及细考虑这样做合不合适，就开口叫住了对方。他觉得自己好不容易有机会接触到犯罪嫌疑人，不聊上几句就这么回去了未免有点不划算，何况他今天本来就是冲着曹阳才带佟潇到这里看病的。

曹阳转过身来，一脸诧异地看着狄安问道：“还有什么事？患者出问题了？”

“啊，不是。”狄安一时间有些尴尬，因为没穿外套，他忍不住打了两个响亮的喷嚏。

“你等着，我去找件衣服给你穿。”曹阳说着快步走进急诊室，不到一分钟就拿着一件加绒的卫衣出来了。“这是我平时放在诊室里备用的，你先拿去穿吧。”

“谢谢！”狄安接过衣服披在身上，顿时感觉浑身暖和了不少。

“你刚才叫我，不会就是为了借衣服穿吧？”虽然被这件事岔了过去，曹阳并没有忘记狄安刚刚主动叫住了他。

狄安恍然想起这茬，傻笑了一声说：“是想过要借件衣服穿的，不过不好意思开口。”开完玩笑，狄安似有顾虑地往诊室里看了一眼，疑惑地问道，“我跟我女朋友进来的时候，你明明在给别的病人做检查，为什么突然又跑来插手我们这边的事情？而且，你对那个戴眼镜的医生似乎有点敌意。”刚一问完，狄安就觉得这样问似乎不太有礼貌，好像在怀疑什么似的，没想到对方完全不介意。

曹阳往走廊边上走了两步，靠在墙上，缓缓解释道：“我怕徐医生误诊，耽误了你女朋友的病情。那个戴眼镜的小医生是走后门进来的，之前在医学院是我的学弟，考试经常挂科，老师都劝他改行去做点别的，哪怕是从事相关行业，不直接涉及人命就行。可他就是不听，非说在实践中积累经验才能进步。他家里依靠关系把他送进了这个医院，虽然半年多来也没发生什么医疗事故，但他也并没有像自己保证的那样追求上进。”

“所以，当你听他说不能确认我女朋友是什么情况的时候就立刻过来支援了？”

“反正我当时负责的患者也没什么大碍了。”

“那还真是谢谢你了，曹医生。”狄安笑了一下说，也不知道是这冷清的环境在作祟，还是别的什么原因，心中竟莫名地升起一丝暖意。

他看着眼前这个长相不太友善的男医生，心想人还真是不可貌相。他做梦都没想到这个乍一看去无论如何都不想主动接近的人原来很有责任感，而且还很体贴。

狄安正想说过一会儿陪女朋友打完吊针就把衣服还回来，这时，走廊上传来一阵杂乱的脚步声，片刻过后，一名男子抱着一个浑身是血的女人气喘吁吁地跑进了急诊室。

“紧急情况？”狄安显然很少见到这样的场面，心中不免有些担忧。

曹阳见状表情也变得严肃起来，连忙朝急诊室走去。走了两步，他突然想起什么，转过头来对狄安说道：“衣服你先穿着吧，什么时候顺路送过来就行了。”说完，立刻全身心地把精力投入到了患者的抢救工作中。

男子送来的患者已经陷入重度昏迷状态，形势紧迫，所有能抽出空来的值班医生和护士都及时赶来帮忙。女患者不仅因车祸受了严重的外伤，同时还伴有脑挫裂伤和颅内血肿、脾脏破裂等多处内伤，需要多方面医生共同配合治疗。待到患者基本上脱离生命危险，抢救时间已经不知不觉过去了将近六个小时。

早上七点多钟，窗外天色大亮，曹阳疲惫不堪地换下工作服，在水池边用冰冷彻骨的水洗了把脸。他对着镜子呆立了一会儿，虽然极度疲倦却丝毫没有想要回家休息的欲望。

不知从什么时候开始，曹阳的生活已经完全被工作填满了。他是那种一闲下来就会空虚得要死的人，所以身边同事印象中的他基本上都是在马不停蹄地忙碌着。有人嘲笑他是工作狂，无聊无趣没情调，有人则嫉妒他的医学才能，暗地里甚至当面讽刺他爱表现，不过是为了让领导快点升他为急诊科主任。

面对这些质疑，曹阳从不生气，他也懒得跟大家解释，自己之所以这样是出于对人生的迷茫。常人眼中五彩缤纷世界于他来说只是一个不断重复、机械而又单调的运转体系。他从儿时起就已经不再对人生充满任何美好的幻想。

他冲了杯浓咖啡，在医生休息室里找了个舒服的椅子坐下。清早的阳光透过窗口照在他的脸上，发出一丝暖暖的温度，他却面无表情地喝了口咖啡，缓缓地从兜里摸出一部手机。

如果非要说曹阳喜欢用什么样的方式消磨他的业余时间，看书应该算是排在头号位置上的。只要能打发时间，他什么书都看。他阅读速度极快，记忆力也很好，久而久之几乎成了一部移动的百科全书。天文地理、宗教哲学、自然科学、文学艺术，随便拿出一样他都能说得头头是道，就连网络小说也在他的涉猎范围之内。

最近，曹阳在网上发现了一本被读者炒得火热的作品，名叫《第N+1个》。这本书是作者根据C市闹得沸沸扬扬的连环杀人案改编的。曹阳看得入迷，同时也很佩服作者的勇气，竟然敢在风口浪尖上发表这样的文章，搞不好会被警方当成犯罪嫌疑人的。

无论回家多晚，工作多累，曹阳肯定会在睡觉前把最新的章节看完，并像其他读者一样留下书评，共同讨论书里的剧情以及现实生活中连环杀人案的进展。没用几天，曹阳已经成为狼烟的粉丝。爱屋及乌，他把狼烟以前写的作品也翻出来看，惊讶地发现这个人写的故事几乎都很合他的胃口。

曹阳暗自想道：如果在现实中能够见到这个人，也许会有很多共同话题跟这个人聊。因为到目前为止，他身边并没有什么可以聊得来的朋友。他更感兴趣的是，狼烟在现实生活中是个什么样的人？是热情开朗，容易相处的？还是像他一样阴沉忧郁，令人畏惧的？

想到这里，他摇头笑了笑。这世上恐怕很难找出几个像他一样的怪人了。

他解锁手机屏幕，在收藏夹里找到狼烟的个人主页，点开小说最近更新的一章。故事里，凶手的杀戮仍在继续，而在现实中，绞尽脑汁寻找凶手的人们距离真相还有多远呢？

第 12 章 温柔的背后

2014 年 12 月 28 日，第十三起连环案发生后第十天，幸存者杨子菡的身体已经基本痊愈，但精神状况仍不容乐观。没有人知道她在案发当晚究竟看到了什么。警方对她抱有太大的期望，而她却对任何人的提问都不理不睬。除了一个人，狄安。

上午 10 点，狄安如约来到第二人民医院的特殊看护病房。此次前来，他肩负着一个十分重要的任务，那就是让子菡配合警方认出伤害她的凶手。尽管狄安本人对这样的安排并不抱太大的希望，内心却也期待看到子菡面对那些照片时的反应。

病房里干净整洁，空气中混杂着药剂的味道与淡淡的百合花香。

除了病人以外，房间里另有两男一女等候于此。

无须介绍，狄安已经对那两位警官非常熟悉，而另外一位从来没见过面的陌生女人，显然就是迟源之前提到过的那位心理学专家。

经过简短的寒暄，狄安得知那位四十多岁的中年女人姓秦，是这家医院临床心理学的副主任，同时也是一名优秀的心理咨询师。子菡住院期间没少受到秦医生的照顾，不仅仅是病情方面的关注，也有生活方面的帮助，毕竟受害者在这个远离家乡的城市里没有几个人可以依靠。子菡并不排斥和蔼善良的秦医生，但却一直不肯在她面前开口讲话。

依次跟警方与院方的人打过招呼，狄安将视线落在了病人的身上。与上个星期相比，子菡的气色又恢复了不少，脖子上的痕迹也渐渐变浅了，只是脸上的表情依旧有些茫然。

“早上好，我们又见面了。”狄安友好地跟子菡打了声招呼，不太确定对方是否还记得自己。发现对方很快就以微笑回应了他，狄安颇感欣慰。他径直走到子菡的病床前，拿起手里的纸袋子在她面前晃了一下说，“我给你带了刚出锅的糖炒栗子，要不要趁热吃一点？”

也许是病房里来了太多客人的缘故，子菡不好意思当着大家的面独自吃东西。她轻轻摇头回绝了狄安的好意，脸上露出一副遗憾的表情。

“没关系，想吃的时候再吃。这个包装袋很严实，不会那么快就冷掉的。”狄安一边安慰子菡，一边将纸袋子放在床头柜的空余处。那里除了一个插着鲜花的简易花瓶和子菡喝水用的保温杯，还有一个未拆包装的水果篮子。

这是迟警官带来的慰问品？看到那么精致华美的包装，狄安感觉那并不是迟警官的做事风格。果然，仔细看了一眼篮子的内侧，一张淡黄色的慰问卡片就插放在篮子的边缘位置。狄安看不全卡片上写的内容，无非是些祝福之类的话语，但他能看到卡片的署名，迟源。

那个律师又来过了啊！狄安忍不住在心中发出一声感慨。能够为了哥哥的案子如此尽心尽力，想必那兄弟两个之间感情一定很深厚吧！

“啊，对了，我这次来还给你带了圣诞礼物。”愣了一会儿，狄安又将视线转回到子菡的身上。他从包里拿出一套精装版的英文原版读物——《The Hunger Games》，递给病床上的子菡，继续说道，“以前聊天时听说你挺喜欢这部电影的，跟电影比起来，显然书里的内容要好看得多。你英文比我好，看起来应该很轻松吧。”

一提到英文，病房里的人似乎都立刻想起了子菡遇害的原因，只是病人自己对此并不知晓。杨子菡不是本地人，她毕业于北方一所非常不错的师范学校，学习英文专业。

2014 年夏天，杨子菡孤身一人来到 C 市，应聘到一家外语培训机构做讲师，工资水平比北方高一些，但也没有预期中的理想。为了补贴家用，早日让父母过上好生活，她利用业余时间给高中生补习英文，时间基本固定在星期二和星期四的晚上，还有星期六的白天。

案发那天是星期四，杨子菡像往常一样去学生家里补习。晚上 10 点 15 分，补习准时结束，杨子菡先乘公交车离开，中间转乘一次地铁，出了站口就差不多快晚上 11 点了。像狄安一样，杨子菡也喜欢抄近路回家。

她做梦也没有想到，无人问津的深巷，恶魔早已经埋伏在那里等候她的到来。若不是狄安恰好从那里经过，她现在根本不会出现在病房，而是应该已经躺在冰冷阴暗的停尸房了。

子菡开心地接过礼物，迫不及待地从包装盒里抽出书随便翻看了两页，脸上洋溢着久违的幸福表情。她腼腆地对狄安笑了一下，似乎将千言万语都容纳在了里面。

尽管子菡始终一言不发，但无论狄安说什么，她都会认真地倾听，时不时还用表情和肢体语言做出回应。看到如此温馨的场景，秦医生甚至有些佩服狄安。她知道自己暂时无法让受害者开口，原因是她还没能真正走进受害者的内心，而狄安，这个亲和力非同一般的温柔男子，从一开始就在受害者的心里占据着非常重要的位置。

刘崎似乎不太好意思打扰那对年轻人之间的“愉快交流”，但迟岳明却没有那个耐心陪他们闲话家常。忍耐了一会儿，他无情地打断了狄安正在讲述的笑话，并用眼神提醒后者：差不多就行了，你今天可是带着任务来的。

狄安知趣地耸了下肩膀，嘴上没抱怨，心里却有点不爽。他从刘警官那里接过一叠厚厚的照片，如果没记错的话应该有 137 张。警方认为犯罪嫌疑人就藏在这其中，狄安对这个推测并没有太大的疑义，但现在让子菡来做辨认的工作实在是太强人所难了。

“狄安，注意问话的语气，用词尽量委婉一些。”尽管觉得没有必要，秦医生还是在旁边小声提醒了一句，随后又继续补充道，“子菡翻看照片的时候，我们会记录下她的表情变化，你要做的就是确保她一张不落地看完所有的照片。”

“放心吧，我也希望警方能早点将凶手绳之以法。”狄安话音刚落，病房里就陷入了一阵死水般的静默，所有人的目光都集中在了受害者身上。

“子菡，你知道自己为什么住进医院吗？”狄安温柔地问道，仿佛声音里透着一种能够安抚别人的力量。

听到这个问题，子菡若有所思地眯起了双眼，似在努力回想着什么。几秒钟过后，她失落地摇了摇头，而后又不确定地点了下头，看起来记忆有些模糊。

“12 月 18 日夜晚，你从学生家里回来的时候被一个男人袭击了，还记得吗？”

这一次，子菡先是点头回应，之后又困惑地摇头，最后再次点头确认。

“你能好好回想一下，袭击你的男人长什么样子，或者有什么体貌特征吗？你不需要说出来，帮我把他从这些照片里挑出来就可以了。”

问完这些问题，狄安能看到杨子菡的眼神中流露出了一丝小小的惊恐，但她并没有拒绝这个艰巨的任务，而是爽快地接过那些照片，全神贯注地翻看起来。

就像狄安最初见到那些照片一样，子菡对那些陌生面庞也表现出了些许的无奈。她动作机械地翻动着照片，表情没有什么变化。

几分钟过去后，子菡开始感觉到疲惫了，她将剩下的照片摊放在病床上，抱歉地看看狄安，又分别看看病房里的每一个人，无助的样子着实让人心疼。狄安心里一酸，恨不得立马将照片抢过来撕个粉碎，但是迫于警方施加的压力，他不敢乱来，天知道破坏了这一次的辨认工作，迟警官又会想出什么样的方法来为难子菡呢？反正横竖逃不过一劫，狄安相信有自己在场，子菡所受到的惊吓程度也许是最小的了。

“累了就休息一下吧，反正那个浑蛋也跑不了。”狄安说着轻轻地拍了拍子菡的手，以示安慰，没想到就在这时，不愿意服输的子菡竟然又倔强地拿起照片，继续进行之前的工作。还没翻过几张，子菡的视线就在某一张照片上多停留了片刻，眼神也有了一点微弱的变化。照片上的男子鼻梁挺拔，脸型周正，迷人的双眼有一种勾人魂魄的力量。

看到这张照片，狄安顿时感觉到呼吸困难，心都似乎要停止跳动了。他并不是被男子的长相所吸引，而是被惊吓到了。

不是他！不可能是他！狄安在心里默默地祈祷，而在一旁负责做记录的秦医生却毫不留情地记下了这张照片的编号，67 号。照片上的男人，是狼烟。

翻过了狼烟的照片，子菡的辨认还在继续，狄安却没有心情再配合。直到子菡翻到第 89 以及第 112 张照片时，瞳孔再次有了细微的变化，狄安这才明白，其实子菡并没有辨认出什么凶手，只是觉得照片里的帅哥有点赏心悦目罢了。

原来是虚惊一场，狄安放心地舒了一口长气，心里有种哭笑不得的感觉。

总共用了十分钟的时间，子菡终于将照片全部看完了。除了挑出几个五官精致的帅哥之外，没有更多的收获。如果非要说凶手就隐藏在这几个帅哥里，这样的解释实在让人难以信服，但有趣的是，这几个人里竟然有迟岳明最在意的那一个。

想到这儿，迟岳明冷冷地看了狄安一眼，低声说道："出来一下，我有话问你。"狄安有点不舒服，但还是跟着迟岳明去了。两个人一前一后来到病房外面的走廊。不远处，伪装成病人的刑警小李正坐在走廊外面的椅子上休息，他的任务就是保护受害者不再被凶手伤害。

"狄安，关于那几张照片，你有什么看法？"虽然是在询问对方的意见，迟岳明的态度却生硬得像在审问犯人。狄安没有在意这点，无奈地笑着回答："就像我们看到的一样，子菡只是单纯地喜欢看帅哥而已。"

"狼烟也在里面。"

"只是巧合吧。你别看他那个人有点邋遢，五官还是挺耐看的。"

"到现在你还这么认为吗？"

“什么？”

“狼烟是清白的。”

“迟警官，你到底想说什么？”

“狼烟有很大的作案嫌疑，这一点你心里也清楚。案发当晚，你跟凶手究竟是擦肩而过还是另有隐情，我不知道，因为那一切只是你的一面之词。假如凶手就是你的朋友狼烟，而你当时已经认出了他，如果你想包庇他，你当然有可能在警方面前说假话。”

听到这样的质疑，狄安诧异地看了迟警官一眼。此前，他还从来没有过这样的想法。自己好心好意配合警方做调查，结果却反过来被怀疑，这种感觉实在很窝火。即使是性格一向温和的狄安也受不了这样的窝囊气，何况他骨子里并不是一个好欺负的人。

他挺直腰杆站在迟警官的面前，严肃认真地直视着对方的双眼，语气冰冷地说道：“迟警官，我虽然对你的疑惑心存不满，但也能理解你的心情。只是，有三点我需要好好跟你解释一下。

“第一，我跟狼烟是高中时代的朋友，毕业后已经有将近八年的时间没有见面了，就连他在网上写小说的事情我也是最近几天才听说的。对于这样一个人，很难说我能在那种恶劣的环境下辨认出他的身份。

“第二，即使我眼力非凡，当场就认出了狼烟。如果我有意要隐瞒他的体态特征，我大可以告诉你们凶手的身高只有 170 公分，而且是个体态臃肿的大叔，将你们的视线引到一个完全错误的方向上。那样的话，无论你们怎么调查也找不出凶手。但我所给出的数据却让他不偏不倚刚好落到你们要排查的范围内，如此看来，我哪里像是在帮他，简直是在害他。

“第三，就算我真的认出狼烟是凶手，我们俩的关系也没有好到可以让我包庇他是杀人犯的程度。所以，请你不要再怀疑我的诚信。否则，我可很难说服自己再继续协助你们的工作了。”

一吐为快之后，狄安的火气终于消减了一些，两人之间出现了一阵短暂的沉默。

平时在刑警队里，除了上面的几位领导之外，几乎没人敢用这样的态度跟迟岳明讲话。按照迟岳明的脾气，这个时候也差不多该发火骂人了，可他今天不但没有翻脸，反而一反常态地笑了两声：“很好，我就是想听听你的立场。希望接下来你还能积极配合我们的调查。”迟岳明说话的样子很是瘆人。

“为了子菡，我会的。”狄安不冷不热地回答道，温柔的表情已经荡然无存。“对不起，我今天还有事，先走一步了。”因为心情受到了打扰，狄安并没有返回病房跟杨子菡和秦医生告别。他冷冷地看了一眼正从病房里走出来的刘警官，很快就离开了。

狄安离开后，刘崎立刻迎上前来，担忧地问迟岳明：“队长，他会帮我们找到答案吗？”迟岳明没有回答这个问题，只是立马命令道：“从现在开始，叫冯凯那边把狄安盯紧一点。”

“是。”刘崎痛快地回答道，回头就给盯梢的兄弟拨了电话。

刘崎心里明白，迟队长会跟狄安发生冲突并不是不相信狄安，而是想让狄安去证实狼烟是否是凶手这一推测。自己的朋友被警方怀疑，自己也因此被连累，遇到这样的事情，但凡是有点好奇心的人都会想方设法弄清事情真相的。

而与一般人相比，狄安显然要可靠得多。何况作为为数不多的朋友，狄安反倒比警方更容易从狼烟那里套出有价值的线索。

作为整起案件的关键人物，狄安的个人信息早就被警方查得一清二楚。迟队长如此看重狄安，几次三番把他拖进案件并不是没有理由的。根据他们掌握的资料来看，狄安确实是一个相当有趣的家伙。他头脑灵活，心思缜密，智力水平远远高于身边的人。但他却天生拥有温和的性格，耐磨的脾气，喜欢低调行事，不善于人争辩。

然而，越是这样的人，认真起来就越是可怕。关于这一点，刘崎刚刚已经从狄安身上感受到了几分。如此看来，狄安跟狼烟之间，怕是要掀起一场没有硝烟的心理战争了。

第 13 章　狼窝

雨后的夜晚，街道有些冷清。狄安独自一人靠在路边的栏杆上，心情有一点惆怅。

他在等一个人，一个昔日是好友，如今却被迟警官紧咬住不放的犯罪嫌疑人。

白天在医院里发生那样的冲突是狄安始料未及的事情，但他并不后悔对迟警官表明自己的立场，因为他相信狼烟，也希望自己能帮狼烟洗清嫌疑。

回忆起案发当晚的情景，狄安无法将凶手的背影与狼烟联系在一起，却也无法将狼烟排除出凶手的范围。毕竟这世上体型相似的人有太多太多，而凶手那套宽松的雨衣下究竟隐藏着怎样的容貌特征，仅凭一个行色匆匆的背影是根本就没办法判断的。能够给出这个答案的恐怕只有死里逃生的幸存者，而通过今天上午的辨认工作，狄安相信杨子菡其实也没有看见凶手的长相。

远处的街角，一名身材高挑的男子正晃晃悠悠地朝狄安这边走来，举手投足间透着一股玩世不恭的劲。他穿了一件长及膝盖的黑色羊毛大衣，下身配了一条深蓝色的亚麻裤子，脚上穿了一双棕色的矮靴。如果只看到这些，狄安会觉得迎面走来的是一个有款有型的正常男子，然而再仔细瞧瞧他那头乱蓬蓬的长发，至少一个星期都没有刮过的胡子，无须多想，狄安知道来人肯定就是向来不修边幅的狼烟。

“对不起，刚才出门的时候忘记给小狼换猫砂，走到半路又折回去了。”刚一走近，狼烟就一脸歉意地对老朋友解释起自己迟到的原因。狄安淡然地笑了一下，他并不介意多等几分钟，反倒觉得在雨后的夜晚呼吸一下新鲜空气是一件挺惬意的事情。

“怎么不进去等着？站在外面怪冷的。”看到狄安冻得微微发红的鼻头，狼烟心疼地说道，随后朝路边一家经常光顾的酒吧走去。

两个人一前一后地走着，狄安突然想起了什么，颇为好奇地问狼烟：“你刚才提到的小狼，莫非是你养的小猫？”言语中透露着难以掩饰的惊讶。他本以为像狼烟这种生活不规律的人连自己的健康状况都保证不了，应该不会有多余的精力养宠物。哪知狼烟竟然将手机里的照片递给狄安，视如珍宝地说道：“就是这只可爱的家伙，已经不知不觉陪伴我三年了。”

“挺精神的样子嘛，看来你没虐待它。”

“我哪舍得啊！我是真心把它当成生活中的伙伴了。毕竟像我这种人哪，想找个女朋友陪还是很困难的。”

“没错，敢跟你在一起的女孩子不是脑袋进水了就是心理有问题。”狄安毫不留情地挖苦狼烟，顺势还将狼烟黑白完全颠倒的非人类生活狠狠地调侃了一番。面对老友的无情批判，狼烟并不反驳，只是无奈地笑了一下，因为对方说的基本上都是实情。

进入酒吧，两人挑了一个靠墙的位置。一张咖啡色的木质圆桌上摆了一只细长的水晶花瓶，里面插着几朵纸折的玫瑰。除此之外还有一个小巧精致的烛台。圆桌的周围配了三把红色的布艺沙发椅，两个人各坐一把，并将脱下来的外套堆放在另外一把椅子上。

既然狄安是以叙旧的名义约狼烟出来见面，狼烟自然是有备而来。刚在座位上坐好，他就先给每人点了六瓶啤酒。狄安也不推辞，虽然他平日里几乎滴酒不沾，但是天生的好酒量让他无论在任何场合都不会发怵。

狄安清楚地记得，他跟狼烟最后一次一起喝酒还是在高中毕业那年的同学聚会上。一转眼，八年时间过去了，两个人都有了不小的变化。尤其是狼烟，早已经从那个冷漠孤僻的美少年变成了一个油嘴滑舌、生活完全跑偏的颓废小说家。不仅如此，狼烟还因为最近发表的一部作品被警方盯上，成为警方的重点怀疑对象。

这事说来也很荒唐。如果狼烟真的是凶手，那他到底得有多疯狂才能自导自演这样一部惊心动魄的好戏呢？

八年未见，纵使狄安相信狼烟不曾杀人，也不敢轻易保证什么。为了给迟警官一个交代，同时也为了给自己一个交代，狄安不会容许真相就这样从他眼皮底下悄悄溜走。

两杯啤酒下肚，狼烟便开始追忆起学生时代的陈年往事。狄安并不从中插嘴，只是偶尔用“嗯”“啊”之类的词语敷衍着。比起那些，狄安显然更在意狼烟的近期生活。等狼烟喝完第三杯啤酒，狄安终于有些不耐烦地打断了他的回忆：“听说你现在又开始写小说了？前些天，你在网上发了本新书，写的就是最近闹得满城风雨的连环杀人案吧？”

突然间听到老友转换了话题，狼烟颇感意外，但他还是满怀期待地问道：“你看了那本书吗？觉得怎么样？”

“老实说，我还没抽出时间仔细阅读。不过，我猜你这本书一定写得很辛苦吧？”

“没办法啊，写作本来就是件很辛苦的事情。”

“狼烟，我所说的辛苦可是另外一回事！你应该懂的。”狄安意味深长地说，随后将胳膊肘拄在桌子上，单手托着下巴饶有兴趣地看着狼烟。狼烟却一脸困惑地回应着对方的目光，缓缓说道：“我还真是不懂你指的是哪方面。”

面对狼烟的不配合，狄安并不着急，只是悄悄地指了指十点钟方向的客人，低声说着：“那个男人是在我们之后独自进来的。他虽然点了杯扎啤，但每次却只抿一小口，半个小时过去才喝掉不到三厘米的高度，看起来不像是来喝酒的。而且在这段时间里，他并没有东张西望，四处找人，并且一次都没有朝门口看去，这说明他不是在等人；如果他是出来找乐子的，明明旁边就坐着两个漂亮的女孩子，他却不曾与她们搭讪。”

“所以呢？你想说明什么？”

“所以我想问你，跟警方打交道感觉的如何？”

“啊？”狼烟诧异地张了下嘴巴，偷偷地瞥了一眼狄安所指的那个男人，似乎有点跟不上对方那过于跳跃的聊天方式。

狄安忍不住笑了一下，不紧不慢地解释道：“2014年12月18日，C市发生了第十三起连环杀人案，仅仅在案件发生后两天，你的小说就在网站上发表了，并且在短时间内受到了很大的关注。这么火热的一部作品，内容涉及让警方头疼的、一年未破的大案子，别说是警察了，任何人都想从你口中得知案件的真相，管它是真是假。所以那个男人，我猜他一定是警方派来盯你的人，而你也多半跟警方的人打过交道了吧？”

听完了狄安的解释，狼烟拿起酒杯，将第四杯酒一饮而尽。沉默了片刻，他略感无奈地对老朋友说道：“没想到你的目光还是那么敏锐，什么事情都瞒不过你。我承认，我确实被警方怀疑了，但也仅限于被怀疑而已。毕竟凭一本小说就认为我是凶手，这想法也太荒唐了。”

“的确够荒唐的！但是你的做法也很荒唐，不是吗？狼烟，你为什么偏要在这么敏感的时候发这样的文章，你是不是活得不耐烦了？”

“为了能让这部作品迅速火热起来，这是必须要有的牺牲，你懂吗？所谓的热点话题都是具有时效性的，我认为现在就是发表这部作品的最佳时间。连环杀人案持续了一年之久，受害者已经达到了十三人，人们对此既感到恐惧又好奇地期待着下文。天知道警方什么时候能破案。如果时间拖得太久，人们对这件事的期待值反而会下降，兴趣逐渐丧失，心也渐渐变得麻木，到了那个时候再发表这部作品，受到的关注肯定没有现在多吧？”

“你的意思是说，为了出名，你根本就不在乎警方的纠缠？”

狼烟没有回答，脸上却带着满足的笑意。这诡异的笑容让狄安瞬间感到脊背发凉。他还需要问什么呢？答案不是已经很明显地写在对方的脸上了吗？狼烟何止是不在乎警方的纠缠，他分明是很享受现在的生活状态。

狼烟不仅抓住了发表作品的最佳时机，还利用这样的机会引起警方的注意，得到与警方接触的机会。被怀疑，被盘问，被监视，这一切都是狼烟想要得到的结果，他不仅不觉得苦恼，反而乐在其中。他心里其实是希望警方把他当成嫌疑人的，如此一来他就可以切身体验凶手的内心感受了。这样一想，狄安突然觉得狼烟太疯狂了，虽然在学生时代狼烟就已经是很与众不同了。

思考了很久，狄安认真地看着狼烟那双深邃迷人的眼睛，担忧地劝告他道："我说你啊，差不多就行了，小心别玩火自焚！"

狼烟清了清嗓子，严肃地回应狄安："就算火真的烧起来了，临死前我也要拉一个人下地狱。"

狄安被这句话惊出一个寒战，迫切追问道："你在说谁？"

"还能有谁，当然是凶手了。"狼烟哈哈大笑着回答，没笑几声，表情却突然僵住了。因为他注意到吧台那边，一名相貌英俊的男子正神情严肃地看着他跟狄安。

僵持了几秒钟后，男子迈开脚步朝他们这边走来。顺着狼烟的视线，狄安也注意到了那名男子。只不过，他的表现并不像狼烟那么惊讶。待那名男子走近他们的桌子，狄安主动站起身来与之打招呼："这么巧啊，竟然在这儿碰到你了。"

"是啊，刚好跟朋友约在这里谈点事情。"迟源笑着回答，言谈举止都散发着非同寻常的魅力。

跟周围的人比起来，这个人实在是太耀眼了。狄安暗自想到，忍不住在心里羡慕起对方那天生的好样貌来。相比迟源来说，迟警官的长相就略微逊色了一些，再对比兄弟两人的性格，简直就是一个天上一个地下。比起态度强硬的迟岳明警官，狄安现在反倒更愿意帮助这个迟律师。

对狄安来说，只要凶手能够得到法律的制裁，真相最终被谁揭露与他又有什么关系？他只是不希望杨子菡遭受不明不白的侵害，不希望死者在九泉之下饱受冤屈。同时，他也最不希望自己的好友沦落成犯罪嫌疑人。

“朋友呢？”狄安问道，向吧台那边快速张望了几眼。

“已经回去了。我也正打算离开呢，突然就看到你了。”

“是因为刚才那狂放不羁的笑声？”狄安打趣地说道，并不担心狼烟会为此感到尴尬。迟源倒是不好意思评价初次见面的人，于是模棱两可地回答道：“没有，只是感觉这边挺热闹的，情不自禁多看了两眼而已。”

看到狄安跟那名陌生男子聊得火热，狼烟也不甘寂寞。他起身走到狄安的旁边，好奇地打量着迟源，并用胳膊轻轻碰了狄安一下，问道：“这位帅哥是你朋友？”

“嗯……算是吧……”狄安的回答有些犹豫，但也只能想到这个答案。事实上，狄安自己也不知道该如何形容他跟迟源的关系。因为在今天之前，他跟迟源也只见过两次面而已，且每次谈论的话题全都围绕着连环杀人案。除此之外，狄安根本就不了解迟源。这样的关系实在算不上是朋友，也许连熟人都不算。

但是，狄安不想告诉狼烟，他跟迟源是因为连环杀人案才相识的。他是第十三起案件的关键人物，这件事终究只是少数人才知道的秘密。如果现在就将此事告诉面前这个对连环杀人案达到痴迷程度的疯狂小说家，狄安不知道狼烟会不会在文章里乱写什么，进而影响到自己那已经变得不再正常的生活。而且，如果狼烟真的是凶手，狄安还想看狼烟如何继续在他面前伪装，毕竟戏演得越久破绽就越容易败露。

“我们是通过一个朋友才认识的，所以也算是朋友。”思索了片刻，狄安补充道，并对迟源偷偷地使了个眼色。迟源立刻心领神会，配合狄安说：“没错，我们是通过一个女性朋友认识的。”这个女性朋友是暗指杨子菡吧，狄安苦涩地报以一笑。

“自我介绍一下，我叫迟源，是一名律师。”迟源说着伸出右手，欲与狼烟行握手礼。狼烟在礼节上回应了对方，脸上却显露出一副极其不严肃的表情。“原来是狄安的朋友啊，刚才真是吓我一跳，发现吧台那边有帅哥在看我，还以为自己被哪个基佬给盯上了呢。”

十足的玩笑话，十足的狼烟风格。狄安早已经习惯了这样的调侃，但是对于一个初次见面的陌生人来说，开这样的玩笑未免有些失礼。“对不起，我这个朋友就是爱说笑。”为了化解尴尬，狄安赶紧抢在迟源开口之前替狼烟道歉。

狼烟无趣地发出“啧啧”的声音，很快就恢复到一本正经的状态，自我介绍道：“你好，我叫唐泽枫。你也可以叫我狼烟。”

“狼烟？是那个网络小说家狼烟吗？我看过你写的小说，关于连环杀人案的那本。”迟源激动地说着，心想我们还在网上密切交谈过一次，你书里的内容有一半都是我提供的。

“看来你也对那些案子很感兴趣嘛，以后有时间我们可以好好探讨一下。”

已经很深刻地探讨过了，迟源在心里默默接话，嘴上却笑着回答：“好啊，我也迫不及待想知道凶手到底是谁。”

“我们还是坐下来慢慢聊吧！”发现迟源跟狼烟似有一见如故之意，狄安立刻邀请迟源加入他们。他将之前堆放杂物的沙发椅清空，将他跟狼烟的外套分别搭在各自的椅背上。

少顷，三个人围着圆桌坐下。没等迟源表态，狼烟又自顾自地加了几瓶啤酒，并动作迅速地帮迟源倒满了一杯。

为了表示自己的诚意，狼烟率先将杯子里的酒一饮而尽，态度诚恳地对迟源说道：“我这个人习惯了独来独往，平时不怎么爱交朋友。既然你是狄安的朋友，那我就不敢怠慢了。”

见到对方如此客气，迟源也只能用笑脸来回应，但若当真让他干了眼前这杯酒，他心里面可是一万个不愿意啊！“实在不好意思，我酒量真的很差，只能尽量喝一点了。”说完，迟源举起酒杯喝了两口，表情显得很不自在。

狼烟不知道迟源这一出是真是假。他向来不拘小节，更不喜欢做事扭捏之人，于是继续劝酒道："你不会这么不给面子吧？好歹也要把这一杯喝完再说吧？"

"对不起，我真的……"迟源为难地看了看狄安，似乎想寻求帮助，但狄安只是无奈地摇摇头说："这个人很变态的，你最好别惹他不高兴。"这当然是玩笑话，不过狄安相信，不管迟源再怎么能说会道，他也敌不过面前这个不着调的贫嘴小说家。

几番周旋下来，迟源果然没能招架住狼烟的忽悠。他艰难地喝下两杯酒，感觉身边的事物都开始天旋地转起来。当狼烟拿着酒瓶子给迟源倒满第三杯酒的时候，迟源软绵绵地趴在了桌子上，一两分钟后就神志不清了。

见势头不妙，狄安赶忙凑到迟源面前检查情况。"喂，迟源，你没事吧？"他轻轻推了迟源几下试图将对方唤醒，但对方只是含糊不清地"哼哼"了两声，根本就听不懂说的是什么。狄安有点慌了，又试着推了几下，这一次却连含糊的声音都没有了。

"看看你干的好事，这回满意了吗？"狄安无奈地坐回到椅子上，用略带嘲讽的语气对狼烟说道。他今天是迫不得已才介绍这两人认识的，结果竟以如此糟糕的方式收场。下一次再见到迟源的时候，他该用什么样的心态来面对迟源呢？

虽然已经添了乱子，狼烟的手里依然还端着酒杯，看上去有种意犹未尽的意思。他诧异地看着那个被两杯啤酒灌倒的男人，无辜地说道："嘿，我哪知道他是真的不能喝酒啊，还以为他故意装矜持呢。"

"得了吧，我怎么看不出来他那样子是装的？你以为人人都像你一样能喝啊？"

"就算不能喝也不至于这么差劲吧！才两杯啊，还是啤的。"狼烟又挖苦了迟源两句，看到狄安脸色有些难看，立马做了一个投降的手势说，"行行行，我错了。现在该怎么办，把他一个人扔在这儿吗？"

"你说呢？把你灌倒了一个人扔这儿试试？"狄安没好气地反问道，

顿时被这位不靠谱的朋友惹得满肚子怒火。狼烟却不以为然地笑笑，继续提出更加不靠谱的意见："你别忘了，我可是警方重点监视的犯罪嫌疑人，他的问题肯定会有人帮忙解决的。"

"够了，你能说点正经的吗？"狄安生气地吼了狼烟一句，平日里少有的严肃表情着实把狼烟吓了一跳。

"那你说怎么办？看你那样子，应该也不知道他家住哪儿吧？"狼烟心烦意乱地扯了下头发，这会儿才后悔自己不该拼命劝酒。思索了片刻，狼烟突然认真地对狄安说道，"一会儿帮我把他扶出去，今天晚上就让他在我那儿将就一下得了。"

"这样方便吗？毕竟不是熟人。"听到这个提议，狄安先是愣了一下，随后用不太确定的语气问道。他有想过联系迟警官，问出迟源的住址，但这场面解释起来有些尴尬；他也想过让迟源去自己的住处凑合一晚，但是那套小型单身公寓实在不太适合收留他人。

"没什么不方便的，反正他是你的朋友嘛！再说今天这麻烦是我惹出来的，我自己一个人解决就行了。"狼烟的热情与诚恳让狄安的心里稍稍有些过意不去，但他不能告诉狼烟，那个醉倒的男人根本就不是他的朋友。

结账过后，狄安跟狼烟一起将迟源搀扶到酒吧门外。23点刚过，街道上还有许多来来往往的车辆。狄安站在路边，帮狼烟他们拦了一辆出租车，反复叮嘱狼烟千万不要再开那些过火的玩笑，即使他知道警告也无济于事。狼烟向来对整人乐此不疲。

狄安真的无法想象，当醉酒的迟源一觉醒来，发现自己身处于一个完全陌生的环境，屋子里有一个基本上等同于陌生的男人，嘴上开着不着边际的玩笑，胡扯些有的没的，迟源的心里会有什么感觉？除了祝他好运之外，狄安实在不知道自己还能做些什么。

几分钟后，狄安再次拦下一辆出租车。他坐在后排，对司机报了地址，紧接着便陷入了沉默。他望着窗外飞速而过的景致，若有所思地皱起了眉头。关于那个狼窝里即将要发生的事情，狄安刚刚只不过是玩笑般地设想了其中一种可能罢了，而实际情况可能并非如此。毕竟在他之前走掉的那两个人，哪一个都不是省油的灯。

23点45分，出租车载着狼烟和迟源驶进城中央一片老旧杂乱的社区里。跟不远处那些灯火通明的高楼大厦相比，这一带显得破败不堪，甚至还有那么一点贫民窟的意味。

附近的房子基本上都是二十世纪八十年代修建的，狼烟的家就在其中某一栋破旧的居民楼里。他在这里出生，度过了阴郁的童年，中途离开了十几年的光阴，大学毕业以后又再度回到这里生活。

他问过自己很多次，为什么要回来？关于这个问题，他总是无法找到明确的答案。这里只有一重又一重的噩梦，只有难过到快要让人窒息的回忆。狼烟无法从这里得到任何快乐或希望，他能看到的只有那个弱小而又无助的自己，孤独地守候在绝望中，期待被拯救。

为什么要回来？狼烟总是在试图回答这个问题。但他找不到答案，因为答案就禁锢在他的心中。是为了父亲吗？内心的声音总会在不经意间轻轻提醒。他困惑地遥望远方，反问自己：我回来，真的是因为想念父亲吗？

也许吧，毕竟除了这里，世间的任何角落都再也找不到那个人曾经留下过的痕迹了。

出租车停在一栋七层高的居民楼下，右前方不到三米的位置停着一辆价值超过百万的宝马SUV。那辆车是狼烟的座驾，在有钱人并不太多的小区里显得较为扎眼。

街坊四邻们几乎没有人认识狼烟，正常的作息时间让他们很难有机会同这个夜间生物相遇。即使偶尔碰到，狼烟也从不与他们说话。他不想与人亲近，不想让任何人了解他，不希望任何人走进他的生活。他只想做一匹孤独的狼，孤独地生存，孤独地毁灭。

这是他的命，很早以前就注定的命运。

结账过后，狼烟放好零钱，收起钱包。出租车司机回头看了一眼正在后排座椅上昏昏欲睡的男子，担忧地问道：“你一个人扶他上楼能行吗？用不用我帮忙？”

“上楼就不用了，您帮我把他从车里拖出来就行。”狼烟回答道，随后打开副驾驶的车门，司机师傅也跟着下了车。幸好迟源还残留了一点点微弱的意识，在司机师傅的帮助下，狼烟将迟源稳稳地扶住，并将他的一只胳膊搭放在自己的脖颈处。

“我说，你这兄弟到底喝了多少啊？”重新回到车上，司机从车窗看着两人问道。

“也没多少。”狼烟笑着回答，实在不好意思跟对方讲实话。“都怪他酒量太差，还一个劲地逞强，没几分钟就把自己弄趴下了。”

“哎哟，那可真是愁人。”司机说着再次将视线落在他们身上。他拉过很多刚从酒桌上下来的乘客，收留醉酒的朋友更是经常遇到的事情，但他怎么看都觉得那两个人怪怪的，似乎不像是那种亲密无间的兄弟。算了，反正这事也不用他操心，就算人家扛着一个貌美如花的姑娘回家，跟他又有什么关系。“你悠着点，别把人家给摔着。”看到狼烟那摇摇晃晃的姿态，司机师傅好心提醒了一句，随后关上车窗，扬长而去。

费了九牛二虎之力，狼烟终于把迟源弄到了楼上。刚一进家门，小狼就在门口发出黏人的叫声，并在狼烟的裤腿上蹭来蹭去。因为空不出手来抚摸小狼，狼烟只好抱歉地说道：“我先去安顿客人，一会儿再给你弄吃的好吗？”说完，狼烟直接将迟源带到了自己的卧室。

虽然狼烟家的面积不算小，但能够睡觉的地方却只有他卧室里那张凌乱不堪的床。不过这并没有什么影响，因为狼烟晚上基本上用不着那张床。他先让迟源靠着床头半倚在床边，简单拾掇了一下随意丢放在床上的衣物，然后又将迟源好好地放倒在床上，让他舒服地枕在自己的枕头上。

小狼似乎对家里这个新来的客人很感兴趣。它灵巧地蹦到床上，围着迟源的身体转了两圈，最后竟然在枕头旁边安静地窝成了一团。

“想不到你还挺热情的，不想吃东西了吗？”狼烟温柔地挠了挠小狼的下颌，对它的表现颇感意外。小狼舒服地仰着脑袋，“喵喵”地叫着，似乎在说：“家里难得来个活人。”

“好吧，想吃东西的时候再告诉我。我先去洗澡了，身上一股酒精的味道。”狼烟说着开始在房间里肆无忌惮地脱起衣服来，直到全身上下只剩一条平角内裤时，他才从椅背上抓起一件灰色的法兰绒睡袍披在身上。

狼烟出去以后，房间里突然变得很安静。小狼瞪着一双圆滚滚的蓝色眼睛，一动不动地趴在枕头旁边，迟源则昏昏沉沉地睡着，似乎只要没有人来打扰他，他就可以安稳地一觉睡到天亮。前提是，他真的醉了。

大概过了一分钟左右，迟源微微地睁开眼睛，缓缓地从床上坐了起来。他伸手按了按疼痛难忍的太阳穴，随后起身。

他先是站在房间的中央粗略地扫视了一下屋子里的情况，凌乱不堪的摆设让他这个重度强迫症患者头痛欲裂。一张古色古香的实木双人床上堆满了衣物；一面高达天花板的大书架上横七竖八地摆满了书；一张两米长的工作桌上混杂着各种资料、零食，电子产品，还有猫粮和猫玩具。除了这些，靠近房间入口处的那面墙边还立着一个六开门的大衣柜。柜门紧紧地关着，里面像是藏匿了什么不可告人的秘密。

迟源眼前一亮，迅速来到衣柜前。当他满怀期待地打开柜门时，面前出现了更加不堪入目的画面。除了几件挂起来的大衣之外，其他的衣物几乎都是随便扔在里面的，乱七八糟地纠缠在一起，看上去皱皱巴巴的。迟源厌恶地在那堆衣物里随意翻动了几下，发现里面的不少衣物竟然属于奢侈品牌，有些甚至是他一个月的薪水都负担不起的。

“想不到这家伙还挺有钱的。”迟源惊讶地在心里嘀咕道，对狼烟的兴趣一下又提升了许多。他集中精神在衣柜里搜查起来，殊不知危险正在逐步逼近。

突然，迟源感觉到自己的后脑勺被一个坚硬的东西抵住了，短暂的僵持过后便听见一个异常冰冷的声音：“不许动，再动我就开枪了。”

迫于对方的威胁，迟源缓缓地举起双手，紧张地咽了下口水。

“你在我的衣柜里找什么？”狼烟警惕地问道。

“房间里有点冷，我想找件衣服穿。”

“不打声招呼就随便翻别人的东西，这样做不太礼貌吧。老实回答，你是来找犯罪证据的吗？”

“啊？”迟源惊呼了一声，装出一副什么都不知道的样子。他以为自己在酒吧里跟狄安配合得很默契，并没有向狼烟透漏半点这方面的信息。

“不久前，我被迟警官请去问话，回来的路上，一名姓刘的警官无意中向我透漏，迟警官有个弟弟，职业是律师，所以在酒吧刚接触你的时候我就怀疑你了。而且现在，你假装醉酒跑到我家里来乱翻东西，我就更加确定你是迟警官的弟弟了。”

迟源没有出声，狼烟就当他默认了这个答案，接着又说道：“迟警官应该不会让你来做这么危险的事情。你对我这么执着，到底有什么目的？”

“你想多了，我并没有什么目的，只想尽自己的努力帮哥哥解决烦恼罢了。”

“何必多管闲事，这本来就不是你该做的事情。”

“我不这样做又怎么能发现你是凶手呢？你会杀我灭口吧？想不到连环杀人魔的第十四个受害者竟然是我……”迟源自嘲地说道，心里不禁想起了哥哥对他的忠告。

听到这句话，狼烟冷笑了两声，紧接着又狂放不羁地大笑起来。这疯狂的状态大概持续了一分钟左右，狼烟终于恢复了一贯懒散的语调，将抵在迟源后脑勺的东西移开，调侃地说道：“用这东西也能杀人吗？”

迟源惊讶地转过身来，刚刚还被吓得心脏狂跳不已，此刻却有些哭笑不得了。尽管从来没有使用过手枪，迟源只看一眼也知道狼烟手里拿的根本就是个玩具模型而已。

“开个玩笑罢了，难得有人可以让我捉弄一下。”狼烟哈哈大笑地说道，随手将模型枪丢到一旁的杂物箱里。

“你这人真差劲……”迟源皱着眉头抱怨，心里却并不怪罪狼烟，毕竟弄成现在这种局面完全是他自作自受的结果。

“没关系，你想怎么吐槽都行，我就是这么无聊又无耻的人。”狼烟无所谓地说着，脸上仍然带着嬉笑的表情。“你装醉混到我家里不就是想找犯罪证据吗？来吧，你随便看，这里应该没有你想要的东西。”狼烟说着大大方方地将衣柜的六扇门同时敞开，丝毫不介意迟源搜查。当着主人的面，迟源反倒不好意思再动手了。

僵持了片刻，迟源无奈地摇了摇头，解释道：“对不起，我不想侵犯你的个人隐私，我只是不想放过每一个可以接近真相的机会罢了。只不过，我的酒量真的很差，再喝一杯一定会晕得不分东南西北了。”

狼烟会意地笑了一下说：“我知道，你的酒量确实不怎么好，从我搜集到的案件详情里就可以得知这一点。第一起案件发生的那天晚上，你就是利用这个来充当不在场证明的。”

“充当不在场证明？”迟源惊讶地反问了一句，着实觉得这话听起来有些刺耳，好像在暗指他是杀人凶手一样。他瞪了狼烟一眼，没好气地提醒道，“你别忘了，这可是连环杀人案，第二名受害者出现的那天晚上，我有非常明确的不在场证明。”

“我知道啊！”狼烟并不在意迟源的反应，继续自顾自地说道，“连环杀人案是没错，但也没人能证明凶手只有一个吧？”

“你的意思是说，这一连串震惊全市的连环杀人案是团伙作案？你怀疑我是其中的一个凶手，并且还有另外一个凶手与我交替杀人？”迟源情绪激动地说道，随即大笑起来。

“迟律师，我只是随便说说而已，你没必要那么认真。关于案件的真相，我相信每个人心里都有自己的猜测，但就目前的情况看来，凶手的数量应该还是个未知数吧。”狼烟打断了迟源的大笑。

第 14 章　生理缺陷

“你说什么？迟源竟然自己跑到狼烟家里去了？”第二天一早听过小陈的监视报告，迟岳明勃然大怒。他用力敲着桌子大声骂道，“混账，简直是胡闹！”吓得小陈不由自主地向后退了两步。见此情景，刘崎立刻放下正在摆弄的手机，连忙安慰道：“迟队，你先别激动，迟源也没有别的意思，只是想尽力帮忙而已。”

“哼，帮忙？”迟岳明冷笑了一声说，“他这是帮倒忙，是冒失，是打草惊蛇！”

“怎么又成了打草惊蛇呢？”刘崎不顾迟岳明的愤怒，竭力替狼烟开脱道，“便利店女孩的事情不是已经降低了狼烟是凶手的可能性吗？”

“你说的那件事还有待考证，我怎么知道那小丫头说的是真话还是假话。”

“那种事情有必要撒谎吗？”刘崎微微皱了下眉头，显然是对迟岳明的固执有些不满。后者却对此不以为然，沉默了片刻后，他冷冷地抛出一句话来：“一般情况下是没必要撒谎的，但若是狼烟事先安排好的，那可就另当别论了。”

看到迟岳明眼里透露出来的寒光，刘崎忍不住打了个哆嗦，思绪不禁回到了三天前的上午。那一日，迟岳明安排他去见一个女孩，女孩是警方在监视狼烟的过程中发现的。因为这之中有一些令人不解的地方，警方有必要弄清楚女孩的身份以及她跟狼烟的关系。

女孩名叫程恬，今年二十一岁，一个月前来到C市打工，目前正独自租住在一套四十平方米的小公寓里。除了在一家二十四小时营业的便利店里做收银员的工作，程恬偶尔也会兼职平面模特赚些外快，日子过得还算滋润。因为自小喜欢动物，刚独立生活没多久，程恬就从朋友那里要了一只苏格兰折耳猫做陪伴，身边的人都知道她是个爱猫如命的人。

警方不知道狼烟是何时盯上程恬的，只觉得那个性格古怪、平日里独来独往的家伙突然主动跟一名年轻漂亮的女店员勾搭在了一起，这种行为实在有些诡异。

程恬长相清秀，声音甜美，各方面条件都很符合连环杀手要选择的目标。但如果说狼烟是连环杀手，而程恬就是狼烟所选中的第十四个受害者，从很多方面来讲又是不合情理的。

首先，狼烟不可能不知道自己已经处于警方的监视中，如此条件下还敢大胆出手，这样的做法也未免太过张扬了。其次，通过对之前案件的调查，警方发现C市连环杀人魔并不是利用搭讪的方式引诱受害者的，他所选择的方式应该仅限于跟踪和偷袭。所以，狼烟主动搭讪女店员的做法并不符合连环杀人魔的作案逻辑。

结合之前的分析可知，C市连环杀人魔喜欢袭击年轻漂亮的女性。他在勒死受害者后会扒光她们的衣服疯狂地抽打尸体，除此之外并不对受害者进行猥亵或者性侵。警方推测凶手很可能是一名生理有缺陷的男子。

如果狼烟是凶手，他在便利店里主动跟年轻漂亮的女店员搭讪，随后又与之回家，直到第二天早上才离开便成了一件非常可疑的事情。问题的关键就在于，那两人回家以后是否发生了亲密的行为？刘崎就是为了弄清楚这个问题才去了那个叫程恬的女孩子家的。

赶到程恬家里的时候，狼烟也才刚刚离开不到三个小时。程恬正在家中休息。也许是没想到来访者的身份，女孩只穿了一件单薄的睡裙就出来开门了。完美的身材毫无遮掩地展露在刘崎的面前，一时间竟让他这个二十多岁的单身小伙子感到不知所措。

"请问，你找谁？"气氛冷了片刻，女孩打破僵局问道。

刘崎紧张地咽了下口水，随后出示了自己的证件："我是警察，想跟你确认点事情。"

程恬长这么大还从来没有跟警察单独接触过，内心不免有些慌乱。她无意识地拉了下快要滑落的肩带，小声问道："出了什么事？找我做什么？"

"没有，不是什么严重的事情。我只是想了解一下昨天晚上，那个……"刘崎一边安慰女孩一边寻找着合适的措辞。"昨天晚上有一名男子在你这里过夜，你跟他是什么关系？"

"啊？"程恬惊讶地睁大了眼睛，似乎对这个问题感到很困惑。"我们是在便利店认识的，他担心我一个人回家不安全，于是等我下班以后就送我回家了。"

"是他主动要留下来过夜的，还是你挽留他的？"

"都不是啊，只是两个人聊得很投缘，不知不觉就……"

"发生关系了？"

"什么？"程恬再次用不可思议的眼神看了看刘崎，脸颊上泛起一丝绯红。"你们警察也管得太多了吧，连这种事情也要调查吗？"

刘崎没有解释，只是尴尬地笑了一下说："工作需要，请你谅解。"

"我能问问这是为什么吗？那个男的该不会是坏人吧？"程恬说着突然惊恐地捂住了嘴巴，担忧地问了一句，"难道那个人是通缉犯吗？"

"当然不是，你别想多了。"刘崎连连摆手打消对方的疑虑。正说着，只见女孩的房间里突然传来一阵"喵喵"的叫声，几秒钟后便有一只毛茸茸的小东西从里面溜了出来。那是一只灰白相间的苏格兰折耳猫，看体型应该只有两三个月的大小。狼烟家里也有一只猫，想到这点，刘崎猜测女孩所说的投缘也许就是因为这个小家伙吧。

程恬抱起她的宠物，轻轻地叹了口气，脸上的表情看起来有些纠结。少顷，她无奈地说道："我承认，我们昨天晚上确实发生关系了。我知道这样说你会笑话我，但我真的有点喜欢上他了，我不觉得他是坏人，也不相信他是坏人。"

"我也从来没有说过他是坏人哪！"刘崎苦笑着说道，内心不禁对狼烟的泡妞技术佩服得五体投地。这才用了一个晚上的时间就牢牢抓住了程恬的心，狼烟到底都做了些什么呢？这样想着，刘崎恨不得立马找个机会向狼烟好好请教一下了。

又简单聊了几句过后，刘崎带着满意的答案离开了程恬的住所。他将自己打探到的情况如实汇报给迟岳明，后者却对此表现出一副半信半疑的态度。迟岳明并没有因此取消对狼烟的监视，似乎打心底就认定狼烟跟连环杀人案脱不了干系。

上午 10 点钟，春尚摄影工作室的化妆间里，两个年轻漂亮的女孩正有一搭没一搭地闲聊。卷头发的女孩扬扬得意地炫耀着自己那条璀璨夺目的新项链，称其是最近结交的富二代男友送给她的生日礼物。另外一个长相清秀的直头发女孩偶尔回应两声，礼貌地说几句称赞的话语，内心却丝毫没有羡慕或嫉妒的情绪。

她对着镜子理了理头发，顺势看着自己修长白皙的脖颈。脖子上挂着一条姐姐送给她的水晶项链，小首饰店里买来的打折货，虽然比不上好友那条价值不菲的奢侈品，却也在胸前形成了一道靓丽的风景。她当然爱美，当然喜欢那些耀眼华丽的首饰，但她自己负担不起，也从来不奢望哪个有钱男人买来送给她。

提到有钱人，程恬最近也恰好认识了那么一位。但他不是富二代，也不是什么受人尊敬的成功男士，而是一个十足怪异和神秘的人。最初在便利店里被他搭讪，程恬简直快要把他当成游手好闲的猥琐大叔了，直到无意中与他交谈了几句，程恬才发现他与众不同的魅力。

他叫狼烟，是个小有名气的网络小说家，留着邋遢的头发和胡须，却能说会道，温柔幽默，一双深邃的眼睛仿佛会施魔法，让人看过以后就再也忘不掉。程恬不知道自己那一晚究竟是哪根神经搭错了，当她清醒过来的时候，狼烟已经跟着她一起回到了家中。

关于那天晚上的经历，程恬在刘警官面前说了假话。她跟狼烟之间并未有过任何亲密的举动，她之所以会做出那样的反应和回答，完全是遵照了狼烟事先给她的指示。

最开始，程恬以为狼烟送她回家以后会提出一些非分的要求，她没打算拒绝，因为她对狼烟已经有了一点好感。然而让她没有想到的是，狼烟进门后的第一件事竟然是帮她给小猫喂食，随后又耐心地给小猫清理了耳朵，修剪了趾甲，体贴入微的样子直叫人心醉。两个人不知不觉地聊了起来，一转眼就过去了一个多小时。

时间早已经过了午夜，程恬抵挡不住袭来的阵阵困意。她尴尬地看着狼烟，不知道对方打算如何度过接下来的漫漫长夜。就在这时，狼烟竟然毫不避讳地告诉了她一件事情。

“关于之前提到的连环杀人案，不瞒你说，我的大名已经被警方列在了犯罪嫌疑人的名单上，搞不好还是重点怀疑对象。”

听到这话，程恬的心脏突然剧烈地跳动了两下，脸色霎时间白得像一张纸。她努力克服着内心的恐惧，结结巴巴地问道：“难道你……你就是……”

狼烟没有回答，脸上闪现出一丝诡异的笑容。这一笑让程恬感到更加恐惧。她颤抖着向沙发的一角缓缓退去，直到身体被沙发扶手阻拦了退路。她抱紧双臂，楚楚可怜地看着狼烟那双深邃的眼睛，央求道：“求求你不要杀我，你说什么我都答应你，求求你不要杀我……”

“为什么要杀你？”狼烟挑了下眉毛，装出一副无辜的样子，“我又没说我是凶手，我被警方盯上是因为我的作品啊！”

“啊？你说什么？”程恬傻傻地问道，整个人已经因惊吓僵成了一块石头。她并不了解狼烟，自然对狼烟钟情于恶作剧的癖好一无所知。也正因为如此，继迟源之后，程恬“有幸”成为又一个恶劣玩笑的“牺牲品”。但与上次稍有不同的是，狼烟很快就意识到自己三更半夜这样吓唬一个老实单纯的女孩子有些过火，于是赶忙恢复一本正经的态度抱歉地说道：“对不起，吓着你了。我这个人有时候就是不太着调，希望你不要怪我。”

程恬眨了眨眼睛，没有说话，紧绷的神经仍然没有松懈下来。为了打消对方的疑虑，狼烟缓和了下语气继续解释道：“我之所以跟你提起连环杀人案是因为我最近在网上连载了一部小说。我在书中最大限度地还原了本市连环杀人案的经过，创作素材还是从一个记者那里搞到的。警方因此怀疑我是凶手，至少认为我跟连环杀人案有点关系。”

“天哪，这也太荒唐了吧！”愣了半天神，程恬终于从惊吓中清醒过来，忙不迭地替狼烟喊冤道，“就凭一部小说就认为你是凶手吗？”

“怀疑我是凶手我也无力辩驳，毕竟我把故事写得那么真实，仿佛亲临了犯罪现场一样。对于我个人而言，我倒不是很介意警方把我当成犯罪嫌疑人，他们调查我也好，监视我也好，我的生活还是照常进行。只是对你来说，我不得不向你表示深深的歉意。”

“这跟我有什么关系？”

“当然有关系，因为今晚过后警方一定会来找你打探一些事情，比如如何跟我这个犯罪嫌疑人共度了一个特别的夜晚。我很抱歉给你带来这些不必要的麻烦，也知道自己不该在这个时候接近你，但在便利店里看到那么漂亮、那么可爱的你，我有什么理由不让自己跟你搭讪，又有什么理由不护送你回家呢？”

“这个……”程恬害羞地低下头去，心脏再一次快速地跳动起来，只不过这一次不是因为害怕，而是欣喜。“道什么歉，你又没做坏事。”程恬岔过话题，回到之前的问题上，“警察来找我的时候，你希望我怎么回答？”

“你若是想帮我就回答我们之间发生过亲密的行为，因为结合之前的十三起案件来分析，凶手很可能是个生理上存在缺陷的家伙，而我现在又不想为了摆脱嫌疑草率跟你发生关系。你别看我外表邋遢，但我并不是一个随便的男人。我喜欢你，想要继续了解你，所以那些事还是等时机成熟的时候再说吧。”

狼烟的一番肺腑之言从心底打动了程恬。她饱含深情地看着面前这个古怪神秘却坦诚善良的男人，心中充满了前所未有的甜蜜。

两声急促的敲门声将程恬从四天前的晚上拉回到现实中，她跟好友琳琳不约而同地扭过头去，发现进来的人是摄影师的外甥兼助理小默，一个刚满十八周岁的年轻小伙子。

进门后，小默先是像欣赏艺术品般打量了一下两位即将化妆完毕的漂亮姐姐，随后便靠在梳妆台的一角，打趣地对程恬说道：“恬恬姐，外面有个帅叔叔找你，是你男朋友吧？”程恬没有回答，只是惊讶地张了下嘴巴，心想该不会是狼烟来找她了吧。

她快速将桃红色的唇彩涂抹均匀，对着镜子满意地微笑了一下，然后对琳琳说道：“一会儿你先去拍吧，要是我赶不回来你就替我拍两组春季新装。”说完，程恬怀着激动的心情快步来到摄影工作室外面的走廊上，结果却看到一名神情严肃的男子正用冷冰冰的眼神看着她。

“对不起，耽误你点时间。”迟岳明一边说着一边出示了自己的证件。

怎么又是警察？看到对方手里的警官证，程恬不悦地皱了下眉头，原本激动的心情瞬间变得焦躁起来。“对不起，请问有什么可以帮您的吗？”程恬勉强挤出一丝笑容礼貌地问道，这是她多年来从事服务行业养成的良好习惯，无论自己的心情有多么糟糕，她总能在外人面前保持甜美的微笑。

“借一步说话吧！”迟岳明说着做了一个“请”的动作，示意两人换个地方再交谈。程恬没有拒绝的余地，只好跟在迟岳明身后出了工作室的大门。

摄影工作室的楼下有一家宽敞明亮的茶馆。上午 10 点 20 分，窗外阳光明媚，主街上的行人和车辆川流不息。店里的生意还没到高峰期，整个茶馆里只有三桌客人，四个人一桌的正在打牌，两人一桌的貌似在谈生意，还有个男人独自坐着，此时正靠在扶手椅上悠闲地看着报纸。迟岳明找了一个窗边的位置，拖出一把椅子请程恬入座，自己则坐在了她的对面。

服务员立刻来到他们身边，热情地说道："两位要喝点什么？我们店里的部分茶品正在做活动，会赠送干果等小吃和水果拼盘，我建议你们两位……"

"不用了，来一壶龙井就行了！"迟岳明打断了服务员的介绍。他不是来这里享受清闲的，也没打算逗留太久。他很想亲自见一见这个便利店的女孩，想当面戳穿对方的谎言。

迟岳明对狼烟的执着看似固执，甚至还引起了某些人的不满，比如狄安，比如此时此刻坐在他对面的女孩，就连有些侦查员也觉得他花在狼烟身上的精力太多了。但实际上，迟岳明并不觉得自己的努力会白费。

目击者狄安提供的信息帮助警方缩小了犯罪嫌疑人的排查范围，名单中第一次出现了狼烟的名字。除去身高、年龄、居住地、智力水平等浅层次因素不说，狼烟的成长环境以及家庭背景也非常复杂，在某种程度上具有诱发连环谋杀的可能性，而狼烟本身的性格又古怪乖戾。

通过一部目前正在网络上连载的悬疑小说，警方进一步接触并了解了狼烟。他在书中详尽而真实地还原了案件的发生经过，其中很大一部分是只有警方内部人员才知道的信息，除此之外就剩下凶手自己了。尽管狼烟声称透露信息的另有其人，警方也查明了该说法的真实性，但仍不排除狼烟用障眼法掩饰自己也知道实情的可能。

迟岳明调查了狼烟的过去，发现狼烟从来都没有跟女孩交往过，至少没有过光明正大的女朋友。最近两三年来，狼烟过着独来独往的生活，迟岳明很难去详细调查，但凭他的经验判断，一个被警方怀疑有生理缺陷的犯罪嫌疑人在被警方密切监视的特殊时刻主动搭讪年轻漂亮的女店员，这简直就像是事先安排好的一出戏。

茶馆里的客人很少，没过几分钟服务员就端来了茶壶和茶杯。看到程恬不知所措的样子，迟岳明笑着为她斟了一杯茶并安慰她说：“别太拘束了，我今天只是想随便跟你聊聊而已。”

她很紧张，迟岳明的心里有了初步判断。她很想掩饰这种不自然，可她担忧的表情和僵硬的肢体动作已经出卖了她。这样一来就简单多了，迟岳明暗自想到，狼烟自以为找到了一个好利用的角色，殊不知这样的人也容易被警方控制。

程恬盯着茶杯里漂浮起来的龙井茶叶，内心有些慌乱。她完全不知道自己在害怕什么，该说的话她都已经说过了，即使对方再问一遍她还是会那样回答。不，也许在这个迟警官面前，她已经无法再说出相同的话了。对面的男人虽然笑着，但那笑容里却像是藏了一把尖锐无比的刀子。

“这么美好的时光能跟你这样的美女共同饮茶，看来警察的工作也不都是艰苦的嘛。”迟岳明半开玩笑地调侃了一句，随后就将谈话拉入了正轨。“你跟狼烟是属于一见钟情的那种吧，他会选择你我完全能够理解，那么你对他呢？是哪种程度的喜欢？”

听到这个问题，程恬忍不住抬起头来看了迟岳明一眼，纳闷这些警察怎么都对她跟狼烟的私事这么感兴趣。思索了片刻，她小心谨慎地回答道：“现在还谈不上哪种程度的喜欢，毕竟我们也只是刚认识而已。”

“刚认识就肯为他在警察面前说谎，我猜你一定是非常喜欢他。”迟岳明从话里挑出了漏洞，毫不客气地指出了这一点。

“我没说谎啊！您指的是什么呢？”程恬慌张地辩解道，一时间竟然没理解对方的意思。迟岳明没正面回答她，继续用怪怪的语气说：“我想你应该很清楚狼烟的身份了，他自己是怎么向你坦白的？目前正被警方监视的犯罪嫌疑人？”

“是的，他把目前的处境都告诉我了。最开始听说他是犯罪嫌疑人的时候我害怕得要死，以为自己会成为下一个牺牲品。但是了解过后，我发现他是一个坦诚善良的人，不可能是什么连环杀人犯。你们就凭一部小说怀疑他，这也太不像警察的作风了。”

“我们是因为一部小说注意到他的，但怀疑他却有另外的原因。既然你这么喜欢他又这么相信他，为什么不用事实帮他摆脱嫌疑呢？撒谎对你来说没什么好处，万一狼烟真的是凶手，搞不好你还有做伪证的嫌疑。做伪证是要负法律责任的。你这么年轻，千万别为了这点小事给自己抹上污点啊！”说到这里，迟岳明的表情突然变得严肃起来，仿佛有那么一点审问犯人的意思。“我再问你一遍，那天晚上，你跟狼烟之间到底发生过什么？”

迟岳明态度的骤变让程恬更加焦虑。她拿起茶杯，三两口就将满满一杯茶水喝得一干二净，试图借此稳定自己的情绪。缓解了一会儿，程恬如实回答道：“那天晚上聊到深夜我就一个人去睡了。狼烟借用了我的笔记本电脑，说是要写小说。他留在客厅里，中间有没有休息我就不知道了。早上七点，我跟狼烟在公寓楼下随便吃了点早餐，然后他就开车离开了。”

“所以说你们根本就没有发生过关系？”

“没有。”

“你之前的回答是狼烟教你的？”

“是的。”程恬说着咬了下嘴唇，似乎有点怨恨自己就这样出卖了狼烟，可是面对迟警官的“审问”，她实在没有勇气再继续撒谎了。“狼烟说警方怀疑凶手是一名有生理缺陷的男子，而他又不想为了摆脱嫌疑利用我，所以……”

哼，你已经被利用了。迟岳明在心里接话道。“最后再问你一个问题，想帮狼烟摆脱嫌疑吗？”

“当然想，我不相信他是坏人。”

“那么下一次再跟他见面的时候你知道该怎么做了吧？好心奉劝你一句，继续说谎是要付出代价的，这个代价可比你想象的要严重得多。”

“我，我知道了。”程恬小声回答道，内心开始有了一种不确定感。

第 15 章　遗嘱

连续不断的噩梦折磨了迟源整整一夜。他梦到自己手持一条猩红色的鞭子，面前整齐地摆放着十几具全身赤裸的尸体。皮开肉绽的伤口不断渗出鲜血，却在滑落皮肤的那一瞬间凝固成一根根尖锐的毒针，如暴风雨般汹涌地朝他袭来。毒针刺穿了他的身体，刺穿了深巷破败的墙垣。身后的一切轰然倒塌，尘埃弥漫了夜色，四周响起了凄厉的鬼哭声。

不久，一阵夜风吹散了眼前的迷雾，原本躺在地上的尸体竟然一具具直挺挺地立在了他的面前。它们瞪着一双双荧光绿的眼睛，扭曲着肢体朝他移动过来。他想逃跑，但双腿却被地里伸出来的鬼手紧紧地扯住了。

“快来享受你们的饕餮盛宴吧！”地狱中传来冰冷骇人的声音，接着，面前的尸体们就像是得到了力量，脚步越来越快。它们张开血盆大口，露出锋利的獠牙，死亡在逐步逼近。

就这样死过了一次。迟源清楚地记得这个梦境的结尾。而在其他的梦中，他不是拼命地逃跑就是眼睁睁地看着那些尸体在他面前一点点地腐烂，仿佛整个世界都要崩坏掉。

他不是第一次梦见这些可怕的东西，却从来没有在一夜之间如此集中地梦到这些。他大汗淋漓地躺在床上，急促地呼吸着，感觉胸口都快要裂开了。为什么会这样？他困惑地将手搭在额前，眼睛眯成了一条缝。思绪停滞了片刻，一个惹人厌烦的名字渐渐地浮现在他的脑海中，狼烟。那个阴沉诡异的夜间生物，给他带来一夜噩梦的始作俑者。

直到这时，迟源才回想起半夜12点多从狼烟家里“惨败而归”的事情。

自打从迟岳明那里得知狄安是狼烟的朋友，迟源就一直想通过狄安接近狼烟，没想到机会很快就来了。

昨天晚上，他跟踪狄安来到一家酒吧，并在酒吧里第一次见到了那个不同寻常的男人。他装晕混进了狼烟的家里，希望能在那里找到一些蛛丝马迹，谁知到头来却被狼烟给摆了一道。一路折腾下来，他的心情已经糟糕到无法用语言来形容了。

行动已经败露，他知道自己错过了一个查明真相的好机会，但若真的就这样放弃了，他又觉得不太甘心。

气氛僵持了很长一段时间，狼烟没有再说什么，似乎也没有要赶他离开的意思。为了化解尴尬，迟源稍稍压制了一下心中的怒火，毕竟这一次的事情自己有错在先，擅自闯入他人的地盘的确有些冒失。想了一下，他便顺着狼烟的话题继续追问道：“你说连环凶手的数量是个未知数，你这么说有什么根据吗？”

狼烟笑了两声，随后摆摆手说：“我也只是猜测而已，没什么根据，你不用太纠结这个问题了。”

“可是一般来说，这种类型的犯罪很难实现团伙作案吧？我可无法想象两个同样凶残冷酷的恶魔是怎样合作杀人的。”

“你这么想可就错了。”狼烟说着脸色突然变得严肃起来，看样子是对这个话题产生了浓厚的兴致。他快速搜索了一下大脑中的资料，接着对迟源说道，“仔细回顾一下那些真实发生过的连环杀人案，团伙合作的情况也不是特别罕见。比如美国洛杉矶的‘山腰杀手’肯尼斯和安吉洛，他们是一对表兄弟，合作奸杀了很多女人，并将受害者的尸体扔在了好莱坞的半山腰上；再比如英国的‘荒野杀手’迈拉和伊安，他们是一对情侣，经常将受害者诱骗至荒野杀害并在那里埋尸；还有……”

“你先暂停一下。”没等狼烟把例子举完，迟源就急着打断了他的话，“你说的这些离我们太远了，我可不认为当前发生的连环杀人案会是这样的合作模式。”

“所以说一切只是瞎猜而已，没必要太认真嘛。”狼烟无趣地摇了摇头，似乎有点看不惯迟源那副较真的样子。迟源也有些失望，叹了口气说，“我还以为你会有什么高明的见解呢。现在看来，你也跟其他人一样，对整件事情没什么头绪。”

“我就是一个写小说的，再高明能高明到哪儿去。你若真想听高见，为什么不去找迟警官？”说到这儿，狼烟突然表情怪异地看着迟源，“哦，对了，你今晚擅自行动一定打乱了迟警官的计划，我猜他肯定会被你气个半死，再也不会向你透露半点案件的信息了。”

绕了半天终于又说回到这件事情上来，迟源的心情一下子变得低落了。想到哥哥那张冰冷严肃的脸孔，迟源的确不知道自己回去以后该怎么交差。他偷偷地看了狼烟一眼，发现对方正幸灾乐祸地笑着，脸上带着胜利的表情，心头的怒火顿时又烧了起来。原来眼前这个男人根本就是一直在耍他，再继续耗下去也不会有什么结果，于是他想赶快结束这场不愉快的交谈：“对不起，打扰你这么久，我该回去了。”

狼烟似笑非笑地看了他一眼，问道：“就这么回去了？你的任务还没完成呢。”好像有意要让他难堪一样。迟源没打算理会，却见狼烟已经先他一步走出卧室，穿过客厅打开门口的大门，紧接着做了一个送客的动作。

通过这个举动，迟源确信狼烟果然早就看他不顺眼了。他脸色铁青，忍不住在心中感叹：这家伙的确不是什么省油的灯，真要对付起来可比想象中棘手很多。

现在想想还真是狼狈啊，迟源躺在床上自嘲地笑了两声，随后掀开被子，从床上坐了起来。他走到窗边，拉开窗帘，正午的阳光一下充斥进房间里，让他重新回到了那个拥有光明的世界。

今天是星期一，本该上班的日子他却窝在家里睡了一上午觉。想到自己还有非常重要的工作没有完成，迟源动作迅速地冲了个热水澡，换上一身干净的衣服，整个人霎时间清醒了不少。他竭力说服自己暂时不要去想狼烟的事情，把接下来的时间留给工作。如果这一次能帮委托人成功保住海外购置的房产不被前妻夺走，他将一下子获得几十万元的报酬，这对他来说可是一笔不小的收入。

是时候给哥哥换辆新车了。抱着这个念头，迟源顿时有了工作热情。他来到书房，从工作桌上抓起一摞资料装进一个黑色的公文包里，随后将手机和钱包一并塞了进去。他记得自己从阿木那里拿回一个U盘，里面存了一些案子的相关资料，但此时却怎么也找不到了。也许是落在事务所忘记拿回来吧？迟源没太在意，反正公司的电脑里还有备份。

简单吃过午饭，迟源急匆匆地赶去事务所上班。

事务所位于一栋三十五层高档写字楼的最顶层，室内装修简洁大方，视野极其开阔，办公环境舒适惬意。

两年前，迟源从一家知名律师事务所辞职，跟两名学长以及大学时期的死党阿木合伙成立了这家事务所。四个人各具专长，两名学长拥有广泛的人脉资源以及超强的社交能力，阿木口才了得，善于辩论，迟源则是他们之中专业知识最扎实，思维最敏捷的一个。

四个人一路披荆斩棘，顶住强大的竞争压力在这一行中稳稳地站住了脚。

下午1点40，阿木和学长段铭在公司楼下吃完午饭回到事务所，看到迟源正六神无主地坐在桌前发呆，阿木突然发出一声怪叫，吓得迟源差点从椅子上跳起来。“阿木，你没事别吓唬人好不好，我心脏病快被你吓出来了。”迟源没好气地抱怨道，随手从办公桌上抓起一本书朝阿木丢了过去。

“想什么呢？很少见你这么心不在焉的样子啊！”阿木将飞来的书稳稳地接住，笑着问道，“迟源，你昨天晚上去哪儿逍遥了？上午也不来上班，是不是被哪个美女给纠缠住了？”

“瞎说什么呢，哪有什么美女啊，我只是……”迟源说着皱了下眉头，努力不去回忆昨天晚上的事情，“我只是身体不太舒服而已，睡一觉就好了。”

“是，是，我想起了，咱们的迟大律师是单身主义者，不急着找女朋友。不过你有好的资源也别浪费啊，介绍给我行不行？你这大帅哥看不上眼的女孩，到了我这儿说不定就是天仙呢。”阿木继续闲扯，话题越说越远，段铭在一旁笑着摇了摇头，随后回到自己的座位上准备开始工作。

就在这个时候，事务所的外面突然响起了一阵非常急促的敲门声，由于平日里少有委托人主动找上门来，屋里的三个人都不约而同地将目光对准门口，齐声说了句：“请进。”

门被推开，门口出现了一名身材高挑的男子。此人全身上下裹着名牌，看上去品位相当不错，但与之形成强烈对比的却是他那头凌乱不堪的浓密黑发，以及无精打采的眼神。进入房间之后，男子依次用视线扫过正在观察他的每一个人，最后将目光落在迟源的座位上，脸上带着怪异的表情。

“你，你怎么来了？”迟源惊讶地盯着那个人看了半天，终于从牙缝里勉强挤出几个字来。

“来还东西啊！”狼烟回答道，随后走到迟源面前，从兜里掏出一个蓝色U盘放在桌子上，笑嘻嘻地说道，“昨天晚上，你把这个落在我床上了。”

“什么？喂，你别乱说啊！”迟源皱着眉头拿起U盘仔细检查了一下，发现那确实是自己今天在找的东西。

“不用确认了，最近一段时间除了你以外没有人上过我的床了。”

狼烟这话倒是不假，迟源无法否认，但是一看到朋友们那异样的眼神，他还是忍不住替自己辩解道：“不是你们想的那样。昨天晚上我喝多了，迫不得已才去他家里的。”

“哦？你不是说你身体不舒服吗，难道……”阿木在关键时刻发挥了最佳损友的作用，“没关系，我们不会歧视你的。不管你的性取向如何，我们依然是好兄弟，好搭档。对吧，段哥？”说完还不忘对身后的段铭眨了眨眼睛。

段学长不太喜欢开别人的玩笑，他怕迟源难堪，所以就没跟着阿木瞎起哄。迟源不再解释，他才不想被狼烟的低级趣味耍得团团转。他知道自己表现得越慌乱越愤怒，对方就越开心，他才不会让那个卑鄙的家伙轻易得逞呢。

“多谢你特意跑来还东西。你现在可以走了，不送。”迟源板着脸下达了逐客令，丝毫没把狼烟的面子挂在心上。他心想如此一来自己就可以在这场较量中扳回一局了，没想到狼烟既不生气也不觉得尴尬，反倒阴阳怪气地说道：“哟，迟律师，你这是什么态度啊？你们事务所该不会就是这么接待委托人的吧？”

“委托人？”迟源不解地问道，好像狼烟刚刚说了一个什么高深莫测的词汇。

“你们这里不是律师事务所吗？”

“是又怎样。”

“我今天是来找你谈工作的。”

迟源愣了一下，还是没太明白狼烟的意思，只觉得自己又被耍了。他可不想重蹈昨天晚上的覆辙，至少不要让狼烟觉得他是那么好欺负的，于是愤怒地拍了下桌子，腾地一下站了起来。由于用力过猛，他身后的椅子都被掀倒在地上了。“姓唐的，我对你一再忍让并不代表我好欺负。你要再这么继续捉弄我，我可要对你不客气了。”

两名同事对这突如其来的变故感到非常震惊，面面相觑了一下都有些摸不着头脑，转身看向来访的客人，狼烟却面不改色心不跳地安慰迟源说：“我没有捉弄你啊，我是认真的。委托费我一分都不会少给。”

“你去找别人吧，我们这里很忙，没时间接受你的委托。”迟源没好气地回答，内心仍然不相信狼烟来这儿的目的。

一听这话，站在一旁的阿木忽然急了。他心想：忙什么呀，我们目前手头上就那一个工作。他跟钱又没仇，犯不着放跑主动找上门来的生意，何况他早就从来者的穿着打扮判断出此人的财政状况了。为了缓解僵局，阿木说："这位先生，你遇到了什么问题不妨说来听听，我们这个小事务所也算是有点名气，藏龙卧虎，人才济济，保证什么问题都能帮你解决。"

狼烟饶有兴趣地看了看面前这位其貌不扬但处事灵活的男青年，笑了一下说，"不是什么难事，我只是想咨询一下遗嘱的事情而已。"

"遗嘱？"迟源惊讶地问道，怀疑自己的耳朵出了毛病。他困惑地看了阿木一眼，阿木也耸了下肩膀表示不解。确实，这么年轻就想立遗嘱的人并不多见，除非有什么特殊情况。考虑到来者可能是迟源的熟人，阿木不太想插手这件事情，于是建议道："也许他有什么隐情，你们先进去谈谈吧。"

一时间想不出拒绝的理由，迟源只好将狼烟带进了里面的接待室。光天化日之下，他倒是想看看这家伙还能耍出什么把戏来。

十几平方米的小接待室里，迟源隔着一张办公桌跟狼烟面对面地坐着。他不问话，狼烟也就不开口，气氛一时间有些尴尬。

就这样僵持了好几分钟，迟源终于有点坐不住了，他似笑非笑地看着狼烟，好奇地问道："你搞什么鬼？年纪轻轻的立什么遗嘱，难道你要死了？"问这话的时候，他脸上的表情有些残酷，言外之意好像真的希望狼烟快点死掉一样。

面对迟源的冷酷无情，狼烟只是笑了笑说："是啊，我觉得我可能活不了多久了。我感觉好像有人要害我。"

"你该不会是得了被害妄想吧？"迟源依然不放弃对狼烟的挖苦，这种角色上的互换让他充满快感。"有病就去看医生，我可帮不了你。如果你实在担心有人要害你，那你把自己关在家里不就完事了。"

"我可没病态到那种程度。而且我对面不是正有一个想要害我的人吗？"

"你在说我吗？"迟源纳闷地挑了下眉毛，问道，"我为什么要害你？"

"因为你讨厌我，恨不得我去死。"狼烟说着停顿了一下，紧接着将身体前倾至桌前靠近迟源，慢吞吞地说道，"你看，你对我的不满不是都清清楚楚地写在脸上了吗？”

狼烟的举动让迟源感到非常厌恶，他恶狠狠地瞪了狼烟一眼说：“浑蛋，你今天果然是来找碴的。我很忙，没时间陪你瞎闹。”

“迟律师怎么这么开不起开玩笑啊？”狼烟哼了一声，无趣地摇了摇头，重新靠回到椅背上坐好。“那好吧，我们来谈正事。遗嘱的事情是真的，我也没那闲工夫大白天跑到你这儿来浪费时间。先不说有人要害我的事，我最近总觉得身体不舒服，头昏昏沉沉的，胃也疼得厉害，真怕哪天一不小心就挂了。所以我想趁头脑还清醒的时候把自己那点家当处置一下。”

听到这个理由，迟源的态度稍稍和缓了一些。虽然他对狼烟不是很了解，但也知道对方一直过着黑白颠倒非正常人的生活，身体状况欠佳是意料之中的事情。

冷静了片刻，迟源终于撇开私人恩怨，暂时把狼烟当成了自己的客户。“据我了解你还没有结婚，按照法律规定，你死后，你的财产应该依次由你的父母、兄弟姐妹、祖父母、外祖父母继承。当然，如果你有非婚生子女，非婚生子女同样有权利继承你的财产。”

“我没有继承人。”狼烟想都没想就直截了当地回答道，“所以，我想把我的大部分财产都捐赠给孤儿院。”

“什么？捐了？”迟源惊讶地反问道，未曾想过对面这个魔鬼一般的男人竟然会有如此高尚的打算，而且还是捐赠给孤儿院。迟源自己就是一名孤儿，父母出车祸去世那年他还在念初中，尽管有亲戚愿意收留他到十八岁，但也只是觊觎他父母留下的房产。迟源最后哪儿都没去，因为哥哥承诺要代替父母将他抚养成人。如果没有那个大他八岁的哥哥，迟源无法想象现在的自己会是什么样子。

“你别想多了，我可不是那么有爱心的人，只是觉得孤儿院里的孩子很可怜罢了。”狼烟平静地回答道，脸上浮现出少有的温和。“他们没有父母，没有人疼爱，应该受到更多的关注和照顾。为了改变命运，他们也应该受到更好的教育。”

“没错，只有接受良好的教育才能改变命运。”迟源若有所思地回应道，像是在谈论自己的亲身经历，然后他又接着问道，“除此之外呢？余下的财产你也要赠送给别人吗？”

“除了存款和房产，我还有一辆价值一百万的车子。反正车卖掉就不值钱了，不如把它送给这个人吧。”狼烟说着在便签纸上写下一个名字，撕下来递给迟源。迟源快速看了一眼便签纸上的名字，心中有些不解，狼烟则一脸严肃地对他说道，“这个人对我很重要。”

第 16 章　两个怪人

转眼间到了新年，连环杀人案始终没有突破性的进展，所有被牵扯其中的人无一不心事重重，愁眉不展，无暇享受欢乐的节日。

按理来说，狄安作为一个没有看到凶手面部特征的目击者本不该为此困扰，但特殊的受害者以及特殊的犯罪嫌疑人却让他成为此案中最为纠结的一个。

独自在家中度过两天苦闷的假期，狄安的心情变得更加沉重，与此同时，不安与恐惧开始在心头萦绕。每月一名受害者，这个规律从来没有被打乱过。如果连环杀人魔仍然对这个游戏乐此不疲，新一轮的虐杀风暴似乎又快要来临了。

最近两天，狄安每天早上睁开眼睛的第一件事就是打开手机浏览各大网站上的热点新闻，只有确认没出现新的受害者以后，他才能够放心地开始新一天的生活。今天也不例外。

上午 10 点 10 分，狄安懒洋洋地躺在被窝里摆弄手机。没有案件，没有尸体，这一夜平安无事。然而，暴风雨前的宁静又能持续到本月的第几天呢？网络上流传着各式各样的说法，很多人像狄安一样对未来充满担忧。相关的话题再次被炒得沸沸扬扬。

如此热闹的时刻自然少不了那个唯恐天下不乱的家伙。尽管警方已经将狼烟纳入了重点嫌疑人的行列并警告他收敛自己的言行，但是小说《第N+1个》仍在如火如荼地更新中。

随着作品的火热传播，讨论区里的留言数量每天都在疯狂上涨。狄安闲来无事，顺手就点开了几条留言。

烟消云散：想在几百万人口的大城市中把凶手找出来？不是我泼你们的冷水，这根本就是不可能的事情。

起个名字真费劲：一年多了还没抓到凶手，真不知道那些警察是干什么吃的！难道凶手就那么牛X？智力水平和反侦查能力都爆表了？搞到最后别是警方内部人员作案。

白兔糖：看过了大家的评论，我觉得自己好像太天真了。我总觉得凶手杀了那么多人，内心应该有负罪感，或许哪一天会去警察局自首或者畏罪自杀吧。

逃之夭夭：凶手就是个心理变态的家伙，肯定性格残暴，长相凶狠。

Astaroth：你们都猜错了，其实凶手只不过是个毫不起眼的普通人罢了。他平时就隐没在人群中，像我们一样正常地生活，正常地工作，也许曾在某处与我们擦肩而过。

……

千奇百怪的评论看得人眼花缭乱，有些评论的精彩程度已经堪比小说的内容。而在所有的评论当中，点击最高回复最多的无疑是这一条：据我推断，作者本人就是凶手。

短短几个字，没有附加任何解释，却引来大量粉丝围观。有人表示赞同，有人提出抗议，有人询问留言者为何得出这样的结论，但那个人却不再发表任何言论了。

狼烟向来不逃避任何犀利的问题，他不但没有删除这条对自己不利的评论，反而将它置顶到评论区的头条，并半开玩笑地回答道：真糟糕啊，貌似警察叔叔也怀疑我是凶手呢。如果哪一天我突然失踪了，要么就是我熬夜猝死了，要么就是警察叔叔把我抓走了。

看到这条评论的时候，狄安忍不住笑了一下，但笑过之后，内心却泛起了一丝苦涩。狼烟提到的那两个结果，狄安一个都不想看到。他只希望狼烟可以好好地活着，哪怕是作为凶手，狼烟也需要活着接受严厉的惩罚，死在正义的枪杆下才算是死得其所。

回想起最近一次跟狼烟见面时的情景，狄安暂且无法从言谈举止中判断出狼烟是否有作案嫌疑，毕竟像狼烟那种行为古怪的人，做出任何常人无法理解的事情都不算稀奇。真要是哪一天，狼烟突然以一个正常人的形象一本正经地出现在他的面前，他反倒觉得那样的场景有些怪异。

手中的电话振动了几下，将狄安凌乱的思绪拉回现实。看到佟潇的号码，狄安的心情瞬间有了一丝好转。他忙按下接听键，欣喜地问道："亲爱的，你上飞机了吗？我们今天晚上终于可以见面了吧？"新年的时候，佟潇陪着她父母一起去了海南度假，狄安因为最近经历太多事，身心状况并不是太好，因此没有和佟潇一起出去旅游。

"狄安……"沉默了片刻，电话另一边传来佟潇失落的声音，"三亚这边一直在下大暴雨，电闪雷鸣的，估计今天的航班要取消了。"

"啊，怎么会这样……"

"是啊，看来今天晚上不能陪你吃饭了，真是对不起！"

"没关系的。"狄安虽然也有些失望，但还是笑着安慰佟潇说，"你就不用惦记我了，好好陪你爸妈，注意安全。"

"嗯，我知道了。飞机起飞前我再给你打电话吧。"

"好的，那我们就暂定新年之后再见吧。我这边天气还不错，我也该起来活动活动了。"

放下电话，狄安立刻从床上坐了起来。约会虽然泡汤了，可他也不能赖在被窝里无所事事地度过最后一天新年假期。想着自己也有好些天没去看望子菡了，狄安决定到医院里消磨一下时间，顺便也把之前从曹阳那里借来的衣服还掉。

医院六楼的特殊看护病房里，子菡正端坐在窗边的椅子上看书。狄安打了声招呼，径直走到对面的病床上坐下。看到狄安，子菡露出了十分罕见的灿烂笑容。她从桌子上拿起一个苹果扔给狄安，看上去心情非常愉快。

狄安接住苹果说了声谢谢，无意识地张望了一下病房四周的情况。

花瓶里几枝鲜红的玫瑰吸引了狄安的目光。他扬了下眉毛，半开玩笑地说道："哟，好漂亮的花啊，哪个帅哥送给你的？"

子菡看着玫瑰，笑而不语，狄安则接着说道："我猜是那个律师送给你的吧？"狄安不需要子菡的回答就可以肯定这个答案。从这几枝鲜艳的玫瑰花以及前段时间送来的爱心水果篮就可以看出，迟源来医院的频率很高，这一点完全超出了他的想象。子菡明明不能再提供更多的破案线索了，为什么他还如此执着呢？

关于这个疑问，狄安暂时只能想到三个答案：第一，迟源跟迟岳明兄弟情深，迟源是真心想套出一些线索，帮助迟警官尽快破案；第二，迟源也许是喜欢上杨子菡了，尽管这个猜测毫无根据，但美丽善良的杨子菡确实很讨异性喜欢；第三，迟源在打另外的算盘，具体是什么狄安还猜不出，他只希望自己的担忧是多余的。

通过子菡刚才的表情，狄安确定子菡对迟源有好感。想到这儿，狄安忍不住调侃道："你啊，还真是一看到帅哥就开心得一塌糊涂呢。我记得你以前好像喜欢我来着，怎么这么快就变心了？"

听到这话，子菡羞得脸红了一下，咬着嘴唇想要解释什么，但支支吾吾了半天还是没能表达出自己的意思来。狄安并不理会子菡的尴尬，继续开玩笑说："你移情别恋我也没办法啊，谁让迟律师长得比我帅呢，我要是女生说不定也会被他迷住。只不过，以貌取人是个不好的习惯，看清一个男人的内心也很重要。"这是一个简单浅显的道理，但谁都知道，人心往往是这世上最高深莫测、最难以捉摸的东西。

结束了短暂的交谈，子菡继续低头看书，病房里恢复了最初的安静。狄安一边咬着苹果一边打量着子菡。透过子菡的衣领，狄安依然可以看见那道触目惊心的勒痕，而犯下此等罪行的恶魔直到现在还逍遥法外，也许正在寻找下一个目标。

能够解开谜团的人恐怕只有眼前这个深受其害的幸存者。

慎重思索了片刻，狄安起身走到子菡的面前，将双手搭在她的肩上，神情严肃地说道："子菡，我想替你报仇，但我需要你的帮助。我想知道你那天晚上究竟有没有看到那个人的脸？"狄安并不指望子菡亲口回答他的问题，但是经过一番痛苦艰难的挣扎，子菡竟出人意料地从嘴里吐出两个字来："奇怪。"

"什么奇怪？是那个人长得奇怪吗？"子菡终于能开口说话了，这一重大突破让狄安感到兴奋不已。他激动地摇晃着子菡瘦弱的肩膀迫切追问道，"那个人到底长什么样子？拜托你快点告诉我呀！"见子菡没有反应，狄安迫不得已从兜里摸出手机，翻出一张狼烟的照片出示给子菡，"你好好回忆一下，你那天看到的人是他吗？"

子菡被狄安的追问弄得有些紧张，她用眼角的余光瞥了一眼照片上那个不修边幅的男人，深深地吸了一口气，鼓足勇气回答道："对不起，我没……看到……那个人，但是……"

"但是什么？"

"我好像……闻到……那个人……手上……味道……"

"那个人的手上有什么奇怪的味道吗？"狄安回想起自己跟凶手擦肩而过的时候并没有闻到什么特别的味道，但杨子菡遇害时曾跟凶手近距离接触过，而且还被凶手捂压过口鼻，如果凶手的手上有一些特殊的味道，子菡一定会对此有印象。

然而子菡努力回想了很久，却始终没有说出那种味道究竟是什么，只是用"奇怪"一词来形容嗅觉保存的记忆。狄安让她形容得再具体一点，她却说不出来，最后只是无奈地回答道："很复杂，我形容不出……"狄安不知道子菡是真的形容不出，还是回想不出，但能收获到这条来之不易的线索也是件鼓舞人心的事情。

"可以了，你已经做得很好了。"狄安打断了子菡的回忆并轻轻地拍了拍她的脑袋，示意她不要再为难自己。子菡的病情正在好转，狄安对此感到欣慰，但与此同时，他的顾虑也越来越深。病情好转意味着子菡将会受到更频繁的惊扰，同时也面临更大的危险。

"子菡，你相信我对吧？可以认真听我说几句话吗？"狄安恢复了往日的温和，柔情似水的眼眸透射出一种能够安抚人的力量。

子菡点了点头，回忆所带来的痛苦正在渐渐消散。

"我会找出凶手替你报仇的，在此之前……"狄安停顿了一下，凑到子菡的耳边低声说，"在此之前不要让任何人知道你已经恢复清醒了。尤其是，那个律师。"

子菡惊讶地看着狄安，不明白这样做的目的是什么。狄安却笑着回答她："你不用明白，你只要相信我就行了。"

因为事先问过了曹医生的下班时间，狄安并不急着离开病房。难得子菡的病情有所好转，心情又格外舒畅，狄安干脆在病房里陪子菡读了一下午英文小说。他在外资建筑事务所工作，口语自然没问题，但读起英文原版读物多少还是有些吃力。遇到不认识的单词他便向子菡请教，子菡几乎不用思考就能将单词在文中的意思脱口而出，这让狄安更加深信，子菡的病很快就会痊愈了。

待到太阳渐渐落山，天边的云彩被夕阳染红，狄安才意犹未尽地跟子菡告别，离开了住院部大楼。他一边朝急诊部走去，一边琢磨着自己要不要也买一套《The Hunger Games》来看，毕竟等到最新一部电影上映还有将近一年的时间，而且改编的电影的口碑一向不是很好……

想着想着，他就看到急诊部醒目的大牌子出现在眼前。

急诊医生们还是一如既往地忙碌，曹阳今天上白班，这个时间已经收拾东西准备回家了。尽管如此，狄安还是在门口耐心地等了几分钟，直到曹阳从里面走出来，才主动叫住他说："曹医生，这是你上次借给我的衣服，今天有空顺路还回来。再次感谢之前的照顾。"说完便将手中的袋子递了过去。

"没什么，小事而已。"曹阳接过袋子，淡淡地回答道，似乎并没把这件事放在心上，接着又问狄安，"你女朋友怎么样了？后来没出什么状况了吧？"

"她很好，打完针以后就活蹦乱跳的了。"

"嗯。"曹阳满意地点了下头，"让她以后少吃凉的东西，注意保暖。有时间还是要到医院来做个全面的检查。"

"可是，胃镜检查很难受吧？我女朋友最怕这些东西了。"狄安说着无奈地叹了口气，表示自己已经劝说过很多次了，每次都以失败告终。

曹阳听后微微皱了下眉头："那也不能由着她。很多病人都有医院恐惧症，但这并不能成为他们逃避看病的理由。你是她家人，应该对她的健康负责，哪怕用欺骗或者强硬的方式也要想办法解决这个问题。"

狄安笑了一下说："曹医生，你不知道，上次来医院就是我强行把她拖过来的。出租车司机开始还以为我要绑架她呢。"

"我觉得这方法可以，为什么不再来一次呢？你甚至可以把她打晕了直接带到医院来。"曹阳很认真地提议道，一点也看不出他是在开玩笑。"什么时候想来做检查就跟我说一声，我帮你安排一下，找个温柔和蔼点的女医生，这样她就不会太害怕了。"

"那真是太谢谢你了，简直解决了我人生中的一大难题啊！"狄安如释重负地说道，心想有个医生做熟人还真是方便了不少，不如趁热打铁巩固一下关系，说不定以后还能成为不错的朋友。狄安向来擅长交际，由于自身性格的温和善良，身边的人也自然而然地愿意跟他接近。这样想着，狄安便对曹阳说道，"曹医生还没吃晚饭吧？如果有时间，我们一起吃个便饭怎么样？"

曹阳抬手看了下时间道："走吧，医院对面有家不错的馆子，去晚了就没地方了。"

两个人一拍即合，穿过喧嚣的马路来到街对面，狄安远远地就看到一家生意红火的烤肉店。他们今天运气挺好，进店时就只剩下最后一张空桌，几乎跟他们同时到达饭店的一对情侣不得不在外面排队等候起来。

点单前，狄安事先声明这顿饭由他来请，曹阳跟他争执了片刻，最终还是妥协了。

尽管是比较陌生的两个人，但吃饭期间的气氛却出人意料地融洽，不知道是因为狄安的亲和力"腐蚀作用"太强，还是两个人原本就很聊得来。如果狄安此前就了解到曹阳平时是怎样不善言谈、性格沉闷的一个人，肯定会在心里发出这样的感慨：为什么我总是能成功地跟这些脾气古怪的家伙打交道呢？是不是我自己并没有想象中那么正常呢？

他们开始聊了很多医学方面的话题，狄安趁机收获了不少生活中的医学常识。后来聊到狄安的建筑工作，曹阳貌似也很懂行，中西方建筑史、结构力学之类的，甚至有些同行都不知道的新兴建筑师，哪一年在哪里设计了什么作品，他都能举出不少例子。

狄安越聊越觉得曹阳这个人很神奇，而且他从小到大一直引以为豪的超强记忆力在对方面前似乎也已经败下阵来。更让他感到不可思议的是，曹阳也很喜欢文学作品，尤其是悬疑推理方面，最近还在网上读到了一本非常不错的小说。

"你说的该不会是连环杀人案改编的那本吧？"狄安一边喝酒一边半开玩笑地说道，"那作死的作者还真敢挑战警方的耐心。"

"没错，就是那本，原来你也知道。"

狄安惊讶地看了曹阳一眼，没想到自己一下就蒙对了，便又接着说道："何止是知道啊，那不靠谱的作者是我朋友，我劝过他好几次不要那么高调，他不听，好像巴不得警方把他当成犯罪嫌疑人似的。"

"还有这种事？看来你那个朋友做事很有个性啊！"曹阳淡淡地笑了

一下，“如果有机会还真想见见他本人是什么样子的。”

“怎么，你对那个神经病感兴趣？要不我现在就把他叫来一起喝酒？”

其实狄安只是随口说说而已，因为他知道狼烟那家伙不喜欢跟陌生人打交道，叫他来他也未必会给面子，而且现在才晚上八点多，狄安都不敢保证狼烟是不是已经起床了。

然而放下电话还不到半个小时，狼烟就出人意料地出现在了他们的面前，弄得狄安反倒像见了鬼一样，诧异了很久才开口问道：“你……你怎么……竟然真的来了？”

“有人请喝酒为什么不来啊？”狼烟用一种理所当然的语气回答道，接着就看向坐在狄安对面的曹阳，“而且你说有粉丝想见我，我不给你面子也得给粉丝点面子啊！”话音刚落，狼烟好像突然想起了什么一样，疑惑地问狄安，“唉，不对啊，不是女粉丝啊？那你让我来干什么？”

“我……”狄安被问得一时语塞，狼烟转过身去摆了摆手说，“你们继续，我回去了，觉还没睡醒呢。”

这场面弄得狄安很是尴尬，曹阳也没料到会发生这样的事，两个人面面相觑了一下，然后都莫名其妙地看着狼烟离去的背影。就在这时，狼烟又突然快速折返回来，拖出一把椅子坐在狄安旁边，笑着对他们两个说道：“开玩笑的，我是那么重色轻友的人吗？再说我对女粉丝根本没兴趣，男粉丝才正合我的胃口。”

察觉到狼烟又要开始瞎扯，狄安在桌子底下狠狠地踢了他一脚，连忙对曹阳解释：“曹医生，你千万别介意，他这个人说话很不着调。”

“狄安，是不是每次把我介绍给你朋友，你都要如此这般先给对方打个预防针呢？”

“当然，因为我总是怕你把别人吓到。你忘了你之前是怎么戏弄迟源的？”

“那是他太弱了，不禁折腾。”

“你还好意思说。”

"没关系。"曹阳制止了狄安和狼烟的争论，虽然他知道那只是好友之间的玩笑。"你们放心，我胆子很大，没有什么能吓到我。"见两人都不再说话，曹阳就继续说道，"狼烟，很高兴见到你，我追你的书有一段时间了。如果你记得书评区里有一个叫作 Astaroth 的读者，那个人就是我。"

"阿斯塔罗特，恶魔的统治者？"狼烟的表情变得稍微认真了一些，有点意外也有点惊喜，"这么说我们已经在网上有过简单的交流了。说实话，我很喜欢你写的评论，有些意见我也会在书中采纳，真没想到能在现实中跟你见面。"

"那我要是再告诉你一件事情，你肯定还会觉得我们很有缘分。"

"哦？"狼烟饶有兴趣地看着曹阳，故意压低声音神秘兮兮地问道，"你可别告诉我，你就是连环杀人凶手啊？"

"我就猜到你会这么问。"曹阳笑着摇摇头，"没那么夸张。我是想跟你说，你作为小说的作者被警方怀疑，我呢，在第一起案件中也曾被警方调查过，我们两个都算是被这案子牵扯进去的人。"

狄安一听这话就忍不住替曹阳捏了把冷汗，心说你可不止是第一起案子被调查过那么简单，你现在已经被警方列在犯罪嫌疑人名单上了，只是你自己还不知道而已。这样想着，狄安突然觉得眼前的景象有些微妙，他分别看了看坐在自己身边的两个犯罪嫌疑人，头一次发现自己的社交圈子确实有点不太正常。

"这么说，你是第一起案件的犯罪嫌疑人？也跟迟岳明警官打过交道？"狼烟对这个信息非常感兴趣，连忙拿起酒杯跟曹阳碰了一下，像是找到人生知己一样。两个人喝过酒，狼烟立即兴致勃勃地打听道，"给我讲讲你知道的情况吧，多方面搜集资料才不会有遗漏。还有，你是怎么被扯进来的？又是怎么被排除掉的？"

曹阳点了根烟，不紧不慢地讲起了那件案子前前后后的经过，侧重点放在警方如何在医院里排查犯罪嫌疑人上。因为最开始怀疑是感情问题引发的仇杀，医院里的男同事没少被警方折腾。曹阳性格古怪，在医院里交友范围不广，跟梁冰的关系只能算是点头之交，完全没有杀人动机。而且警方很快把他从犯罪嫌疑人名单中排除还有另一个原因——作案时间问题。

案发那天，梁冰离开医院的时间是凌晨 1 点 26 分，警方判定梁冰的遇害时间就是离开医院后的一小段时间内。凶手或是跟踪尾随，半路袭击了梁冰；或是事先在途中埋伏，无论是哪一种情况，曹阳都不可能做到，因为案发那天他是凌晨 2 点 23 分才离开急诊部的，与梁冰的下班时间几乎相差了一个小时。

总之后来，警方调查了一遍又一遍，直到第二起案件发生，案件性质升级为连环杀人魔作案，警方才终于还医院一个宁静。

既然是连环杀人魔作案，凶手就有可能是这城市里的任何一个人，范围太广，没有线索就无从下手，这么一晃，一年多的时间就过去了。

“也不是完全无从下手。”听过了曹阳的叙述，狄安也突然来了兴致，虽然他觉得当着两个嫌疑人的面说这些话挺奇怪的，但还是一本正经地解释道，“警方破案不是都有那个犯罪侧写吗，能将目标锁定在某些特定的人群上。据说在最新的那起案子中，犯罪现场出现了一名目击者，警方肯定会抓牢这次机会努力破案的。”

“是该努力了。”狼烟对狄安的话表示赞同，同时又有些担忧地说道，“如果错失良机，凶手从此销声匿迹，不再犯案，他们恐怕永远也抓不到凶手了。”

“凶手不犯案就很难抓到他，犯案就意味着还要死人，这也真够矛盾的。”狄安叹了口气，然后问曹阳，“这都到了 2015 年新的月份了，你觉得凶手还会再杀人吗？”

曹阳耸了下肩膀答道：“那可说不好，主要还得看凶手的心情吧。”接着又把问题抛给狼烟，“你觉得呢？”

“我倒是希望案子能再离奇一点，这样我的书就又有新内容可以写了。”

听到这个回答，狄安瞪了狼烟一眼，没好气地责备他说：“你的想法太邪恶了。”曹阳对此不以为然，对狄安说道：“你不要责备狼烟的想法邪恶，我想，即使是专案组的警察，也会有人希望凶手继续作案，这样他们就可以收获更多的线索，增加破案的可能性。凶手在这个时候停止作案反而对他们不利。人心都有黑暗的一面，你，又能看到多少呢？”

吃完饭已经接近晚上十点，饭馆里的人基本上都走光了。狄安叫来服务员埋单，趁着找零钱的工夫，狼烟提议他们转战一个地点，找个酒吧继续喝个痛快。

狄安有些累了，想都没想就直接回绝道：“我不去了，明天早上还要上班呢。”说完便等着看曹阳的反应。通过短暂的接触，狄安觉得曹医生并不是那种爱逛夜场的人，何况还是跟两个刚刚结识、关系并不算熟的新朋友，想必他也会拒绝狼烟的提议。然而，出乎狄安意料的是，曹阳没有任何犹豫就一口答应了，搞得他也只能无奈地改口，“好吧，那我也去，但我只能陪你们待一小会儿。”

论起如何享受夜晚的生活，没有人比狼烟更加了解这城市里有哪些好去处。他特意挑了一家格调优雅、环境较为安静的酒吧，大言不惭地声称：三个造诣颇深的文学爱好者难得有缘分聚在一起，一定要好好交流一下彼此的心得，让作品以最好的形式展现在广大读者面前。

听到这话狄安就忍不住在心里暗笑：什么文学爱好者交流心得，分明就是两个犯罪嫌疑人，加上一个案件目击者坐在一起讨论案情。负责监视的警察指不定已经在胡思乱想些什么，甚至有可能怀疑他们聚在一起谋划犯罪呢。

不过玩笑归玩笑，狄安这一次硬着头皮跟他们来凑热闹也不是完全没有收获。

酒过三巡，曹阳的话渐渐变得多了起来，而且随着关系的拉近，曹阳似乎也愿意把他掌握的信息说出来跟他们分享。因为他是第一起案件的犯罪嫌疑人，跟受害者又是同事关系，所以他所聊到的话题大多跟医院里的流言蜚语有关。狄安对那些八卦消息兴趣不大，他相信专案组的人早已经对那些事情进行了查证。唯独有一件事，狄安被卷进案子这么久以来还是头一次听人说起。

就在第一起案件发生前不久，曹阳曾经在医院附近的咖啡厅里看见梁冰跟一个长相十分英俊的男人碰过面。当时店里人不算太多，隔着几张桌子，曹阳听不清那两个人在聊什么，但从男人不太高兴的表情可以看出，两个人似乎正在为了什么事情而争吵。

第一起案件发生后，曹阳如实向警方说明了这个情况，毕竟当时警方办案的侧重点还在仇杀方面，任何冲突，哪怕只是不起眼的争吵都是不容错过的线索。然而让曹阳没想到的是，迟岳明听说这件事情的时候并没有什么特别的反应，好像一切都在他的意料之中。

按理来说，案件发生时迟岳明跟梁冰已经分手好几个月了，就算梁冰跟别的男人见面或者约会也不是什么稀奇的事情，何况那两个人只是坐在一起喝喝咖啡而已，未见任何暧昧亲昵的举动。曹阳最开始也没怎么在意这件事情，直到有一天，他发现那个男人竟然也跑到医院里来了解情况，他这才知道，那个男人竟然是迟岳明警官的弟弟，名字叫迟源。

曹阳跟迟源并没有过正面的接触，只从几个医生、护士口中得知了一些零碎的信息，进而了解到迟源是为了帮哥哥破案才私下进行调查的。但是随着案件的升级，警方逐渐将调查视线从第二人民医院撤离，曹阳也就再没见过那兄弟二人了。

由于生活本无交集，曹阳无法得知迟源近来异常活跃的表现，所以在讲到这些事情的时候，曹阳也只把它当成了过时的新闻，可在狄安和狼烟看来，这些信息远比曹阳认为的要有趣多了。尤其是狄安，一直以来就对迟源的行为有些不理解，现在想想，没准那个迟律师还真的另有隐情。

第 17 章 谎言

第二天中午，曹阳在急诊室里忙着给一名骑电动车摔伤的女孩处理伤口，忽见一个小护士急急忙忙地跑过来，说外面有个人找他，情况非常紧急。

曹阳有些纳闷，心想这个时间能有什么人来找他。如果是患者，直接挂号看病就行了，何必要专门叫他呢？他让一个女医生接手了他的工作，赶紧出来查看状况。在急诊室外面的走廊上，他看到了一个熟悉的身影，十几个小时前他们还坐在一起喝酒聊天，而现在，对方的脸色看上去十分不好，似乎随时都有可能一头栽倒在他面前。

见狼烟身体状况不妙，曹阳立刻过去扶住他并问道：“怎么回事？你脸色怎么这么差？”

狼烟有些尴尬地冲曹阳笑了一下说：“没想到我们这么快又见面了。我感觉我这次恐怕……”

“进来再说。”曹阳不由分说将狼烟带进了诊室，让其躺在一张病床上，立即开始进行检查。

经过曹阳的初步了解，狼烟已经有很长一段时间胃部不适了。尤其是最近两个月，他经常胃疼，食欲减退，偶尔还会有呕吐的现象。他的作息时间跟平常人不太一样，基本上都是白天睡觉，晚上才起来活动，所以也没找到个机会好好来医院看看病。一遇到不适他就自己买药乱吃，直到现在也不知道自己究竟得了什么毛病。

狼烟的生活很不规律，饮食方面也从不注意，更可怕的是他明知道自己身体不好还嗜酒如命。每次喝完酒，他或多或少都会感觉到身体不舒服。他的解决办法是要么强忍着，要么吃药。昨天晚上也是如此，他本以为用不了多久就能熬过那阵疼痛，结果一直等到天亮，疼痛感不但没有消减，反而越发严重起来。迫不得已，狼烟只好到医院找曹阳帮忙。

尽管曹阳不是消化内科的专家，但依经验判断，狼烟的身体状况已经不是很乐观了。他答应狼烟会尽快帮忙安排一系列的检查，以便尽早确认病情。

狼烟来医院前早就做好了充分的心理准备，尽管曹医生没有把话说得很明确，他也多少猜到了一些可能性。

“搞不好我这次真的要挂了，看来遗嘱那件事还真的没白费力气。”

“什么遗嘱？”

“没什么。”狼烟无奈地摇摇头，惨然地笑了一下问道，“曹医生，你觉得我还能活多长时间？”

一听患者说出这种消极的话，曹阳不禁皱起了眉头，用略带说教的语气回答道：“你别胡思乱想了，当前情况也没有你自己想得那么糟糕。你要做的就是好好纠正你的作息时间，按时吃饭，按时睡觉，积极来医院治疗。还有，你从现在开始不能再喝酒了，要是我昨天晚上就知道你的身体状况，肯定会制止你的愚蠢行为。总之只要你不再继续作死，应该没那么容易就挂掉的。”

“话是这么说，我心里也明白，但要让我彻底改变生活习惯，这恐怕有点困难啊！”

“必须改变，这件事没得商量。”曹阳用强硬的态度再次叮嘱狼烟，随后又转为正常的口吻说，“我帮你联系一下消化内科的熟人，你一会儿就过去等着做检查吧。”

无论从医生还是从朋友的角度来讲，曹阳都已经尽了自己最大的能力帮助狼烟，且该说的话都说过了，但他总觉得狼烟的生活态度很不积极，好像不是很在乎自己的生命一样。从医多年，他接触过无数患者，每名患者在面对病魔时不经意间流露出来的担忧、恐惧甚至绝望的情绪，他丝毫没有从狼烟身上感受到半分。这难道只是内心坚强的表现吗？不，恐怕不是。如果狼烟不是一个感情彻底麻木的人，那他也太擅长在外人面前伪装了。

思来想去，曹阳还是觉得对狼烟的事情处理得不够妥当。若是不能劝狼烟改掉生活中的那些坏习惯，再先进的医疗技术也拿他没辙。

趁着休息的工夫，曹阳给狄安打了个电话，简单说明了狼烟的身体状况，让狄安找时间好好劝劝狼烟，一要让他彻底戒酒，二要让他回归正常人的作息生活。这两点要是做不到，接下来的治疗就会变得非常困难。

得知这个消息以后，狄安的心情万分沉重。他先是怀疑曹阳会不会小题大做了，也许狼烟只是得了普通的胃病而已。曹阳则坦言道："如果是我想多了，那当然最好。可我了解过狼烟的家族病史，他的奶奶不到六十岁就得了绝症而死，他父亲患病去世的时候也刚刚五十岁出头，所以相对其他人而言，狼烟患重病的可能性会偏大一些。不过你也不用过分担心，只要你好好说服他，让他做出一些改变，情况是可以逆转的。你是他最好的朋友，我相信他一定会听你的话。"

狄安早就知道狼烟的身体状况不太好，2014 年 12 月 20 日上午，他们在医院里久别重逢的时候，狼烟曾向他抱怨过身体因长期过着黑白颠倒的生活开始发出抗议了，狄安从来没想过会是现在这样的结果。可是，狼烟那次去医院不是去看病的吗？为什么曹医生却又说狼烟从来没有看过医生呢？

想到这儿，狄安突然意识到哪个地方有点不对。如果狼烟那次不是去医院看病的，那他出现在医院里究竟是为了……

尽管还没到下班时间，狄安却一秒钟都不想再耽搁下去。他匆忙跟领导请了个事假，借口说自己的家人出事了，随后分秒必争地前往第二人民医院。

无论如何他都得弄清楚狼烟出现在那家医院的真实目的。如果事情真如他猜测的那样，那狼烟的作案嫌疑恐怕要一下子攀升好几个等级了。

因为是背着警方私自进行调查，狄安没有权利查看病人的就医记录，也不能随意调取医院的监控录像。迫于无奈，他只能利用同在一家医院负责保护杨子菡人身安全的李林警官。他编了一个俗套却极具效果的故事，谎称女友瞒着他到医院做堕胎手术，如此不负责任的行为令他备受打击。为了确认事情的真伪，他必须要亲自查一查女友的就医记录，希望李警官能抽出一些时间帮他这个小忙。

李林听了这个请求后露出一脸为难的表情，他倒不是不愿意帮狄安的忙，而是任务压身实在走不开。他跟另外一名警察轮流负责保护幸存者的人身安全，虽然只是一个简单又枯燥的任务，他还是一点都不敢怠慢。

这个状况完全在狄安的意料之中，其实他也不想让李林出面调查，只想找个借口将李林的警官证骗到手而已。

经过一番恳求，对方终于“缴械投降”，狄安拿到证件后就迅速展开了调查。

他以办案为由让院方为他提供唐泽枫的就医记录。经过查实，此人至少在医院系统更新近三年内没有留下过任何医疗记录。只是看个病而已，狼烟没有必要隐姓埋名，编造出一个假的身份，如此看来，狼烟很可能根本就没在这家医院看过病。那么，狄安猜测狼烟出现在医院是另有目的的，这一点基本得到了证实。

随后，狄安又调查了 12 月 20 日上午的监控录像。准确找到自己到达医院的时间，11 点 03 分，狄安顺着这个时间仔细往后观察，就在狄安步行走进医院大门的几秒钟后，狼烟的身影也出现在了监控录像中。狄安由此推测狼烟之所以来到医院是事先对他进行了跟踪，这样做的目的也跟着有了较为合理的解释：

如果狼烟就是案发那晚与他擦肩而过的凶手，必定在案发当时或事后了解到了他的身份，否则不会无缘无故对他进行跟踪。跟踪他的目的应该是为了找到幸存者的下落。尽管媒体报道说幸存者神志不清，无法为警方提供有用的线索，但对凶手而言，幸存者无疑是一颗不定时炸弹，需要尽快排除。如此一来，凶手就要通过某种方式接近幸存者。暗中监视并跟踪目击者显然是个简单快捷的好方法。

关于狼烟为什么要在医院里制造那场偶遇，狄安猜测狼烟肯定想利用这样的方式了解案件的最新进展，同时制订自己的下一步计划。

狼烟的犯罪嫌疑越来越大，这对狄安来说无疑是个沉重的打击，但让他困扰的事情还不仅仅是这些。案件还有很多蹊跷的地方，凶手的游戏貌似还在继续。

真相是什么，狄安并不知道，可他隐约感觉到自己已经掉进了一个布满荆棘的陷阱。在真相来临之前，他还会向更深的地方坠落。

第 18 章 唐家兄妹

2015 年 1 月 11 日凌晨 2 点，C 市师范大学的一对情侣刚刚从网吧出来。女孩哈欠连天地靠在男孩的肩膀上，抱怨男友打游戏太着迷，男孩则搂着女孩的后腰，赔着笑脸安慰她说："老婆别生气，我们这就去睡觉了。"

两人绕过网吧，来到一条凌乱的小街上。街道两旁有很多廉价旅店，靠着学生们的照顾，小旅店的生意做得风生水起，几乎每到周末都人满为患。因为没有事先预订，女孩怕找不到住处，她才不想回到刚才那家臭气熏天的网吧，于是便催着男友快点决定今晚的去处。男孩四下张望着，一时间也不知道哪一家还有空余的房间。

连着问了两家旅店，第一家客满，第二家只剩下一个单人间。女孩失望地叹了口气说："真惨，今天晚上不会要露宿街头了吧？"

离开第二家旅店，两人继续往前走。没走出几米，男孩突然停下脚步，尴尬地看着女友说："老婆，我想撒尿。"女孩也跟着停步，厌恶地瞪了男孩一眼："你刚才在网吧怎么不解决呢？"

"对不起，我忘了。"

"先忍着吧，找到住处再解决。"女孩抛下男友，自顾自地继续往前走，男孩则带着哭腔央求道："你等我一下嘛，很快就好。"随后快速冲进旁边的一条小胡同里。

凌晨2点,街道上几乎不见人影,女孩独自伫立在街头,并未感觉到害怕。也许，她从来没想过杀人魔鬼就隐藏在这漆黑的夜色中，离她并不遥远。

一分钟过后，寂静的胡同里传来了男友的第一声惨叫，稍稍停顿了一会儿又传来了第二声。女孩知道男友胆子很小，平时看到一只老鼠都恨不得立刻躲到她身后去。朋友总是嘲笑她男朋友中看不中用。但是没办法，女孩就是喜欢男友那张白净帅气的脸庞，无论看多久都不觉得腻。

这次八成又是看到了恶心的老鼠吧，女孩觉得好笑，心想自己还是快点去“英雄救美”吧。打开手机，借着手机的光亮，女孩快步朝胡同里走去。没走几步，她发现男友确实已经被吓得瘫软在地上了，目光呆滞，连裤子的拉链还没来得及拉上。只不过，让男孩陷入这种窘态的并不是那些穿梭在街头巷尾的老鼠。

此时，男孩的左前方，一名全身赤裸的女子正仰面朝天地躺在地上，眼球突出，舌头从嘴里伸出长长的一截，表情异常恐怖。让人更加恐惧的是，这名女子的身体上遍布着一道道触目惊心的血痕，似乎被什么东西狠狠地抽打过。

二十分钟后，这对情侣被带到学校附近的派出所。男孩惊魂未定，表情僵硬，暂时不能配合警方做笔录，值班民警只好让他待在办公室的椅子上休息，同时安排了一个和蔼可亲的女警察安抚他的情绪。女孩的情况显然要好很多，虽然也受到了一定程度的惊吓，但是并不影响她回答警方提出的问题。

专案组成员第一时间赶到案发现场，他们担心这起案子又是连环杀人魔的杰作。

经过初步的尸体检验，警方判断女子的死亡时间是夜里十二点半到一点之间,死因是颈部被勒导致的机械窒息,虽然案发现场没有发现作案凶器,但根据死者脖子上的勒痕可以推测出，凶器是一条宽度约为三厘米的皮带。

与之前发生的十三起案件相同，这名受害者也被凶手扒光了所有的衣服并被疯狂鞭尸。受害者没有被性侵的痕迹。

受害者的衣物被凶手扔在案发现场附近的垃圾箱里，警方从中找到了受害者的钱包，很快就确认了受害者的身份。

这名受害者名叫唐蕙，今年二十岁，是C市师范大学生物专业大二的学生。唐蕙是本市人，从小跟外公外婆生活在一起，聪明乖巧，懂事善良。因为外公外婆年事已高，唐蕙从念大学开始就靠打工养活自己，不仅要赚取每个月的生活费，同时还要考虑自己的学费。尽管唐蕙一直很努力，但频频上涨的物价还是让她越来越吃不消。看着身边的女同学一个个生活得潇洒滋润，唐蕙很羡慕她们，一不留神也就犯下了一个错误。

除了一份麦当劳的兼职工作和一份家教兼职工作之外，唐蕙还有一个不太光彩的赚钱途径。通过一次偶然的机会，唐蕙结识了学校附近“旅馆街”其中一家旅馆的老板，此人今年四十二岁，结过一次婚，后因喝酒赌博被妻子抛弃。

案发时，唐蕙已经跟这名老板“交往”差不多快三个月了。每个周末打工回来以后唐蕙都会到老板家里过夜，作为回报，老板每个星期给她一千块钱。案发当晚，唐蕙正是从麦当劳下班准备去找老板的时候遇害的。目前，警方已经排除了旅店老板的作案嫌疑，此人不具备杀人动机，案发时也有明确的不在场证明。

因为无法立刻确认此案是连环杀人案的延续，还是单纯的模仿作案，或是模仿连环杀人案的报复杀人，警方只能先从受害者的社会关系查起，希望能从中找出存在杀人动机的犯罪嫌疑人。

根据受害者的室友、同学、老师等人提供的信息得知，唐蕙是一个讨人喜欢的女孩子，勤奋好学，为人友善。除了被包养一事让他们无法接受以外，其他方面完全挑不出毛病。他们想象不出这样的女孩子会跟什么人结下仇怨。

“再优秀的人也有看她不顺眼的家伙存在吧。”就在警方快要放弃学校这边的线索时，一名爱八卦的女同学爆料了这样一件事情。学生会副会长是个心眼小、爱嫉妒的男生，他在几个月前追求过唐蕙，但是被对方多次拒绝。后来，副会长发现唐蕙拒绝他是为了跟一个校外的老男人交往，他感到非常气愤，同时扬言要报复唐蕙。

经过调查，男生所谓的报复跟本案并无关系。他坦言自己对唐蕙非常不满，也承认自己曾经给唐蕙制造了一些小麻烦，但杀人之类的事情可不是他这种胆小的人能做得出来的。案发时，他正在宿舍里跟新交往的女朋友打电话，同宿舍的另外三人都能证明这一点。

走访调查没有更多的收获，受害者的外公外婆以及兼职工作的同事们也都想不出任何头绪来。至此，警方的犯罪嫌疑人名单上就剩下一种可能了。

这个名字已经在他们的调查过程中反复出现过多次。

他跟受害者是同父异母的兄妹，这一点鲜有人知，两个人只在很小的时候见过几次面。虽然两人并无多大的交集，但由于此人身份特殊，警方还是决定对其进行调查取证。此人名叫唐泽枫，也就是网络小说家狼烟，是警方重点怀疑的连环杀人魔中的其中一人。

狼烟虽被怀疑，但问题是案发的时候，狼烟正处于警方的严密监视中，未曾踏出过家门半步。

如果狼烟不是这起案件的直接凶手，难不成他的背后还有一个神秘的帮凶吗？

2015年1月11日下午，狼烟在睡梦中被警察的敲门声惊醒，睡眼惺忪地被带到了专案组。他在审讯室里再次见到了那个目光犀利的市刑警队队长迟岳明，还有那个自称是他的粉丝的刘警官。除了这两人，审讯室里还有一名成熟漂亮的女警察。

即使被当成重点嫌疑人进行问话，狼烟在几位警察面前也丝毫不觉得紧张，依然是一副吊儿郎当的样子。他打了个哈欠，颇感兴趣地看着那位漂亮的女警察说道：“美女，我猜你今天是专门来研究我的吧？你看我像变态杀人狂吗？你见过这么帅的变态杀人狂吗？”

女警官显然是提前打过预防针的，她没理会狼烟的调侃，开门见山地说道：“你应该很清楚我们今天为什么找你。无论一个人怎么掩饰，撒谎的时候，面部表情和肢体语言多多少少会出卖一个人的内心。所以对你来说，最明智的选择就是老老实实地回答我们的问题。”

“我不太明白啊。”狼烟一脸困惑地说道，“你们把气氛搞得这么严肃，难道不是找我来聊天的？等等，看你们那神情凝重的样子，该不会是又死人了吧？”

“你这是明知故问吗？”

“什么时候的事？这一次又是在哪儿发现的尸体啊？”狼烟惊讶地问道，睡意蒙眬的双眼顿时绽放出一些光彩。突然，他意识到警方可能是误会什么了，赶紧替自己辩解道，“对不起，我今天早上五点多就睡了，还没有看过新闻。具体是怎么回事能跟我说说吗，我可以用来当写作素材。”

女警官没有回答，她皱着眉头拿出一张照片问狼烟：“你认识这个女孩吗？”照片上的女孩身材匀称，长相清秀，穿着一件碎花连衣裙，扎着一条长长的马尾辫，看上去像个大学生。狼烟接过照片看了一眼，嬉笑着说道：“这女孩长得还算可以，但是没有姐姐你漂亮。”

女警官尴尬地笑了一下，继续问道：“你认识她吗？”

“我都没见过她，怎么可能会认识呢。”

“这个小女孩你认识吗？”女警官又拿出一张照片让狼烟辨认。

狼烟好奇地接过第二张照片，看过一眼之后脸色就变得不太自然了。这是一张小女孩的照片，照片上的孩子大概只有四岁左右。女孩的眼睛很大，睫毛浓密卷曲，像个可爱的洋娃娃。狼烟皱起眉头，神情凝重地思索了一会儿，然后缓缓地说道：“我认识这个女孩，她叫唐蕙，今年应该刚满二十岁。她，是我妹妹。”停顿了片刻，狼烟又接着说道，“第一张照片是她长大后的模样吧？难不成，她就是这一次的受害者？”

“没错，这一次遇害的就是她。”迟岳明直言不讳地回答道，紧接又问了一个非常犀利的问题。“据我了解，你跟你这个妹妹关系可不怎么好，你从小就很讨厌她，一直视她为眼中钉。这一次她死了，你有什么感受？”

“什么感受？当然是很震惊了。迟警官，你该不会怀疑人是我杀的吧？”

“怎么可能，案发的时候你一直都待在家里，这一次可有警方的人给你做证。”

“那你们是什么意思啊？”狼烟不解地看了看对面的三位警官，迟岳明却冷笑了一下说：“没想到你除了会写作之外，演技也是一流啊！我们调查了死者的社会关系，你的杀人动机是最大的，同时，你也是连环杀人案的犯罪嫌疑人，不是吗？”

“你不是刚说我不可能……”

“你虽然不可能作案，但你可以找人帮忙啊！”

“啊？”听到这句话，狼烟愣了一下，紧接着便爆发出一阵歇斯底里般的大笑。笑够了以后，狼烟用调侃的语气对迟岳明说道，“迟警官，你是认真的吗？谁没事吃饱了撑的，愿意帮我杀人啊？再说为什么一定是仇杀？为什么一定能跟连环杀人案扯上关系？难道就不能是单纯的模仿作案吗？”

迟岳明沉默了一下，没有回答。最开始，警方内部也有人怀疑此案可能是模仿作案。首先，他们认为连环杀人魔在第十三起案件中丢弃了一直使用的杀人凶器，并刻意制造出一名目击者，这在某种程度上象征着他的犯罪已经终结；其次，连环杀人案早已经闹得满城风雨，尽人皆知，想要模仿也不是太难的事情。何况网络上有该案件改编的小说，内容真实详尽，足够让一个不相关的人模仿出整套犯罪过程。

但是细心的刘崎很快就否定了这一说法。他仔细阅读过狼烟的小说，并从书中发现了一条重要线索。

狼烟的小说是根据真实案件改编的，但在创作的过程中难免要添油加醋，会出现一些跟真实情况不相符的内容。比如狼烟在第一起案件中就有过这样的描述：

“已经不需要了吧，不如让我留做战利品。”男子冷笑着说道，随后伸手去摘女孩手上的戒指，但戒指却紧得像嵌在皮肤里一样，拔不下来。男子不满地皱了下眉头，四下寻找可以使用的工具。他从路边捡来一块棱角分明的石头，残忍地砸断了女孩的手指，无名指上那颗闪闪发亮的钻戒瞬间被鲜血染红。

而在第二起案件当中，书里的凶手拿走了受害者的发卡，第三起案件中则拿走了受害者的眼镜，可见狼烟所描述的连环杀人魔是一个有“收藏癖”的人，每次作案后都会拿走死者的某样贴身物品留作纪念。

实际情况却是，除了第一起案件的受害者被拿走了财物和戒指之外，其余受害者都没有丢失任何物品。警方推测拿走受害者财物和戒指的并非凶手本人，而是后来经过案发现场的拾荒者或者流浪汉，他们不报警的原因无非是为了私吞不义之财，也许还怕惹祸上身。

如果此案件是模仿作案，模仿者为了贴近原版作案过程，必定要大量搜集各种新闻报道以及网络上与之相关的内容。狼烟的小说算得上是最好的犯罪模板。

如果凶手按照狼烟的小说进行犯罪，作案后应该会拿走受害者身上的某样东西作为纪念，但是经过警方的仔细清点，受害者并未丢失任何物品，这说明此案的凶手并非模仿，而是按照原有的套路完成了这起案件。

所以，知情者犯案的可能性比模仿者更大。

狼烟没兴趣猜测警方是怎么考虑的，他只关心自己当前的处境：“好吧，即使你们有理由认为这起案子跟连环杀人案有关，为什么一定要盯着我不放呢？你们的犯罪嫌疑人名单上应该还有不少人吧？”

“确实还有那么一些各方面情况跟你类似的家伙。”迟岳明并不隐瞒，他很清楚跟狼烟这样的聪明人兜圈子是没有意义的。“发生这起案件之前，你的嫌疑也只是比他们稍微多一点罢了，但这一次的死者是唐蕙，是你的妹妹，难道你想用巧合来解释这件事吗？”

“不知道。”狼烟摇了摇头，露出一脸无辜的表情。“你说是巧合那就是巧合吧，反正连环杀人魔跟我没什么关系。”

“你恨她不是明摆着的事情吗？据我所知，你有一个非常不幸的童年，那些惨痛的经历足以摧毁一个人的一生，何况发生那些事情的时候你还不到十岁。你刚才也亲口承认你不喜欢唐蕙，从你的角度来理解，你那个同父异母的妹妹正是导致你家破人亡的原因吧？”

“没错，我有一百个想要杀死她的理由，但我并没有杀她。”

“你是不是很感激那个帮你杀死她的人呢？”

“当然，如果有机会我还想当面谢谢他。”狼烟毫不避讳地回答道，言语中透露着一丝笑意。那一瞬间，迟岳明觉得自己好像看到了一个恶魔，那个恶魔并不是坐在他对面的狼烟，而是禁锢在狼烟体内多年名叫“仇恨”的怪物。

一个人的仇恨究竟要有多深，才可以让他在面对另一个人的死亡时表现得如此残忍？

迟岳明深知仇恨的滋味，因为那个魔鬼也同样禁锢在他的心里。他又何尝不想把杀死梁冰的凶手碎尸万段，何尝不想用鞭子狠狠地抽打凶手的尸体，直到皮开肉绽，血水横流。

那个凶手也许就是狼烟，想到这儿，迟岳明愤怒地捏紧了拳头，目光凛凛地盯着狼烟，厉声质问道：“你真的不知道是谁杀了唐蕙吗？”

“反正不是我。”狼烟勇敢地回击了迟岳明的目光，两个人就这样互相瞪着彼此，谁都不肯退让。就在这时，女警官打断了他们的对峙，用血淋淋的事实彻底击碎了狼烟心底最脆弱的部分：“唐蕙也好，其他那些年轻漂亮的女人也好，她们只是你用来发泄仇恨的工具，你内心中真正的仇恨早在二十年前就生根发芽。一个女人毫无征兆地闯进你的家庭，摧毁了你的童年，害死了你的母亲。你恨她，想杀死她，但你的父亲抢在你的前面犯下这桩罪行，成为千夫所指的杀人犯，你亲眼目睹了……”

“闭嘴！”狼烟恶狠狠地瞪了女警官一眼，威胁她说，“不许再提我父亲的事，否则下一个要死的人搞不好就是你了。”

每个人的心底都有一段别人无法触及的回忆，女警官所说的正是狼烟最不愿想起的往事。没有人能理解他所受过的苦，在那样的环境中长大，再正常的人也会被摧残得体无完肤，再炽热的心也会逐渐变得冰冷，甚至死去。狼烟的心早就死了，在父亲杀死那个女人成为一名杀人犯的时候，狼烟的世界就彻底崩塌了。

被戳到痛处的狼烟不再演戏装傻，他表情冰冷地坐在审讯室里，彻底变成了一匹孤傲的野狼。“姜警官，我们废话少说吧。关于变态杀人狂的形成因素，我了解的并不比你少。我的确生长在恶劣的家庭环境中，性格扭曲，心理阴暗，父亲还有犯罪前科，但这一切都不能证明我跟连环杀人案有必然的联系。”

“我们会找到证据的。”女警官愤然地说道。

“好啊，那就去找吧。别说我不是杀人凶手，就算我是凶手，你们又能找到什么证据呢？案发现场有我留下的痕迹吗？凶器上有我的指纹吗？有可疑的监控录像吗？有目击证人吗？如果这些都没有，不如你们去我家里搜，看能搜出什么对你们有用的东西。我并不想帮助你们，但我想好心提醒你们一句，你们再这样对我执着下去，连环杀人案怕是永远都破不了了。”

离开市刑警大队，狼烟只想逃离这个满是恶意的世界。他驱车前往城市西郊的墓地，那里葬着他的双亲，也埋葬着他的过去。

回忆汹涌而来，很快就压得他喘不过气来，脑海中的画面却关不掉，像电影场景一样，一幕幕，一帧帧，清晰地从眼前划过。

难过却流不出眼泪，因为泪水早已经干涸。

哀莫大于心死。他活着，但早已失去了灵魂。

第19章 虐童

所有的故事都有开始，所有的不幸都能找到源头。

1988年8月10日,C市下了一场罕见的大雨。那一天乌云滚滚、电闪雷鸣，盛夏时节冷得像深秋，白昼时分黑得如同夜晚。一个瘦小羸弱的早产男婴在雷雨中诞生，父母喜极而泣，深情地拥抱在一起。男婴的父亲对妻子发誓说:“我一定会好好照顾你们母子,我们一家人要永远幸福地生活在一起。”

这个早产的孩子就是狼烟。他的父亲叫唐华，是自行车厂的车间主任，母亲叫俞丽，是一名小学语文老师。一家三口开始了平静温馨的生活，世间的不幸与惨痛看似与他们无关。

狼烟并不是一生下来就性情冷漠，内心阴暗。他也曾像其他孩子一样，开心时会天真烂漫地笑，难过时会肆无忌惮地哭。父亲强健的胸膛和母亲温暖的臂弯曾是他的依靠，是这世上最安全的避风港。

然而,人世间终究还是存在难以抵挡的狂风暴雨,它的来袭会摧毁一切,让再平常不过的生活在某一个瞬间戛然而止。对于六岁的狼烟来说，那个夜晚无疑是一场可怕的灾难，而且仅仅是众多灾难中一个微不足道的开始。

那时候的狼烟不知道也不可能明白，为什么母亲竟然会像个歇斯底里的精神病人一样疯狂地诅咒自己的父亲。母亲明明就是那样温柔善良的一个人，生气时也不会大声嚷嚷，为什么那样的一个女人竟会在自己的丈夫面前说出那些不堪入耳的话语？

也许他们只是在吵架吧；也许别人家的父母也会做出同样的事情。狼烟这样安慰自己，但自始至终，他都没有听到父亲的声音。

那一晚，很多东西被摔碎了，很多美好的记忆被揉碎了。

狼烟第一次感觉到真正的恐惧。没有人保护他，也没有人搭救他。他只能无助地蹲在自己的小房间里，紧紧地捂住耳朵，默默祈祷，低声哭泣。

那天过后不久，俞丽带着自己的东西从家里离开了。临走前，俞丽难过地抱着狼烟，泪如雨下。她说："小枫，妈妈要去外地工作了，不能经常回来看你，你在家里要好好听爸爸的话。"狼烟认真地点点头，忍住眼泪跟母亲告别。那个时候，狼烟仍然不知道父母之间究竟发生了什么，但他却预感母亲这一走，也许永远都不会回来了。于是，就在母亲开门离去的那一瞬间，狼烟突然冲出门死死地抱住母亲的腿，明亮的眼眸瞬间变成了泉眼，清澈的泪水哗哗而下。

后来他听说，父母分开是因为他们离婚了。离婚是什么概念？在小孩子看来，也许就是从今以后不能再同时牵着爸爸妈妈的手，走在放学回家的路上，走过某一条熟悉的街道。他们会从一家人变成两家人，变成渐渐不联系的人，最后，变成陌生人。

是谁说过一家人要永远幸福地生活在一起？承诺总是那样美好，但在现实中，承诺变谎言却只需要一刹那。

两个月后，家里住进了一个大着肚子的女人，狼烟听见父亲管她叫小梅。父亲让狼烟管她叫"妈妈"，狼烟内心充满了抗拒，他厌恶地看着那个女人，冷冰冰地说道："我不叫，她不是我妈妈。我妈妈是被她赶走的。"这个回答让小梅非常无奈。她尴尬地挤出一丝笑容，想伸手摸狼烟的脑袋，狼烟却一把推开她的手说，"别碰我。"然后转身回到自己的房间。

狼烟走后，小梅露出一脸委屈的表情。唐华也很尴尬，他替儿子解释道："小孩子不懂事，你别跟他一般见识。"小梅摇摇头说："我不生气，他还是孩子。”

发生这件事的时候，唐华三十三岁，小梅二十一岁，遇见唐华以前她从没谈过恋爱。她天生长着一张令男人痴迷的脸蛋，笑起来更是妩媚动人。工厂里有很多男人追求她，可她却一眼相中了这个有妇之夫。

然而，并不是所有爱情的种子都会结出美好的果实，有些爱情埋藏着罪恶。

唐华已经记不起第一次对小梅怦然心动是因为什么。也许他根本就没有喜欢过小梅，只是在某一个夜晚糊里糊涂地爬上了她的床，从此，平静的生活发生了彻底的改变。

有了身孕以后，小梅逼着唐华跟妻子离婚。唐华不同意，他说自己会出钱出力，尽到应有的责任，但小梅不肯让步。她威胁唐华说：“如果你不娶我，我就告你强奸，孩子就是证据。我可以不在乎颜面，你行吗？”

面对赤裸裸的威胁，唐华有种想要掐死小梅的冲动，他没有勇气杀人，但也不想背负强奸的罪名。于是，一场家庭大战就这样爆发了。俞丽用最恶毒的语言诅咒他们。她想带走儿子，忘记这个辜负她的男人，去一个陌生的地方重新开始。但是，她没有争夺到儿子的抚养权。俞丽拿着唐华给她的补偿金默默地离开了那个家。那一别有太多的辛酸和无奈，原本相爱的两个人从此变成了冤家。

又过了三个月，小梅生下了一名健康漂亮的女婴，取名唐蕙。小女孩的眼睛和嘴巴跟唐华很像，仿佛在冥冥之中提醒着唐华：这就是你的种，看你怎么赖账！

从一个二十一岁的女孩子升级为妈妈，小梅的心境发生了一些改变，隐藏的母性逐渐被唤醒。她把狼烟叫到床前，让他仔细看着这个可爱的小婴儿，一脸幸福地说道：“小枫，这个女孩是你的妹妹，从今以后，我就是你们两个的妈妈。”

狼烟依然摇头否认：“不，我只有一个妈妈，她只生了我一个孩子，我没有妹妹。”就在他说出这句话的第二天，俞丽自杀了。她从六楼的楼顶跳了下去，头部着地，当场死亡。

两天后，狼烟在殡仪馆里见到了母亲的尸体，那么苍白，那么瘦弱，再也不是他朝思暮想的模样。很快，生命中最重要的人将会在火焰下化作灰烬，带走一个六岁男孩心中仅存的温度。

那一天，狼烟几乎流干了这辈子所有的眼泪，但他还是不明白，为什么母亲会抛下他独自去了另一个世界。他不知道当一个人终日活在痛苦和绝望中时，死亡便是一种解脱。

他也永远都不会知道，母亲一个人站在漆黑寂静的楼顶时，心里想的是什么；以及坠落到地面的那一瞬间，脑海中浮现的又是什么。也许是那个雷电交加的夜晚，丈夫在耳边诉说的动人誓言；也许是某个秋风萧瑟的夜晚，一家三口围坐在沙发上，吃着水果，看着电视，平淡普通却温暖如春；也许她想到了儿子的第一声啼哭，第一次站立，第一次喊“妈妈”的场景；也许，一心赴死且心如死灰的她根本就什么都没有想……

狼烟长大后才知道，母亲自杀的时候，已经患严重抑郁症很久了。那是一种可怕的疾病，杀人于无形。脆弱的母亲被它打败，最终走上绝路。

俞丽的死给唐华造成了不小的打击。想要弥补对前妻的亏欠已经来不及，他只能想方设法在儿子身上赎罪。他做了一个重大决定，他要将小梅生的孩子送到女方的父母家抚养。俞丽死了，儿子再也得不到亲生母亲的关爱，他不能让另一个孩子分割儿子仅剩下的父爱。

“一定要把蕙蕙送走吗？我舍不得。”听到这个决定，小梅眼泪汪汪地恳求唐华。

唐华沉默了一下，毅然决然地回答道：“不把她送走，我们就离婚。事到如今，我也没什么好害怕的了。”

“我不想离开你，我也舍不得蕙蕙。”小梅进退两难，女儿和丈夫她都舍不得，女儿送走后还能见面，但离婚却是另外一码事了。

“就这么决定了吧。蕙蕙交给你爸妈抚养，她依然是我的女儿，我每个月都会给她拿抚养费的。”

“我看得出来，你不喜欢蕙蕙。你养她只是出于责任。”

“怎么会不喜欢，她是我女儿。”

“少骗我了，你心里想的全都是你儿子，根本没有我们家蕙蕙一点位置。”小梅有些哀怨地说道，她没有能力改变现状，只好假装妥协。“把蕙蕙送走也好，反正我也不会带小孩，爸妈他们更有经验。”小梅心里想的却是：先熬过这段时间，找机会再把女儿接回来。

出了月子，小梅就去工厂上班了。因为工作忙，小梅很难抽出时间去看望女儿。她越是看到狼烟就越是思念蕙蕙，压抑久了，脾气就渐渐变得暴躁起来。

心情不好的时候，她喜欢拿狼烟撒气，经常因为一点小事就对狼烟大吼大叫，狼烟本来就不待见她，即使被吼了也不会主动认错。两个人的关系变得更加恶劣，但这无意义的争斗只发生在唐华不在家的时候。

当着丈夫的面，小梅就像是换了个人一样。她会对狼烟嘘寒问暖，说话时低声细语，温柔贤惠的样子让丈夫感到安心。即使狼烟对她直呼其名她也不发脾气，甚至还开玩笑说：“既然你不想管我叫妈妈，也不想管我叫阿姨，不如你管我叫姐姐算了。”这个时候，唐华也会开小梅的玩笑：“还以为自己是十七八岁的少女呢？辈分都搞乱了。”

“那应该叫什么？”小梅困惑地问道。

唐华想了一下说：“随他喜欢吧。”只有在这件事情上，唐华不会强迫狼烟。因为他知道，“妈妈”这个词已经不是狼烟能再随便说出口的了。

没有人能够取代亲生母亲的位置，尤其当一个孩子认为那个将要替代他母亲的人，也许正是杀死他母亲的凶手的时候。

小梅当着丈夫的面如此积极地表现，无非是想让丈夫把女儿接回来。但事实表明，唐华完全没有接唐蕙回家的打算。小梅心灰意冷，为了发泄心中的不满情绪，她对狼烟的惩罚渐渐升级成了另外一种形式——虐待。

从那个时候开始，狼烟经常被小梅拳打脚踢，脸上，胳膊上常挂着瘀青的痕迹。小梅警告狼烟不许找父亲告状，狼烟明白这句话意味着什么：

如果敢告状，下场将会更加悲惨。

时间久了，唐华还是察觉到了一些异样。有天晚上，唐华神情严肃地问狼烟，“实话告诉我，你身上的伤是怎么弄的？是不是有人打你了？”狼烟低着头，咬着嘴唇不说话，他多想扑到爸爸的怀里大哭一场，但受到威胁的小孩子又怎敢轻易反抗？沉默了片刻，狼烟抬起头来露出凄惨的一笑，欺骗父亲说：“对不起，我在学校里跟同学打架了。”

“小小年纪就学会打架了？这样下去还怎么得了……”唐华严厉地批评了狼烟两句，紧接着便心疼地将他搂在了怀里，再也说不出一句话来。

夜深人静，小梅在镜子前换上一件性感撩人的睡衣，唐华坐在床边看了她一眼，内心却感受不到任何兴奋。他抽了一口烟，冷冷地问小梅：“小枫身上的伤是怎么弄的？你这个当妈的应该很清楚吧？”小梅继续在镜子前面搔首弄姿，心不在焉地回答道：“他不是说了吗，跟同学打架弄的。”

唐华摇摇头表示不认同。“我看不像。他这样子可有一段时间了，总不会天天跑到外面跟别人打架吧？”

“你这是什么意思啊？”小梅转过身来，脸色有些难看。“听你那责备的语气，该不会是怀疑我打了他吧？”

“难道不是吗？”唐华厉声质问道，眼睛瞪得圆鼓鼓的，看上去有些吓人。小梅不再回答，也没有心情再继续臭美了。她离开镜子，缓缓地走到床边坐下，几秒钟过后，竟然委屈地哭了起来。唐华对妻子的表现颇为不解，他轻轻地推了小梅一下，问道：“怎么了？你哭什么呀？”这一问，小梅反倒哭得更凶，转瞬间就从毛毛细雨变成了倾盆大雨。

哭了一会儿，小梅用哽咽的声音对唐华说道：“老公，你是不知道啊，小枫这孩子在你面前表现得很乖巧，你一不在家，他就完全变了样。他一直都不喜欢我，你知道的。他总是跟我顶嘴，故意气我，我也舍不得打他，但是……”说到这儿，小梅又继续哭了起来，这一次是凄楚动人的泪。

女人的眼泪是男人致命的武器，小梅楚楚可怜的模样让唐华动容了。他搂着小梅让她靠在自己的肩上，难以置信地问道：“那孩子真的有那么过分吗？”

小梅点点头，虚构了一些不曾发生过的事情。唐华感到很气愤，聊着聊着竟然忘记了自己的初衷，他让小梅像母亲一样，好好管教管教那个孩子。

从那之后，唐华不再插手管小梅和狼烟之间的事情。狼烟失去了最后的保护伞。他不怪父亲，只怪自己太弱小，斗不过那个蛇蝎心肠的女人。

没有了唐华的干涉，小梅对狼烟的惩罚进一步升级，由最初的拳打脚踢演变成了真正的折磨。针对狼烟的身体暴力变本加厉。各式各样的伤痕爬遍了狼烟的全身，唯独那一张白净稚嫩的脸庞没有遭遇到毒手。

被虐待的时候，狼烟不哭也不喊，因为哭喊只会带来更大的伤痛。他咬着牙，紧紧地闭上眼睛，在心里一千遍一万遍地诅咒那个女人快点死掉。甚至这还不够，他诅咒那个女人变成一具丑陋的尸体，在他面前腐烂，发臭。

生活在地狱中的人是否有机会看到天堂？如果天堂存在于心里，是不是抬起头来就能看到天使在微笑？无数个日日夜夜，狼烟仰望着天空却没有看到天使。没有人听见他的诉求，没有人回应他的祈祷。这个弱小的孩子孤独而又无助，眼神里总是充满哀伤。

除了忍耐他什么都不能做。于是，狼烟总是期待自己能快点长大，快点变得高大强壮起来。只有到那时，他才能够摆脱那个女人的控制。也许到那时，他会用同样甚至更加惨烈的方法报复那个女人，或许他会把那个女人杀掉。

日子在屈辱与等待中慢慢熬过。1998 年 7 月 24 日，天气闷热，无雨亦无风。再过十几天，狼烟就要长到十岁了。

下午 5 点多，狼烟垂头丧气地从学校回到家中，这一次他是真的跟同学打起来了。脸被人抓破了，衣服袖子被人扯烂了，裤子上还留下几个鲜明的脚印。看到这一幕，小梅不禁火冒三丈，揪着狼烟的耳朵把他拽到屋里，尖声责骂道：“小兔崽子，你是不是活得不耐烦了？竟然敢在外面跟人打架？”

“不是我的错，是他先惹我的。”

“人家怎么惹你的？”

“他说我爸不正经，一把年纪了还找个小老婆。”

那个年代，邻里之间都很熟悉，女人们爱嚼舌头，谁家里有个风吹草动，过不了几天就有人把它当成茶余饭后的谈资。唐华家发生的事情很多人都知道，背地里谈论他们的人一抓一大把。有个邻居家的孩子跟狼烟是同班同学，孩子说话经常口无遮拦，他突然想起这件事，然后当着好几个同学的面肆无忌惮地把它讲了出来。

小梅听到有人这样谈论他们，心里也很气愤。她放开狼烟的耳朵，一脸好奇地问道：“他这么说你爸爸，你是怎么回应他的？”

狼烟得意地笑了一下，挑衅地说：“当然是实话实说了。我爸是被那个小狐狸精勾引的，他也是受害者。”

“混账！”这句话把小梅气得脸色发青，她抬起手来想要扇狼烟的耳光，结果却被狼烟结结实实地挡了回去。直到这时小梅才发现，昔日那个瘦小羸弱的男孩已经不知不觉长高了，两个人面对面地站着，狼烟已经可以跟她平视了。

小梅有些害怕，为了扳回局势，她后退两步从地上抓起一个木头凳子，狠狠地抡在狼烟的肚子上。狼烟疼得一屁股坐在地上，他痛苦地咳了两声，一手撑着地面，一手捂着肚子，内心却依然不肯认输。“你这样对我，总有一天是要付出代价的。我一定会杀了你，但在杀你之前，我也要让你尝尝被人虐待的滋味，希望到时候你还能像现在一样漂亮。”

“你个小流氓，看我今天不打死你。”面对狼烟的威胁，小梅已经彻底被吓蒙了。是啊，面前的小男孩总有一天会变得像他父亲一样高大强壮，他的内心积攒了那么多的哀怨和愤怒，总有一天他会报复的，一定会的。

小梅接下来几乎丧失了理智。她举起凳子，疯了似的朝狼烟砸去，狼烟躲过了两下又被砸到了两下，不一会儿就被小梅逼到了墙角。小梅冷笑着，一脚一脚狠狠地踢在狼烟的身上，狼烟无处可逃，只能抱着头保护自己，嘴里还不停地发誓说：“我一定要杀了你，我还要找人强奸你，我要把你的尸体剁碎，扔在马桶里，我要拿你的心去喂狗，拿你的肝去喂猪，我要……”

对于一个家庭来说，这场战争的惨烈程度丝毫不亚于世界大战，敌对双方分别是一个十岁的男孩和一个二十五岁的年轻女子。如果没有人阻止，狼烟或许会被小梅活活踢死，那个时候，狼烟好像有点明白死亡跟解脱之间的关系了，但该死的人并不是他。

他默默地祈祷，希望天使能帮他一回。

时间一分一秒地过去，狼烟已经快要感觉不到任何疼痛了。他感觉周围的世界一片安静，他以为自己是到了天堂。可是，天堂里怎么会没有光？怎么会没有温度？妈妈在哪儿，为什么不来接我？爸爸在哪儿，为什么不来救我？

“小梅，你在干什么？”恍惚中，狼烟听到一个模糊不清却异常熟悉的声音，那是爸爸的声音，来自现实，来自耳边，是爸爸回来救他了。

“我，我……”在唐华的注视下，小梅终于停止了她的暴行。她惊恐地看着蜷缩在墙角、遍体鳞伤的男孩，身体止不住地颤抖着。

“你怎么在打他？”

“他在外面跟……跟别人打……打架。”小梅吞吞吐吐地回答，完全失去了刚才的嚣张气焰。弄成这样她也不知道该怎么收场，毕竟她从来没有当着丈夫的面对狼烟施虐过。“你今天怎么这么早就回来了？”小梅尴尬地笑了一下，试图转移话题。

唐华没有回答她，而是阴沉着脸朝她走过来，二话不说就赏了她一记响亮的耳光。事发突然，小梅没有心理准备，她震惊了好半天才捂着脸委屈地说道：“你……你竟然敢打我？”

“你打我儿子，我为什么不能打你？”唐华说着又扇了小梅一个耳光。

小梅哭了，但此时此刻，女人的眼泪失去了它原有的魔力。小梅闻到一股浓烈的酒气，紧接着又看到丈夫那双布满血丝、充满杀意的眼睛。

“你想干什么？家庭暴力吗？”小梅提高了嗓音给自己壮胆，高高在上的施暴者怎么能受得了这份窝囊气。想到婚后生活的种种不幸以及从未停止过的流言蜚语，小梅的心头顿时燃起一团怒火。

唐华含糊不清地咒骂了一句什么，又要动手打人。小梅也不再谦让，她拿出一副豁出去的架势向唐华冲了过去，两个人扭打在了一起。

那一天，唐华得知工厂效益不好，自己即将要下岗的消息，心情糟糕透了，喝了不少酒。那一天，他想起了很多往事，想起了曾经拥有过的幸福生活，想起了狼烟的母亲，想起了大雨中的誓言，想起了曾经天真可爱的儿子。

唐华一直觉得自己愧对俞丽，愧对儿子。他恨自己的软弱与妥协。如果再让他选择一次，他宁可身败名裂、锒铛入狱也不会抛弃妻子跟那个女人结婚。不，如果再让他选择一次，他宁可死都不会背叛。

扭打中，唐华撞翻了电视机，小梅碰掉了桌子上的玻璃花瓶。水洒了一地，花瓣七零八落，玻璃碎片崩得到处都是。小梅不停地去抓唐华的脸，唐华不敢下狠手打她，只能用力将她推开。小梅踩到湿漉漉的花瓣，脚下一滑，仰面朝天摔倒在地。

随着一声凄厉的惨叫，小梅的脑袋后方开始有大片的血迹渗出。她躺在地上痛苦地挣扎了几下，转瞬间就瞪着一双空洞无神的眼睛，死掉了。

房间里一片狼藉，空气中弥漫着刺鼻的血腥味。

唐华瘫软在地上，目光呆滞地看着小梅，没有哭，没有逃，僵成了一块木头。也许，游离在现实与虚幻之间的他还没有完全搞清楚眼前的状况。

狼烟蜷缩在墙角，将一幕幕残暴的画面尽收眼底。疼痛让他动弹不得，恐惧令他呼吸急促，然而看着小梅的尸体，他竟心满意足地笑了。还有什么颜色比鲜血更刺激呢？

无数个日日夜夜的祈祷终于换来了解脱，但搭救他的却不是天使。

天使始终没有回应他的愿望。

自首后，唐华因过失杀人被判处五年有期徒刑。狼烟成了杀人犯的儿子。

分别的时候，唐华在儿子面前流下了悔恨的眼泪。他温柔地摸着儿子的脸庞，抱歉地说道：“小枫，爸爸对不起你，爸爸不该抛弃你妈妈，不该娶那个恶毒的女人回家。现在你什么都不用害怕了，没有人再欺负你了。对不起，爸爸不能再照顾你了……”

狼烟伸出小手，摸了摸爸爸那张苍白憔悴、挂满胡楂的脸，难过地说道：“我不怪你，这不是你的错。我会乖乖的，等你回家。”

然而，有些噩梦一旦开始就永远不会结束。那个蛇蝎心肠的女人虽然不在了，但她在狼烟身上留下的伤疤依然存在。夜深人静的时候，那些伤疤依然会隐隐作痛。

父亲不在了，但狼烟的思念还在。日复一日，年复一年，没有淡忘，反而在心底越刻越深。

第 20 章　地狱之光

父亲坐牢以后，狼烟变成了一名“孤儿”，他无法一个人继续生活在这里。六十多岁的爷爷把他接到了另外一个城市。那年秋天，狼烟十岁，转入当地一所小学念四年级。

狼烟完全不像一个十岁的孩子，他沉默寡言、冷静阴郁。老头子因为儿子的坐牢而整日愁眉不展，完全想不到要照顾十岁的狼烟。于是狼烟经常一个人上学，一个人玩耍，一个人看书，一个人发呆。他依然喜欢仰望天空，却再也不相信天使。

没有人帮他开家长会，没有人带他去游乐场，没有人给他买新衣服，也没有人为他庆祝生日。他总是那样孤独，眼神里充满了哀伤。

邻居家有个十二岁的姐姐对他很好。女孩跟他念同一所学校，六年级，每天放学都骑着一辆脏兮兮的破自行车回家。有时在学校门口遇到狼烟，女孩会很霸气地冲他喊：“上车！”然后载着他风驰电掣地穿过人群。

狼烟坐在后面的破车座上，一路上都不跟女孩讲话，到了家门口连声谢谢也不说就直接跳下车子飞奔回家。女孩从来不介意。她看着狼烟的背影无奈地笑笑，心里想道：真是个害羞腼腆的小帅哥啊，要是能当我弟弟该有多好。

女孩并不知道，狼烟不跟她讲话不是因为害羞或腼腆，他只是很冷漠，冷漠到不想跟任何人交流。但在内心深处，狼烟分得出善恶，他对女孩有些好感，甚至有种想要跟对方成为朋友的冲动。然而有一天放学回家，狼烟却在爷爷家楼下听到了这样的对话：

妈妈：婷婷，别跟隔壁的那个孩子走得太近了，影响不好。

女孩：怎么了，我不就是偶尔载他一起回家吗？哈哈，你该不会怀疑我早恋吧？

妈妈：你别笑了，我跟你说正经事呢。隔壁那个孩子，他是杀人犯的儿子……

女孩：骗谁呢，他那么可爱，我巴不得有个像他那样的弟弟呢。

妈妈：我骗你干什么？那个孩子的爸爸杀人坐牢了，他是因为没人管才被送到这儿来的。

女孩：怎么会，我不相信……

妈妈：记住了，以后不许再跟他玩了啊！

无情的对话深深地刺痛了一个孩子弱小的心灵。狼烟自以为经历过那么多事情，他的内心已经足够坚强，应该没有什么再能伤害到他，然而“杀人犯的儿子”这几个字却让他感到愤怒和绝望。他无力和人争辩，因为在他看来，是非对错在外人眼中根本就不重要。

那天过后，女孩果然不再跟狼烟说话了。她依旧喜欢他，但不敢接近他。

没有人能够信任，没有人可以依靠，狼烟寂寞地度过了小学和初中。昼夜更替，四季轮回，他只有靠写作来打发时间，这是他唯一想做的事，也是唯一能让他感觉到快乐的事情。

十六岁那年，狼烟以优异的成绩考入了当地最好的高中。那时的他已经是一个身高一米八，相貌较为出众的英俊小伙子了，可他还是一如既往地阴沉冷漠。他几乎不跟同学讲话，总是神情忧郁地想着心事，像一匹游离在荒野间的孤狼。

这种状态一直持续到高一下学期调换座位时，一个身材不高、容貌清秀的男孩坐在了他的旁边。其实同桌换成谁对他来说都无所谓，但那名同学却是一个例外。

那时，狼烟交到了人生中的第一个朋友，或许也是唯一的一个朋友。

四月初一个阳光明媚的下午，光线温暖地洒进教室里，晒得人懒洋洋的。自习课上，狼烟百无聊赖地对着数学题发呆，看着看着就不自觉地打起瞌睡来。刚一闭上眼睛，阴森诡异的梦境就侵袭了他的大脑，跟外界的美好光景形成了强烈的反差。

他梦见一座修在悬崖边上的监狱。监狱长是一只长着猫脸的怪物，监狱里关押的全都是食人魔鬼。日落之后，他们倾巢出动，跑到附近的村庄寻找坟墓，然后将挖掘出来的尸体拖回监狱当作晚餐。狼烟在梦里变成了一个食人魔，他在挖掘坟墓的时候被一具突然诈活的尸体抓住双脚，拖进了无底的黑洞。坠落的过程中，狼烟不情愿地醒了过来，他厌恶地皱了下眉头，对这个无趣的结局感到不满。

他坐直身子，舒服地伸了个懒腰。教室里依然春光明媚，同学们都在埋头苦读。他收起数学习题，在书堆中寻找用来写故事的笔记本，结果找了半天才发现那个本子正被同桌拿在手里，津津有味地阅读着。

“你在看什么？”狼烟惊讶地从对方手中抢过自己的笔记本，脸上还带着一点羞涩的表情。他从来没有给别人看过自己写的故事，他不知道自己写得怎样，也不知道那些恐怖诡异的故事是否会得到别人的认可。

“啊，对不起。”狄安挠挠脑袋，抱歉地说，“看到你的本子摊在旁边，忍不住看了两眼，没想到一看就停不下来了。这些故事都是你写的吗？”

“是又怎样？”狼烟没好气地问，心里有些恼火。

“你写得很好，我很喜欢。”

“呃……”突然受到别人的夸奖，狼烟有点不知所措。他愣愣地看着狄安，心想这家伙也许只是说了句客套话而已，没必要太当真。

“我是说真的。”见对方怀疑自己的诚意，狄安又郑重其事地说了一遍。“我之前一直好奇你那么刻苦地在本子写些什么，现在才知道你在写小说。你没想过给杂志社投稿吗？”

“投稿？”

“是啊，我觉得你写的故事并不比杂志上发表的那些差，甚至还要更好。”

“我没想过，也不知道该往哪儿投。”

“我可以帮你。”狄安胸有成竹地说，随后对狼烟露出神秘的一笑。“我家里有很多这方面的杂志，改天拿给你看一下。我们到时候再做决定吧。”

三天后，狄安履行了他的承诺。他从家里抱来厚厚一摞杂志，分别向狼烟介绍了每种杂志的风格和特点，还推荐了几位他比较欣赏的作者以及写得比较好看的文章。

“你的写法跟这个作者有点相似。虽然他文笔比你好一些，经验比你丰富，但我觉得你再练习一下应该没什么问题。这个作者的故事以离奇著称，她看问题的角度跟大多数人不一样，所以总能写出出人意料的东西。这篇文章的剧情逆转你绝对想象不到，我最开始看的时候还以为男主角是个十恶不赦的坏蛋，哪想到……”

“等一下。”就在狄安耐心详细地做讲解时，狼烟打断了他。“我不明白，你为什么要帮我？”

“啊？”狄安显然是被这突如其来的问题问傻了。他合上杂志，困惑地看着狼烟，期待对方能给出一个合理的解释。

“我们之间的关系一点都不熟吧？换座位之前我们几乎没说过话，你坐到我旁边之后我也没怎么理睬过你。为什么你会对我的事情这么上心？你有什么目的？”

好心被当成有预谋，狄安十分生气，他收起脸上的笑容，毫不留情地反唇相讥道：“以前没接触你的时候只觉得你性格冷漠、行为怪异，现在才发现你根本就是性格扭曲、人格有缺陷。帮助一个人一定要带着目的性吗？你把身边的人都想成什么了？难怪你总是那么不合群，因为你和我们根本就不是同一种生物。”

“你说得对，我们的确不是同类。所以你根本没必要管我的闲事。”

“如果我非要管呢？”狄安挑衅似的问道，神情中透露着狼烟从未见过的固执和坚持。

没有接触狄安之前，狼烟以为狄安是个温和单纯的人。他总能看到狄安有说有笑地跟同学们聚集在一起，在各种不同的小群体里，狄安总是能成为他们的中心。他也经常能看到同学们拿着各种习题找狄安请教，无论多忙，狄安总会放下手里的事情，热情地帮大家解答问题。男生也好，女生也好，大家对狄安的评价无外乎是热情、善良、温柔、体贴，但在狼烟看来，同学们对狄安的了解似乎还不够深刻。

这个人非但不简单，或许还是个深藏不露的人。想到这一点，狼烟有些动容了。

“我这个人就是好奇心太旺盛了。”僵持了片刻，狄安恢复到正常的语气对狼烟解释道，“从各个方面来讲我都觉得你是一个很奇怪的人，但我就是容易被这些奇怪的气质所吸引。我很欣赏你的才华，不希望你就这样埋没它，这跟我对你的个人评价没有任何关系。所以，我帮助你只因为我想帮助你，除此之外没有其他想法。”

听过了狄安的解释，狼烟破天荒地笑了，他自己都不记得有多久没笑过了。他突然想起了小时候的愿望，他感觉到面前这个男孩笑得就像他想象中的天使。

“投稿行动”就这样开始了。

狼烟按照狄安的要求将自己写过的短篇小说认真地整理了一遍。他将手稿的复印件全都交给狄安，狄安过目以后帮他选择合适的杂志，偶尔也会提出修改意见。

频繁的接触与交流让狼烟逐渐了解到狄安身上很多不可思议的地方。他本以为狄安学习成绩那么好，一定是属于那种放学以后立刻飞奔回家继续苦读到深夜的人，没想到狄安不仅热爱文学，而且还把大把时间花到了研究那些跟学习完全无关的杂志上。

“真不知道你是怎么办到的。”拿到物理随堂测验的试卷以后，狼烟看看自己的成绩，又看看狄安那张接近满分的卷子，不得不佩服地叹了一口气。“成绩这么好，还有时间看那些课外书，难道你每天的时间比我们正常人多一倍吗？”

“没那么夸张啦！”狄安不好意思地回答道，随后将试卷折起来夹在物理书里。“其实提高学习效率很重要，充分利用学校的学习时间已经足够应付这些考试了。”

“哦？自习课上也没见你多刻苦啊。最近几天你不是还跟我一起看埃勒里·奎因的小说来着？”

“哈哈，这点小事你就不要纠结了嘛。话说回来，既然已经决定要投稿了，你的笔名到底想好了没有？”

“想是想了，但一时间拿不定主意。”

“都有什么？我帮你看看。”

“真的要看吗？总觉得有点难为情……”狼烟一边说着一边在本子上写下几个名字。狄安认真地思索了一会儿，突然指着其中的一个名字说：“就这个吧。”

“狼烟？我的第一选择也是这个。看来我们又想到一起去了。”

狄安满意地点了点头说：“当然，这世上最了解你的人应该只有我了。”

狼烟没有接话，默默地笑了一下，表情里却透着一股哀伤。

有了狄安的帮助，狼烟作为一个新人，中稿率竟然高达70%以上。很快，有几本杂志开始主动向狼烟约稿，还有一本杂志要为他开设专栏。

狼烟非常佩服狄安精准独到的眼光，并问狄安以后是不是想去当编辑。狄安坦言他确实有过那种想法，但出生在建筑世家的他更想沿着父母的道路继续走下去。他也坦言自己曾经也有过写小说的念头，却由于各种各样的原因始终没有动笔。如今，看了狼烟写的故事，狄安自嘲地说他更没有动笔的勇气了。

“不过，只要你需要，我永远都会帮你检查文章里的错别字，永远都会为你提出修改意见。”玩笑过后，狄安认真地对狼烟说，听起来如同一个美好的约定。“作为回报，你是不是该考虑以我为男主角写篇小说呢？”

“我会的。”狼烟斩钉截铁地回答道。他好奇地问狄安，“你希望自己在书里担任什么样的角色？”

“最好是侦探吧。现实中是不太可能实现了，至少让我在书里过过破案的瘾。”

从那个时候起，狼烟跟狄安成了朋友。两个人经常在一起谈论文学作品，有时还会讨论最新的故事构思。狼烟在写作的道路上迈进了一步，迷茫的人生似乎有了隐约的方向。

也是从那个时候起，女生们开始通过狄安给狼烟递送情书。她们当中的大多数人并不了解狼烟，甚至没跟他说过一句话，但她们就是会被狼烟身上那种忧郁神秘的气质所吸引。女孩们私下里最爱谈论的就是狼烟那双深邃迷人的眼睛，还有个女生曾经很夸张地说过，和狼烟一个不小心的对视都可以将她迷得神魂颠倒。只不过，狼烟对那些女孩从未产生过任何兴趣。

一次午间休息，狼烟带着哭腔对狄安恳求道：“拜托，以后不要再帮我收情书了，我觉得很烦。”狄安斜了他一眼，嘲讽地说道：“哟，你小子挺拽啊，有女生喜欢你，你还不乐意啊？你信不信这话要是传出去，分分钟有人把你打得满地找牙。”

“我有什么好拽的，我是真的对她们没兴趣。”

“那么多女孩喜欢你，你一个都没看上？你的要求也太高了吧。”

“不是这样的，我……”

“难道你有喜欢的人了？”看到狼烟欲言又止的样子，狄安恍然大悟地问道。

狼烟看看狄安，没有回答。少顷，他无奈地叹了口气，解释道：“我曾经答应过我爸，高中时期不谈恋爱。”

“啊？你这种人竟然会听家长的话？”狄安惊讶地张了下嘴巴，感觉这件事情非常不可思议。停顿了几秒钟，他又问道，“你老爸很凶吗？你害怕他？”

“不是，我只是不想惹他生气。”

聊到这个话题的时候，狼烟的父亲已经出狱快一年了。为了多些时间陪伴儿子，唐华出狱后没多久也搬到了这座城市。

五年的监狱生活改变了太多的东西。唐华变得沉默寡言，眼睛再也不像从前那样明亮有神。他的身体衰老得很快，脸颊消瘦，眼窝深陷，头发里掺杂着银丝，四十多岁的他看起来已经像是快要接近六十的人。

刚出狱那会儿，唐华为了找到一份合适的工作，四处碰壁，受尽歧视，后来只能靠四处打零工勉强维持生计。

这个曾经拥有过幸福生活的男人已变得这样凄惨、落魄，因为他错手杀了那个虐待自己儿子的恶毒女人，所以一辈子都要背负着“杀人犯”的罪名屈辱地生存下去。

狼烟望着窗外沉默了很久，直到狄安用胳膊肘轻轻地捅了他一下问：“你想什么呢？”狼烟才回过神来缓缓地说：“想到了家里的一些事情。我爸挺不容易的，最近一段时间他身体也不是很好，我不想再给他添乱了。”

“我决定了。”听了狼烟的回答，狄安突然一本正经地宣布，“从今天开始我不会再帮你收情书了。作为交换条件，你必须得答应我一件事情。”

“什么事？”

“如果有女生亲自将情书交给你，我希望你可以委婉地拒绝。你这家伙有时候实在是太伤人了。”

“我答应你，到时候我就说自己已经有喜欢的人了吧……”

从此，狼烟再也没有收到过一封情书，狄安也再没有跟他谈论过感情方面的话题。两个人还是一如既往地谈天说地，探讨文学。在外人看来，他们相互欣赏，关系熟到可以肆无忌惮地开对方的玩笑。但只有他们自己知道，他们是朋友，却无法做到无话不谈、亲密无间，因为两人之间自始至终都隔着一道无形的屏障。

那道屏障来自狼烟的内心，来自那个禁闭已久的黑暗世界。

也许正因为是生命中最重要的人，狼烟才更不想让狄安了解他过去的生活。他害怕被耻笑，害怕被嫌弃。他可以承受任何人给他带来的愤怒和屈辱，却唯独不想被狄安瞧不起。他是杀人犯的儿子；来自支离破碎的家庭；他被继母虐待得遍体鳞伤；内心阴暗，冷酷无情。无论他多么不想承认，这些都是事实。

能偶尔和狄安说说话，心情沮丧的时候能看见他温暖的笑容，狼烟已经觉得很满足。

只是一颗心的大小，却形成了世界上最远的距离。

于是，距离导致了分离。

高考结束的那个夏天，狼烟在同学聚会上喝得酩酊大醉。他搂着狄安的脖子步履艰难地回家，一路上停了三次，吐了两次，最后还情难自禁地哭了一次。那是狼烟自母亲去世以来第一次哭泣，他本以为自己这辈子都再也流不出一滴眼泪来了，没想到一场醉酒就让他变得如此不堪一击。

看到狼烟备受煎熬的样子，狄安的心里很不是滋味。他想安慰狼烟，却不知道对方为什么难过。认识狼烟三年，做朋友快到两年半，狄安自认为是这世上最了解狼烟的人，可他却一直看不懂狼烟眼中的悲伤。他经常能看到狼烟孤独地仰望着天空，想着心事，表情麻木，眼神冰冷。他想走进那个世界，但几次尝试过后却发现自己只能站在那世界的入口，却打不开那扇紧闭的大门。

“如果不能安慰你，至少让我陪着你一起难过。”如果狼烟是女孩子，狄安或许会拍拍她的肩膀，温柔地对她说一句深情的话，但这台词明显不适用于眼前的场景。想了半天，狄安只是挑了一句完全没意义的客套话：“回去好好休息，睡一觉心情就舒畅了。”

狼烟默默地点了下头说：“谢谢你送我回来。”然后，两人之间就没有更多的交谈了。

那一天，狼烟的父亲在建筑工地上摔断了腿，虽然不危及生命，但从此以后也不能再干繁重的体力活了。参加聚会前，狼烟一直在医院里守着父亲，唐华不忍心耽误儿子的聚会，于是强忍疼痛安慰狼烟说："小枫，做你自己的事情去吧，我这点小伤很快就恢复了。"

"同学聚会不重要，我想陪着你。"

"怎么会不重要呢？要知道，同学间的分别有时候就意味着永别。"

"可是……"

"快去吧，别让大家等着，我也该睡一会儿了。"唐华说着眯上了眼睛，很快就鼾声四起。狼烟也不再固执，他摸了摸父亲那头凌乱干枯的头发，小声说道，"好好休息，我明天早上再来看你。"说完，狼烟起身走出病房，心情却比来时更加沉重。

狼烟走后，唐华睁开眼睛，他微微地叹了口气，眼角流下两行苦涩的泪水。

艰难的生活到底要变成怎样才算结束？唐华努力地活着，拼尽全力赚钱，只为能让儿子顺利地长大，顺利地完成学业。他总是想着无论多苦也要撑到儿子大学毕业的那一天，可是弄成现在这样，以后想找一份零工都没那么容易了。

他不甘心，但他还不能放弃。

总有那么一些人会为了另外一些人变得坚韧无比。即使历经苦难，受尽折磨，他们仍然坚强地活着，因为他们知道这世上还有人需要他们。那是他们拼尽全力也要保护的人，哪怕粉身碎骨，榨干身体里的最后一滴血液，他们也要拼命地奔跑，将命运带给他们的不幸狠狠地甩在身后。

后来，狄安考到了外省的一所重点大学，狼烟回到了C市，在父亲的要求下选择了自己并不喜欢的金融专业。两个人仅在最初的半年时间里互通过几次电话，再之后除了逢年过节偶尔发个祝福的短信以外，几乎就不怎么联系了。

狼烟不想去打扰狄安平静的生活。尽管两人之间有过一小段令人难忘的交集，但分别后，他们还是要沿着各自的轨道，行走在两个完全不同的世界里。

在新的城市、新的学校，狄安会结识新的朋友，再次成为人群中的焦点。也许他会在不久的将来遇到怦然心动的姑娘，也许他会在未来的某一天忘记那个神情忧郁、笑容冰冷的少年。

无数人从生命中经过，有的人成为某人命中注定的唯一，有的人只变成某人生命旅途中的匆匆过客。狄安是前半句中的唯一，狼烟是后半句里的过客。悲哀的是，前者不知道自己的重要，后者却心知肚明。

在接下来的大学时光里，狼烟尝试着改变。他接替父亲支撑起风雨飘摇的家庭，更加深刻地体会到了父亲多年来的艰辛和不易。为了完成父亲的心愿，他努力学习，拼尽全力为自己赢取一个美好的未来，让父亲不再操劳受累，好好安度晚年。

然而，上天总是将一个又一个噩梦强行植入到他的人生中。

大学毕业后，狼烟找到了一份令人羡慕的工作。他挺起胸膛对父亲承诺："爸，从此以后你都不用再担心了。我会好好照顾你，让你过上幸福的日子。"

看着成熟懂事的儿子，唐华欣慰地笑了，眼角的皱纹却深深刺痛了狼烟的内心。

那个时候，唐华刚满五十岁，身体瘦削，疾病缠身。他的话越来越少，食欲越来越差。医生诊断后说他最多还能活半年，住院治疗能延长一两年的生命，但花费昂贵，身体也要承受很大的痛苦。

唐华选择了沉默，他没有将自己的身体状况如实告诉狼烟。他不想给儿子增加负担，他觉得自己能陪儿子走到这一天已经足够了。

唐华最终只坚持了三个月就在病痛的折磨下不幸去世了。

父亲的去世让狼烟陷入了彻底的绝望。从此以后，他还要为了什么去奋斗，还要为了什么而生活？

他辞掉了工作，整天把自己关在家里。绝望中，他想到了自杀。他站上楼顶，想象着母亲纵身逃离苦海的画面，一瞬间泪如雨下。迎着凛凛的寒风，狼烟缓缓地向楼的边缘走去。他每踏出一步，脑海中就响起一个男孩的声音："我很欣赏你的才华，不希望你就这样埋没它……这世上最了解你的人应该只有我了……只要你需要，我永远都会帮你……"

狼烟停下脚步，抬头仰望着夜空，幡然醒悟。原来"天使"早就来到了他的身边，用明媚的笑容照亮他心底的黑暗，让他看到了人生的另外一种可能。

也许生命中一切美好的事物全都陨落了，但他并不是一无所有。有一道光芒会指引他走入下一段旅程。他要重新拿起笔来，朝着那个神秘的世界继续迈进。

你活在天堂，我活在地狱。我一直仰望着你，你是我生命里唯一的光。

第 21 章　帮凶

2015 年 1 月 17 日，狼烟作为杀害唐蕙的犯罪嫌疑人接受了警方的审问。他有明显的犯罪动机，但案发时却处于警方的严密监视中，没有作案的可能。

迟岳明认为狼烟的背后有一个神秘的帮凶，这个人就隐藏在狼烟平日接触的人当中。犯罪心理学专家姜警官同意迟岳明的看法，只有一点她想不明白，就像狼烟自己说的那样，什么人会愿意帮他杀人?

为了找出那个隐藏在背后的帮凶，警方分成几组人马，分别调查狼烟在现实生活中接触的人群，以及通过网络等途径接触到的人群。狼烟一向独来独往，深居简出，作息时间也跟正常人完全相反，要整理出一份详细的名单并不是特别困难的事情。另外，警方已经获得搜查令，准备对狼烟的家进行一次彻彻底底的搜查。

就在专案组成员分别行动起来的时候，迟岳明的脑海中浮现出了一个可疑的名字——曹阳。这个人跟狼烟一样，也是犯罪嫌疑人名单里的一员。从这个月的月初到案发前不久的一段时间里，狼烟跟曹阳有过几次单独的接触，不排除此二人有合谋犯罪的可能。至于那两个人到底有着怎样的交情？迟岳明必须要亲自查个明白。

自第一起连环杀人案发生以后，迟岳明跟曹阳已经有将近一年没见过面了。再次来到第二人民医院急诊部，迟岳明的心中满是感慨。他无法忘掉那个寒冷的冬夜以及他曾经深爱的女人，逃不掉噩梦一次又一次的侵袭，每次挣扎着醒来，他都握紧拳头发誓：一定要将凶手碎尸万段。

下午四点多，急诊部忙得一塌糊涂，但对医生来说这已经是司空见惯的景象。迟岳明害怕耽误患者的抢救，在走廊上等了一段时间才将满头大汗的曹阳单独叫了出来。

两人来到医院大楼外的一处空地上，迟岳明点了支烟，并伸手递给曹阳一支，曹阳没有接，摇头说了声："谢谢，我平时很少抽烟，只有熬夜犯困的时候才偶尔会抽。"

"这样最好，抽烟伤身体，不过我是没救了。"迟岳明说着把烟收回来放进烟盒里，问道，"刚才那个患者救活了吗？"

"暂时活过来了，但还没脱离生命危险。那个人在工地上跳楼自杀，被工友救了，看来又是包工头拖欠工资惹的祸。"

"唉，这些事儿管也管不完。"迟岳明叹了口气，脸上露出一副无奈的表情。他身为警察，却也不是无所不能，每天眼睁睁地看着社会上的那些不公之事，除了愤恨和叹息之外，他也无能为力。毕竟人都有自己的职责，而他要做的事情无非就是亲手抓住连环杀人魔。

简单寒暄几句过后，迟岳明开始步入今天的正题："曹医生，我今天来找你是想向你了解一些情况。"

"你问吧。"曹阳淡定地说道，没有任何惊讶的表情。

"你最近是不是跟一个网络小说家走得挺近？你跟他是怎么认识的？"

"你是说狼烟吗？写犯罪推理小说的那个？"

"是的，他是连环杀人案的犯罪嫌疑人，跟他扯上关系可不太妙啊！"

"我跟狼烟是通过一个朋友认识的。"曹阳回答道。

"什么样的朋友？麻烦你说具体一点。"

"那个朋友叫狄安，是一名建筑师。他跟狼烟好像是高中同学，学生时代关系挺不错的。一次聊天，狄安听说我对狼烟的作品很感兴趣，于是主动介绍我们认识。后来，狼烟因为身体原因来医院找我帮忙，这样一来二去也就成了熟人。”

迟岳明满意地点了下头，曹阳的回答跟他之前掌握的情况基本相符。思索了一下，迟岳明接着问道：“你跟狄安又是怎么认识的呢？据我所知，你这个人好像不太擅长交朋友吧？”

“是不怎么擅长。”曹阳耸了下肩膀，自嘲地笑了一声。“有天夜里我值班，狄安带着女朋友来医院看急诊，我们两个就是在那个时候认识的。狄安性格很好，跟他相处起来没有什么压力，也许正是因为这点，我才难能可贵地交到了一个朋友吧。”

“狄安的人缘确实不错。”迟岳明赞同地说道，心里却在想狄安带女朋友到曹阳所在的急诊部看病的动机恐怕没那么单纯。

办案这么久以来，迟岳明第一次遇见狄安这种让他难以控制行动的目击者。私底下的小动作太多不说，还想要撇开警方独自抓到凶手。迟岳明这次也是破案心切，管不了太多。若是狄安真的有能力帮警方找到凶手，那对他们来说也不是什么坏事。但前提必须是：狄安确实没有包庇狼烟。

想到这儿，迟岳明重新将问题拉回到狼烟的身上：“我很感兴趣的是，你跟狼烟单独相处得怎么样？你应该知道，他那个人也不太擅长交际，而且性格非常古怪。”

“是啊，跟他聊天的时候我也觉得他是个挺奇怪的人。不过正所谓负负得正，两个奇怪的人遇到一起，感觉似乎就没那么奇怪了。”

迟岳明听到这话突然产生了一种不太好的想法，虽然一切都仅限于猜测，但如果这两个犯罪嫌疑人真的同流合污，共同犯罪，那案件的侦破难度就大大增加了，想想都让人不寒而栗。停顿了片刻，迟岳明半开玩笑地说道：“很难想象你们竟然能聊得来，如此看来，能把你们凑到一起的狄安也很不简单哪。”说完，迟岳明突然话锋一转，问曹阳，“今天凌晨12点到1点之间，你在哪里？在做什么？”

“怎么突然问起这个？”曹阳对这突如其来的问题感到十分诧异，想了一下回答道，“昨天工作很累，回到家洗完澡就睡觉了。”

“这么说，凌晨那起案子发生的时候，你并没有不在场证明？”

“那件案子跟我有什么关系？”曹阳脸上出现了一丝不耐烦的表情。“时隔一年多你又来调查我，难道就因为我跟狼烟有一点交情？等等，你们到底在怀疑谁？该不会怀疑我们两个串通一气，共同制造了第十四起案件吧？”

“我可没那么说，只是随便问问而已。”

“随便问问？”曹阳显然对这个敷衍的回答非常不满意，“你怎么不在街上抓个人随便问问呢？我告诉你，迟警官，我跟狼烟是很聊得来，但也不至于刚一认识就如此信任对方，共同谋划某个犯罪行为吧？如果你怀疑我们两个从很早以前就开始合作了，那你尽可以去调查。我敢对天发誓，那天晚上绝对是我第一次见到狼烟，第一次跟他面对面地交谈。”

“你放心，我当然会去调查。”迟岳明冷冷地说道。“再次奉劝你一句，别跟那种危险的人扯上关系，因为你自身的条件也已经足够可疑了。”同样是犯罪嫌疑人，你以为自己就比狼烟清白很多吗？当然这最后一句话，迟岳明并没有说出口。

结束了曹阳那边的调查，迟岳明又匆忙赶往下一个调查地点。在警方监视狼烟的过程中，迟源不止一次出现在他们的视线里，这件事不得不让迟岳明内心起火。他倒不相信迟源是狼烟的同伙，但他需要弄清楚迟源为何一再跟狼烟产生纠葛。

正值下班高峰，迟岳明足足等了十几分钟才乘电梯来到写字楼的最顶层。他顾不上礼节，迫不及待地推门而入，一眼就看到迟源坐在窗边的办公桌前，一边喝着咖啡一边翻阅着手里的法条，举手投足间透着一股优雅的气质。

因为事先通过电话，迟源并没有表现得多么惊讶。他放下咖啡杯，笑着问迟岳明：“你这个大忙人怎么有空到我的事务所来？良心发现想请我吃饭吗？”

迟岳明随手把门关上，径直走到迟源对面坐下。他调整了一下呼吸，开门见山地问道：“迟源，我记得我警告过你不要跟狼烟走得太近。为什么你不听劝，还要一而再、再而三地跟他接触呢？”

“你又想指责我多管闲事了吗？”迟源皱了下眉头，想起不久前隔着电话被迟岳明痛骂的经历。

“你去狼烟家寻找线索那件事我们不再提了，我现在只想听你好好解释一下之后发生的事情。你可千万别告诉我你跟狼烟已经成为朋友了。”

“跟那种人做朋友？怎么可能。”迟源不屑地笑了一声，接着解释道，“我当然记得你的忠告，也没打算跟狼烟继续纠缠下去。后来发生的事情并非出自我的意愿。”

“那就具体说说吧。”

“第一次去狼烟家里的时候，我不小心把工作用的U盘弄掉了。狼烟来事务所还东西，我的同事都可以做证。另外，狼烟来事务所还有一个目的，咨询遗嘱，所以再后来的见面都是为了完成这项工作。除此之外，我跟狼烟之间就没有其他的交集了。”

“你说的都是真的？”

“当然，不信的话你可以打电话问阿木或段学长，他们两个都知道这些事情。而且阿木也参与了狼烟的遗嘱见证，还跟我一起去过狼烟家里一次。”

“我会找他们核实情况的。”迟岳明若有所思地说道，随后有些疑惑地问迟源，“狼烟为什么突然想要立遗嘱？他是不是得了什么重病？”

“好像也不是治不了的病。他这个人你还不知道吗，做事风格向来很诡异。”

“他的遗嘱由你们事务所代替保管吗？”

“是的。”

“能不能让我看一下？”

“这个……”迟源有些为难地看着迟岳明说道，“这涉及委托人的隐私，没有特殊原因我不能拿给你看。”

“不看也没什么。”迟岳明表示理解，心想遗嘱的内容估计跟案件没多大关系，没想到迟源却在这时向他透露，狼烟打算把大部分财产都捐赠给孤儿院。

听到这件事情，迟岳明感到十分意外。不过仔细想想，狼烟在那样的家庭环境中长大，年幼丧母，父亲坐牢，基本上跟孤儿差不多。他对孤儿怀有特别的感情，想尽可能地帮助他们也是可以理解的事情。

但是，从另一方面来讲，很多做过亏心事的人都有做慈善的习惯。他们伤害过别人，或是为了钱，或是为了利益，然后再通过帮助别人减轻内心的负罪感。还有一些杀人犯特别喜欢烧香拜佛，每年给寺庙捐赠很多香火钱，大概是害怕冤魂索命，恶鬼缠身。搞不好狼烟就是个连环杀人魔，真若如此，他想做点什么来减轻心里的罪恶感也就不算稀奇了。

沉默了片刻，迟岳明突然转移话题道：“今天凌晨又发生了一起案件，你知道吧？”

“知道，我看了新闻，据说又是连环杀人魔的杰作。算下来这应该是第十四起案件了吧。”

“狼烟没有作案时间，但他有明显的作案动机。”

“什么？那家伙终于露出狐狸尾巴了吗？”迟源对这个消息感到异常兴奋，忙问迟岳明，“他跟这一次的死者是什么关系啊？”

迟岳明没有回答这个问题，却冷不丁地问了迟源一句，“案发的时候你在哪里？”

“凌晨一点多当然是在家里睡觉了。”

“一个人吗？”

“可不是一个人嘛，我又没有女朋友。”迟源傻笑着回答，一时间被问得有些摸不着头脑。但是他很快就意识到了什么，“等等，哥，你这是什么意思？怎么查案还查到我头上来了。”

“没什么，例行公事而已，你别想多了。”

“啊，我知道了。”迟源恍然大悟地敲了一下面前的桌子，“狼烟虽没有作案时间，但他却有作案动机，所以你们觉得他可能有帮凶，而且这个帮凶就隐藏在他平日接触的人群中。刚好在案发前的这段敏感时期里，我和他有过几次接触，为了以防万一你才来找我谈话，我说得对不对？”

迟岳明点了点头，对迟源的判断力表示赞赏，同时又感到一丝忧虑。“虽然你可能会嫌我啰唆，但我还是想劝你离狼烟远一点。他这个人很难琢磨，我怕你纠缠得太深，他会对你不利。”

“知道，你不用再提醒我了。”迟源无奈地叹了口气，有些敷衍地回答道。为了转移迟岳明的注意力，他起身绕到桌子的对面，把手搭在迟岳明的肩上，关怀备至地说道：“哥，我看你也累了一天了，不如我们收拾一下出去吃饭吧，我请客。”

“今天就算了，我还有很多事没做呢。”迟岳明说着看了下手表，站起来准备离开。迟源突然一脸严肃地对他说：“我有个想法，不知道现在说出来合不合适？”

“想说什么就说吧。”

“既然你们觉得狼烟的帮凶就隐藏在他平日接触的人群中，为什么不去找狄安谈谈呢？他们两个关系非同一般，狼烟能信任的人应该只有他了。狄安说不定早就看穿了狼烟的身份，出于对朋友的保护，狄安向警方隐瞒实情，并在第十四起案件中成为狼烟的帮凶。哥，我问你，今天凌晨案发的时候，狄安的行踪是否在你们的掌控之中呢？”

“他又不是犯罪嫌疑人，警方当然不会寸步不离地看着他。”

“也就是说狄安有作案的机会喽？”

“这个可能性应该不大，他包庇狼烟倒是有可能，但杀人……”迟岳明自言自语地嘀咕道。迟源还想对他说什么，迟岳明却做了一个禁止的手势。“好了，你什么都不要再说了，关于这个案子我有自己的判断，你也要有点自知之明，别跟着蹚这趟浑水了。”

迟源表面上点头答应，内心却仍然不肯放弃。他送迟岳明来到走廊，趁着等电梯的工夫又打听起来："哥，你们有没有好好搜查过狼烟的家？我总觉得那小子应该藏着什么。"

"你还好意思跟我提这茬？"迟岳明本来不想再抱怨迟源擅自行动的事情，但现在又说起了，他不由得感慨了一句，"被你那一次打草惊蛇之后，你觉得我们还能搜到线索吗？"

"不试试怎么知道呢？"迟源抱歉地咧嘴笑了笑，心想自己真是哪壶不开提哪壶。谁知迟岳明竟没再追究，冷笑了两声说："当然要试试，周副队长正带着一群人在他家里搜查呢。"

"狼烟人呢？他同意你们私闯民宅？"

"我们有搜查令，而且他今天一时半会儿也回不了家。他今天受了刺激，肯定想找个地方好好静一下，说不定狄安也正想找他好好谈谈呢。"

第22章 《第N+1个》

天色逐渐暗了下来，墓园里一片寂静。几阵冷风吹过，卷起地面上的枯叶发出唰唰的声响，仿佛有看不见的灵魂在墓园中寂寞地舞蹈。

狼烟看了一眼时间，发现自己竟不知不觉在父母的墓碑前待了将近三个小时。如果没有猜错，迟警官的人应该已经把他的家里翻了个底儿朝天，尽管他的家向来乱得一塌糊涂，但是一想起那种混乱的搜查场面，狼烟还是忍不住感到一阵厌烦。

他搓了搓快要冻僵的双手，蹲下身子整理了一下碑前的物品，将鲜花和祭品依次摆放整齐，随后低声说道："爸，妈，天色不早了，我该回去了。下次再来看你们吧！"说完，狼烟起身离开，穿过A区的通道朝出口方向走去。

出口附近是一片刚修建不久的墓地，经过那里的时候，狼烟隐约听到了一阵低沉而幽怨的啜泣声。出于好奇，他循着哭声慢慢走近，借着昏黄的路灯，他看到一块崭新的墓碑上刻着：1990.1.11—2014.11.24。

如此年轻就长眠于此，这样的事情确实有些残忍，但狼烟的注意力却不在死者的年龄上，而是后面的那个死亡日期。那一天刚好是第十二起连环杀人案的发生日期，受害者的名字也跟墓碑上的名字一模一样。狼烟心头一紧，想凑近一些看清死者的照片，然而就在他的指尖快要触碰到墓碑之时，一个身形消瘦、衣着怪异、披头散发的中年女人突然从后面蹿了出来，对着他尖声叫喊道：“畜生，不许碰我女儿！”

狼烟被这突如其来的叫声吓了一跳，连忙缩手并不由自主地向后退了两步，抱歉地说道：“对不起，我没有恶意。我只是想确认一下她的身份。”

“这跟你有什么关系？”女人警惕地问道，眼神里充满了敌意。停顿了片刻，女人突然怪笑着说道，“哈哈，你就是杀死我女儿的凶手吧？知道吗，我每天都蹲在这儿守着，我就知道凶手早晚有一天会出现的。你是来欣赏自己的杰作还是来看笑话的？猫哭耗子假慈悲。你就是一个恶魔、王八蛋、畜生！我要替天行道消灭你。我要扒你的皮、抽你的筋、喝你的血。我要把你的尸体扔在警察局门口，让那些饭桶们瞧瞧，没有他们我自己也能破案……”

听着女人的胡言乱语，狼烟一时间竟无言以对。他看得出来这个女人已经因伤心过度精神崩溃，而他，也许是对方苦守了几十天以来第一个等到的“可疑人”。

怎么办，狼烟有些为难，他知道自己现在掉头就走肯定会惹来不必要的麻烦。如果女人吵闹起来，墓地管理员一定会插手此事，搞不好还会报警。他刚从刑警队出来没几个小时，这会儿真是不想再看到迟岳明那张冰雕一样冷酷的脸。

僵持了片刻，狼烟安慰女人说：“阿姨，您误会了，我是婉清的朋友。今天是她的生日，我只是想来看看她而已。”

这句话终于让女人停止了咒骂，她的表情渐渐缓和下来，呜咽了几声，自言自语般地说道：“是啊，生日，如果没有遇到连环杀人魔，我女儿今天刚好二十五岁。你说这是为什么呢？婉清那么懂事孝顺的女孩怎么会被杀人魔盯上呢？她从来没做过坏事，老天爷不该这么惩罚她。我们家老孙心脏病发作了好几次，到现在还在医院里躺着呢。你说这从今往后的日子我们老两口可怎么过啊……”

狼烟不知道该说些什么，他觉得女人的样子实在很可怜。他也曾几度失去过挚爱的亲人，完全能理解女人的内心感受，但他找不出合适的词语来安慰对方，语言太苍白，根本无力安抚一颗支离破碎的心。

女人直勾勾地盯着女儿的照片，嘴里依旧絮絮不止：“都过去这么久了，警察竟然还没抓到凶手，我女儿死不瞑目啊！如果有一天抓到那个浑蛋，枪毙他都算是便宜他了，我真不甘心哪！”

“怎么死都是便宜他。要是回到古代，就可以用极刑来处置他了，最好让他生不如死。”狼烟在一旁小声嘀咕道，女人似乎听见了什么，诧异地瞥了他一眼，两个人都没再说话。

四周寂静得有些怕人，刚刚还吹得起劲的冷风这时也停止了嬉戏。狼烟一动不动地站在墓碑前，纠结着要不要马上离开。就在这时，狼烟的电话突然响了，原本清脆悦耳的铃声却惊得他汗毛耸立。

看到来电者的名字，狼烟放松下来。他转过身去，朝远处走了几米。刚一接起电话就听到狄安格外焦虑的声音：“狼烟，你在哪儿？我要见你。”

“哟，想我了？很少见你这么不矜持啊！”狼烟半开玩笑地说道，紧张的情绪瞬间一扫而光。可狄安却没有像往常一样任由狼烟调侃，他一改往日的温柔语调，生气地吼道，“我现在没心情跟你闲扯，你知道我为什么找你。”

“哎，不就是因为今天凌晨的那起案子嘛。我发誓，那个真不是我干的。”

“我知道你没有分身术，但我还是想跟你谈谈。”

“好吧，我现在就去找你。我们在哪儿碰面？”

“我家。”狄安简短地回答道，干脆得几乎不带任何感情。“稍后我会把地址发给你，你来了直接按门铃就行，再见！”

挂断电话不到一分钟，狼烟收到了狄安发来的短信，他大概扫了一眼短信上的内容就将手机塞回了口袋。离开前，他再度返回女孩的墓碑，神经兮兮的女人已经不见了，狼烟却依稀能听到阵阵低沉悲痛的哭声，久久地回荡在空旷寂静的墓园里。

“放心吧，那个浑蛋一定会落网，你不会死不瞑目的。”狼烟看着女孩的照片在心里默默地说道。虽然不能确定是什么时候，但他知道真相早晚会浮出水面。

五十分钟后，狼烟来到了狄安的公寓。他以为狄安也会像迟岳明一样急于从他嘴里打探今天凌晨发生的那起案子，谁知道刚一见面，狄安就冷嘲热讽地对他说：“想不到你速度还挺快的，我以为你找不着这个地方呢。”

狼烟在门口换了双拖鞋，一边朝客厅走去，一边笑着说道：“你不是给我发了详细的地址吗，我又不是路痴，怎么会找不到呢。”

虽然是第一次到狄安家里做客，狼烟丝毫没把自己当成外人。他往窗边那张小巧精致的双人沙发上舒服地一坐，没等主人招待就自己从茶几上拿起一只杯子倒了满满一杯果汁。他颇感兴趣地环顾了一下四周，不到二十平方米的小客厅里堆了不少东西，但每一样物品都摆放得很整齐，家具上也见不到多少灰尘，一点也不像单身男子居住的房间。

当他在电视柜上看到一张漂亮女孩的照片时，狼烟才知道狄安原来是有女朋友的。回想起念书时狄安经常帮他收女生的情书，两个人经常腻在一起讨论故事构思，探讨文学作品，日子过得充实惬意，一瞬间竟有种物是人非的感觉。

那么多年过去了，两个人从志同道合的朋友变得几乎不再联系，谁也不了解对方的生活状态。要不是因为这一次的连环杀人案，两个人或许很难有机会像现在这样“重建友谊”。尽管狄安每次联络他都跟案子有关，可他自己不是也有难以启齿的目的吗？

狄安搬了把椅子坐在沙发对面，狼烟给他倒了杯饮料，好像自己是主人对方才是客人一样。狄安心不在焉地接过杯子，神情有些凝重。犹豫了片刻，他缓缓开口道：“狼烟，你是怎么找到我家的？我发给你的地址是错的……”

听到这句话，狼烟的神经突然紧绷了起来。他不知道狄安接下来想要说什么，但隐约感觉自己似乎掉进了对方设下的陷阱里。

狄安停顿了一下，继续说道："这里的地址是祥和路 303 号，而我发给你的地址是祥云路 303 号，虽然只有一字之差，但这两个地点却一个在城南，一个城东。我从来没有告诉过你公寓的名字，只说我住在 606 室，请问你是怎么利用一个错误的街道名称精确找到我的住处的呢？千万别告诉我你是不小心看错了，歪打正着才来到这里的。"

狼烟拿出手机确认了一下，发现短信里确实有一个字是故意打错的。看来这一次是他太大意了，他完全没想到狄安竟然会用这种小把戏来试探他。"有什么话你就直接说吧，我们两个没必要兜圈子。"狼烟并不替自己辩解，他只想听听狄安此时的真实想法。

"我也不想再跟你兜圈子了。"狄安直截了当地说道，"狼烟，我问你，你的游戏到底玩够了没有？你到底想要我耍到什么时候？"

"你说说看我怎么耍你了？"

"还记得我们第一次在医院里见面的情形吗？当时的你看上去那么憔悴，那么虚弱，好像随时都会昏倒在我的面前一样。你告诉我你是去医院看病的，你害我替你担心，结果呢？我不但没有在那家医院找到你的就医记录，反倒通过医院门口的监控录像发现你是紧随我到达那家医院的。你之所以会出现在门诊部与住院部的连廊上，显然是跟踪我去过某一个患者的病房，随后又折回，在我离开医院的必经之路上等着我。换句话说，我们那天的相遇根本就不是偶然，是你处心积虑设计好的。"

"是又怎么样呢？"狼烟耸了下肩膀，无所谓地回答道。"跟踪又不犯法，警察忙得连杀人案都破不完，才没时间管这种鸡毛蒜皮的小事。"

"你为什么要跟踪我？"狄安不依不饶地追问道，似乎把这个问题当成了眼下最需要解决的头等大事。狼烟面露难色，万般无奈地回答道："这件事我们以后再谈，你不用把精力浪费到这种无聊的事情上面，我向你保证这和案子没有太大的关系。"

尽管狼烟这样说了，狄安还是不买账。他趁热打铁，大胆说出了自己的推测："既然你不想解释，那我只能认为你跟踪我是为了了解幸存者的下落以及她对你是否存在威胁。除了那天晚上跟我擦肩而过的凶手，我实在想不出还有第二个人会这么做了。"

"所以你认为我就是警方要找的连环杀人魔？"狼烟问道。

"你没有对我的话提出质疑，说明你并不否认知道我就是第十三起案件的目击者。这件事终究是少数人才知道的秘密，如果警方没有将这个消息透露给你，你是什么时候，从哪儿得知这个消息的？"

"既然你认为我是凶手，那就拿出点像样的证据来吧。你说的那些充其量只能算是可疑行为，根本就无法证明我是凶手。"

"你急什么，我会找到证据的，到时候可别指望我对你心慈手软。"狄安说着握紧了拳头，脸上露出一副正义凛然的神情。

听到这话，狼烟苦笑着摇了摇头说："狄安，你这样子还算是我最好的朋友吗？我本以为你会包庇我呢，看来是我自作多情了。"

狄安不屑地哼了一声，丝毫不留情面地回答道："我不会包庇你，如果你真的是连环杀人魔，我巴不得亲手把你送进大牢里面去。"

"这是你的真心话吗？"狼烟叹了口气，眼神中流露出难以掩饰的失落。狄安没有回答，他侧过头去避开狼烟的目光，内心如一团乱麻。他还记得不久之前，迟岳明曾经怀疑他故意隐瞒凶手的身份，那个时候，他理直气壮地对迟岳明说过："就算我认出狼烟是凶手，我们的关系也没有好到让我包庇他的程度。"事实上，狄安不想包庇狼烟并不是因为他们的关系不够好，准确地说，正因为他把狼烟当成重要的朋友，所以才不能放任他不管。他不能眼睁睁地看着好友继续堕落，所以必须亲手从罪恶的深渊将好友拯救出来。

就在狄安陷入沉思的时候，狼烟已经起身离开了沙发。他悄悄地绕到狄安的身后，趁对方不注意时将手搭在椅背上似笑非笑地说道："如果我是连环杀人魔，你不觉得现在跟我共处一室很危险吗？"

狄安的身体微微颤抖了一下，但很快又恢复了平静。"你不会杀我的，如果这是你的游戏，你绝不会让对手在故事进入高潮前就死掉。”

“是的，对手死了游戏就该结束了，但现在还远远没到那个时候。狄安，你还记得念高中的时候，我曾经答应过你要以你为男主角写一本小说吗？你说你很想在书里过一把破案的瘾，还说这种机会在现实中很难实现。如今这个破案的机会就摆在你眼前，我相信你的表现会跟我书里的角色一样优秀，你可千万别让我失望啊！”

“你怎么突然跟我说这个？”狄安转过头去看着狼烟，脸上带着困惑的表情。

“因为我希望你能找出真凶，洗清我的嫌疑。”

听到狼烟又开始不停地绕弯子，狄安的心中顿时燃起一股怒火。他站起来，一把揪住狼烟的衣领，生气地说道：“你这浑蛋，到底还隐瞒了多少我不知道的事情？”

“不如我们打个赌，赌你能不能解开这个案子？”

“事关人命，我不想陪你胡闹！”

“那你就更要努力了！我回去了，下次见面时再告诉你答案。”狼烟说着用力掰开狄安的手腕，没想到狄安这会儿的力气竟大得出奇，他死死地拽住狼烟的胳膊不让狼烟离开，忧心忡忡地说道：“等等，我还有一件事。”

狼烟挣不脱，他好奇地看着狄安，想听听对方还有什么话要说，结果还没等他反应过来，狄安就拉起他的手紧紧地贴在了鼻前。狼烟吃了一惊，心脏竟不由自主地加快了跳动。“狄安，你干什么？”狼烟诧异地问道，身体却僵在那里动弹不得。

其实，狄安只是想起了前些天子菡提供的一条线索。案发的那天晚上，子菡闻到凶手的手上有一种复杂而又奇怪的味道，而经过证实，狼烟的手上除了一点淡淡香皂味之外并没有特别的味道。狄安有些失望，不过这也难怪，也许凶手只是在那一天接触了特别的东西，不一定每天都带着同样的味道。除非他有特殊的习惯，或从事某些特殊的职业。只可惜子菡形容不了那个味道。但是，人类的嗅觉可以保持非常长久的记忆，即使无法用语言形容，将来再闻到同样的味道时依然有可能辨认出来。

“可以放开我了吗？”见狄安半天没有反应，狼烟尴尬地提醒了一句。狄安这才回过神来，连忙松开狼烟的手，十分抱歉地说道：“对不起，我只是想证实某件事情。”

“那你证实完了吗？”

“嗯。”狄安无奈地点了下头。

“可以放我走了吗？”

“你走吧，希望下次见面时你可以对我坦诚一些。”

“好，我答应你，下次就为你揭晓答案。不过到时候就算是你输了。”

狼烟走后，狄安的心情变得非常低落。他讨厌狼烟那副故弄玄虚的样子，但仔细回想起来，狼烟似乎一直以来就是那个德行。没有人能够弄明白那颗不正常的脑袋里到底在想些什么，即使是作为最好的朋友，狄安也经常被狼烟的话弄得一头雾水。

如果狼烟真是凶手，那他就真的是心理变态了，而狄安自己，也就处在最危险的旋涡中了。

那家伙会不会在书里透露什么信息呢？这样想着，狄安立马在笔记本电脑上打开了狼烟的个人主页，打算从书里找找线索。

案件发生后，狄安每天都会关注狼烟的小说《第 N+1 个》。评论区里的留言每天都在上涨，粉丝们聊得热火朝天，各路神仙聚集于此将案情分析得头头是道，有的时候真让人分不清哪些内容是真实的，哪些才是狼烟编出的故事。

评论区里的几条热帖点击量都已经过万，回复数量也有百余条，其中有不少帖子都是一个名为 Astaroth 的读者发的，狄安现已知道这名读者的身份就是曹阳。

通过这几条帖子，狄安发觉狼烟跟曹阳在网上聊得火热，两人经常在评论区里交流感想。针对最新发生的案件，Astaroth 在第一时间发表了这样一条评论：

如果没有人制止，凶手的杀戮将会一直持续下去。他已经疯狂了，停不下来，像毒瘾发作一样无法控制杀人的欲望。就在今天凌晨，又一个美丽的生命被恶魔毁灭，这是警方无能所导致的结果。亲爱的读者们，发动你们的智慧帮帮那群笨蛋吧，别让更多无辜的生命惨死在恶魔的手中。

狼烟于下午四点多回复了这条留言：

兄弟，你怎么能抢我的台词呢？咱们俩到底谁是这本书的作者啊？我可好心提醒你一句，读者群里有专案组的警察，你可别祸从口出，像我一样被警察给盯上了。不瞒你说，警方觉得这起案子又跟我有关系，确凿的不在场证明都救不了我了。他们认为我有帮凶，这简直是胡说八道！我比窦娥还冤呢！我刚从审讯室里出来，心情不好，来墓地散散心。

Astaroth：去墓地散心啊？你可真特立独行。不过话说回来，新的案子发生了，你的小说又添新素材了，你应该为此感到兴奋吧？

狼烟：我现在思绪挺混乱的。我认识那名受害者。

Astaroth：你跟受害者是什么关系啊？

狼烟：三言两语说不清楚，我们改天见面再聊吧！

看到狼烟的回复，很多读者在下面追问：

你们打算在哪儿碰面啊？什么时候碰面？是粉丝线下活动吗？我也想去。

狼烟没有回帖，曹阳也没有再说话。

看完这些评论，狄安发现狼烟对他隐瞒的事情比他预想的还要多。说什么下次见面就揭晓答案，人命关天的事岂能由着他胡来。一定要赶在下一名受害者出现之前找出真相，制止凶手的暴行。这样想着，狄安迫不及待地打开了狼烟的小说。

由于工作繁忙等各种原因，狄安到目前为止还没有仔细阅读过狼烟的这部作品。要不是听狼烟提起念书时的那个约定，狄安根本不会想到书里的男主角竟是以他为原型描写的。

与现实生活不同的是，书里的男主角高宁是一名刚进刑警支队不到两年的年轻警察。他头脑聪明、思维敏捷，工作没多久就破获了不少疑难案件，堪称警队的传奇人物。

C 市连环杀人案发生以后，由市刑警大队队长武林亲自带领的专案组在与杀人魔的较量中节节败退，案件的影响越来越恶劣，市民的负面情绪日益高涨。局领导们着急上火，觉都睡不安稳。就在这时，副局长想起了一个身材不高、容貌清秀的年轻人，那个人曾经破过一起惨无人道的水泥封尸案，还在一起人质劫持案件中机智地解救出三名人质。他抱着死马当活马医的态度让高宁加入了专案组，由此，男主角与连环杀人魔的较量正式展开。

狡猾的凶手将人的性命玩弄于股掌之中。他精心挑选自己的猎物以及作案地点，犯了十多起案子竟没露出什么破绽来。在线索稀缺的情况下，男主角不放过任何蛛丝马迹，一步步缩小排查范围，最终将目标锁定在某个人的身上。然而就在男主角准备跟这名犯罪嫌疑人正面接触的时候，这个人却被一场出人意料的大火烧死在了自己的家中。

看到这儿，狄安的额头不禁渗出一层冷汗。由于小说里的大部分内容都比较真实，狄安一时间有些迷惑，甚至怀疑那场大火会不会在现实中真实发生。如果是那样的话，狼烟作为警方重点锁定的犯罪嫌疑人，处境岂不是相当危险？

迟疑了片刻，狄安傻笑着摇了摇头，心想自己可不能被狼烟的小说弄昏了头脑。他点击下一页，想看看男主角接下来会有什么样的行动，却遗憾地发现小说只更新到这里就没有了，最新内容要则等到明天早上八点才会定时发布。

他活动了一下僵直的脖子，关上电脑，向后一仰躺在床上。闭上眼睛，脑海中尽是小说里的情节。无论过去多少年，他依然会被狼烟的故事深深吸引，会下意识地记下某一个章节的某一个段落，哪个字打错了，哪个词用得不够准确生动，某一个情节是不是可以删掉，某一段对话是不是该换一种委婉的说法。

这一瞬间，狄安觉得自己跟狼烟的关系并未真正疏远，在内心深处他依然能感受到狼烟的创作热情，依然看好并支持狼烟。

出于私心，他不希望也不相信狼烟是连环杀人魔。而仔细读过了狼烟的小说，狄安也隐隐约约明白了一些事情。如果说连环杀人案是狼烟亲手为自己制造的创作素材，说明狼烟已经疯狂到分不清现实和虚幻的地步，在狄安看来，这是不太合理的。因为杀人、鞭尸、拿走受害者贴身物品作纪念这类的连环杀人案并不新鲜，凭狼烟异于常人的创作力和想象力，绝不会煞费苦心给自己搞出这么俗套的素材来。

迟岳明不会发现，迟源也不会明白，能够发现问题的人也许只有他。因为在这个世界上，唯一能算得上了解狼烟的人也就只有他了。

虽然他现在还不敢确定，但内心已经开始有了跟别人不一样的猜测。只要狼烟不是凶手，其余的结果他应该都能接受吧，这样想着，狄安慢慢地进入了梦乡。

第 23 章　畏罪潜逃

半夜 12 点多，狄安被一阵急促的门铃声惊醒了。

刺耳的声音惹得狄安心里直发慌。他摸索着打开床头的台灯，随手扯过一件睡衣披在身上，轻手轻脚地走出房间。

透过猫眼，狄安看到了三个身材挺拔的男人，他们一个个精神紧绷，脸上带着即将奔赴战场的表情。站在最前面的那个人是市刑警大队队长迟岳明，他一边不耐烦地按着门铃，一边小声地跟身后的同事嘀咕着什么。隔着一道门，狄安听不清楚他们在谈论什么，只是隐隐约约地听到了两个很要命的字：撞门！

为了避免这场莫名的灾难，狄安迅速打开房门，还没等他询问迟警官此次前来的目的，对方就率先发话道："把狼烟叫出来，我有话问他。"

狄安眨了眨眼睛，不明所以地看着迟警官，内心满是疑惑，他严重怀疑自己是不是在做梦。僵持了好一会儿，狄安才缓缓开口道："你们……找错地方了吧？狼烟怎么会在我这儿呢？"

听到这话，迟岳明的脸色瞬间阴沉下来。他推开狄安，大步流星地闯进客厅，紧接着对身后的两个人大声发令道："把唐泽枫给我找出来！"

狄安本想上前阻止对方的粗鲁行为，不料刚一移动脚步就被迟岳明控制了行动。无奈，他只能眼睁睁地看着那两个人在他家里肆无忌惮地翻箱倒柜。短短几十秒钟的工夫，他的房间已经乱得像是经历了一场大地震。

就在卧室里传出一声清脆的响声过后，狄安终于忍无可忍，他一边挣脱迟岳明的拉扯一边生气地吼道："你们到底想干什么？狼烟真的不在我这里。"话音刚落，狄安便在一片狼藉中看到佟潇新年时刚送给他的泥塑摔碎在地上，其中的一个碎片上还刻着几个工整漂亮的字迹：送给最亲爱的安，潇潇。这一幕可着实把狄安给惹火了，他奋不顾身地冲上前去，扯住一个警察的胳膊，厉声质问道："谁让你们随便进我房间的，你们有搜查令吗？"此时，这名便衣正要掀开他的被子检查床上是否藏了人，还有一名便衣竟打开窗户确认狼烟有没有从窗户逃走，尽管他知道这里是六楼，一旦摔下去非死即残。

"摔坏的东西我会赔给你。"迟岳明冷冷地回答道，眼神却不放过房间里的每一个角落。

"这可是我女朋友送的东西，你怎么赔？"狄安抱着双臂，愤怒地说道。

没有人理会狄安。他无奈地叹了口气，继续冷眼看着他们粗鲁的"表演"。

公寓的面积不大，警方很快就完成了搜查任务。看到他们一个个神情凝重的样子，狄安渐渐意识到了事态的严重性。他跟随迟岳明返回客厅，惴惴不安地问道："狼烟到底犯什么事了？你们这么急着找他，我作为被牵连的人总得问问原因吧？"

"你先告诉我，狼烟去哪儿了？"迟岳明没有回答，依然固执地质问狄安。

"我不知道，这种事情你们应该比我更清楚才对。你们的人不是二十四小时都在监视着他吗？深更半夜突然跑到我这儿来要人，我才觉得莫名其妙。"

"我们的人最后看到狼烟就是他来这栋公寓找你。"

"他确实来过，但后来又走了。"

"他什么时候走的？"

“应该是8点左右。”

“那他的车子为什么还停在地下车库呢？”

“我怎么知道，反正他没藏在我家里。”狄安不耐烦地回答道，思绪已经彻底被迟岳明搞乱了。难道狼烟没有离开？那他去哪儿了？或者，他从小门还是其他什么地方悄悄离开了？这么做的目的又是什么呢？

“他没说去哪儿？”

“没有，我们当时闹了点不愉快，连道别之类的话都没说。”

“你觉得他会去哪儿？”

“我怎么知道……”狄安紧锁眉头，努力回想着几个小时前跟狼烟分开时的情景，试图从中找出一些线索。就在这时，迟岳明突然将一副冰冷的手铐戴在他手上说：“狄安，我们怀疑你包庇嫌犯，现在要带你回去接受调查……”

凌晨一点半，狄安坐在市刑警大队的审讯室里等待被问话。从协助警方破案的关键目击者沦落到这般下场，狄安的身份发生了戏剧性的改变。

如此巨大的转变，只能说明案件出现了重大转变。

“狄安，包庇罪可不算是小罪。你年轻有为，前途无量，不想因为一个魔鬼自毁前程吧？你要是知道狼烟在哪儿，最好现在就说出来，我们会对你宽大处理的。”审讯刚一开始，迟岳明就给狄安来了个下马威，没想到狄安不仅不吃他这一套，反而态度强硬地质疑道：“你们口口声声说我包庇嫌犯，好像已经认定狼烟就是杀人凶手一样。我倒是很好奇你们究竟找到了什么样的关键证据，让案件有了如此迅猛的进展？”

“我们找到了什么你没必要知道，你只需要配合我们的工作就可以了。”

“我看很有必要吧。”狄安狡黠地笑了一下说，“你们不是想知道狼烟的下落吗？没有我的帮忙你们恐怕很难找到他吧。”

迟岳明似笑非笑地说道：“狄安，你胆子不小啊，竟然敢威胁警察？”

“这不是威胁，是合作。不管你们相不相信，我确实不知道狼烟的下落。

如果你们想提高工作效率，那就如实告诉我案件的最新进展情况，说不定我可以帮上你们的忙。坦白讲，我现在也很想找到那个浑蛋，他害我沦落到现在这般下场，我真想冲他那张欠揍的脸狠狠地打上一拳。”

迟岳明犹豫了一下说：“昨天晚上我们对狼烟的家里进行了搜查，我们在他家里找到了一枚戒指。经过证实，那枚戒指正是2013年12月22日第一起案件中受害者丢失的物品。”

迟岳明的回答让狄安惊诧不已，虽然他不了解案件的每一个细节，但戒指的事情却早在第一次见到迟源的时候就有所耳闻。狼烟的小说里也有过相关情节的描写，凶手在圣诞将至的冬夜将受害者残忍勒死，疯狂鞭尸后又用石头砸断了受害者的手指，拿走戒指作为纪念品。如果警方在狼烟家里发现了那枚戒指，是不是意味着……

见狄安半天不说话，迟岳明继续说：“我们怀疑狼烟就是杀害梁冰的凶手，也是一系列连环杀人案的……”

“等等。”狄安突然打断迟岳明的话，“找到戒指也不能证明狼烟是凶手吧？得到戒指的途径不止一种，事情没弄清楚之前，我们不能轻易下结论。”

迟岳明并不赞同这个答案，在他看来，狼烟的离奇失踪分明就等同于畏罪潜逃，而且这次潜逃多少还带着挑衅的意味。狼烟明知道警方要去他家里搜查证据，为什么还要冒险将戒指藏在家里？聪明狡猾的他本不该犯这种低级错误，除非他故意走出这步棋，大胆地向警方宣布他就是凶手，然后等着警方倾巢出动去抓他。

“先不管狼烟是不是凶手。”思考了片刻，狄安突然反客为主地说道，“有个情况我想跟你们确认一下。”

“什么情况？”迟岳明好奇地问道。

“十几起案件当中是不是只有第一名受害者丢了东西？”

“是这样的。”

“你们坚持认为所有的案件都是同一名凶手所为？”

“最新的一起案件我们不敢肯定，但前十三起案件的受害者都是被同一件凶器伤害。你也在案发现场看到了那条红色腰带，那正是梁冰遇害当天佩戴的饰物。”

“我所好奇的是，为什么凶手只拿走了第一名受害者的物品？”

“这个问题确实困扰了我们很久。梁冰遇害以后，我们首先想到的就是报复杀人伪装成侵财案件，但是真正的侵财案件，凶手不会将受害者的尸体弄成那副样子。但是随着杀人案的不断发生，私人恩怨导致的行凶被排除了。凶手疯狂残忍，肆意践踏他人的生命，他对受害者的财物不感兴趣，也没有证据表明凶手有收藏癖好。于是我们又有了第二种推测，梁冰丢失的财物并不是被凶手拿走的，而是被某个一时起了贪念的拾荒者或流浪汉趁火打劫的。然而现在，我们在狼烟家里找到了梁冰的戒指，第三种推测随之而来，狼烟就是杀害梁冰的凶手，虽然他没有收藏癖好，但他拿走受害者的戒指是为了纪念第一次杀人。”

“难道狼烟就不能是那个趁火打劫的家伙？”听完迟岳明的解释，狄安立刻将这个疑问脱口而出，话音刚落他又皱着眉头否定了自己的答案。“不，不会。”狼烟那么有钱，怎么会贪图这种小便宜？何况人要不是狼烟杀的，拿了东西也没什么意义。想到这点，狄安突然神情严肃地看着迟岳明说，“我觉得还有另外一种可能。”

“还有什么可能？”迟岳明迫不及待地问道，他深陷在自己的推理中，难以自拔，脑子一时间有些转不过弯来。

“那枚戒指对凶手来说可能有着不同寻常的意义。”此话一出，在场的所有人全都将目光落在了迟岳明的身上。他们都知道，第一起案件的受害是迟岳明的前女友，那枚戒指正是迟岳明送给梁冰的订婚礼物。若说那枚戒指对谁有着特殊的含义，那个人非迟岳明莫属。

迟岳明有些惊讶，甚至还有点气愤，但他并没有表现出丝毫的慌乱。他不以为然地笑了笑，用略带嘲讽的语气反驳狄安：“你怀疑我是凶手？案发当晚我在东三环的一户居民家里调查一起入室抢劫案件，不具备作案时间。当时刘崎跟我在一起，他可以为我做证。”

“是的。”刘崎立马坐直身子解释道，“那起入室抢劫案造成一死一重伤，死的还是个小孩子，我到现在都对那天的事情记忆犹新。好在凶手逃跑不到两个小时就被我们抓到了，迟队长亲自抓的人，他没有时间杀害梁冰。”

“既然迟警官坐得端行得正，介不介意回答我几个问题呢？”

“你问吧。”

“你跟梁冰为什么分手？分手是谁先提出来的？”

“是她提出的。她考虑再三还是不能接受我那种聚少离多的生活。她想找个工作稳定的男人过平静的日子，我满足不了她的要求。”

“你恨她吗？”

“从没恨过，我只希望她能幸福。”

“你们分手后，她找过其他男朋友吗？”

“根据我的调查，没有。”

“最后一个问题。”狄安稍微停顿了一下，似乎觉得这个问题不太好问出口。“梁冰跟迟源的关系怎么样？我的意思是说……”

“你怀疑他们两个有一腿？”迟岳明冷笑着问道，脸上顿时露出不悦的神情。

场面有些尴尬，为了缓解气氛，刘崎赶紧抢着解释道：“这个问题我们已经调查过了，因为梁冰的死首先让我们想到了情杀。作为迟队长的弟弟，梁冰的朋友，迟源理所应当接受警方的调查，但是我们并没有发现任何可以证明迟源跟梁冰有暧昧关系的证据。何况案件发生的当晚，迟源有不在场证明。”

“那个所谓的不在场证明真的能成立吗？”狄安不顾迟岳明的冷眼提出了自己的疑问。“我听说迟源的酒量不怎么好，案发当晚他在朋友家喝酒，没喝几杯就醉得不省人事，他的几个朋友都可以证明这一点。但问题是，没有人可以证明迟源中途是否醒过或者离开过，他们只是依靠往常的经验判断，迟源喝醉酒一定会一觉睡到天亮。如果迟源根本就没喝醉，而是故意装醉呢？如果他在朋友的酒里下了药，让朋友睡得昏天黑地呢？”

“狄安，你少胡说八道。以上那些全都是你个人的猜测，没有任何证据。”迟岳明板着脸说道，他已经无法再忍受对方的嚣张气焰了。

“事到如今当然无法再查明当时的情况，这完全是你们工作的失误。”

“就算你怀疑他那天晚上的不在场证明，迟源也不可能是连环杀人魔，因为第二起案件发生的时候，迟源整个晚上都待在委托人的家里。”

“我可没说迟源是连环杀人凶手，我只是怀疑他跟第一起案件有关系。毕竟他是最有可能将戒指藏在狼烟家里，陷害狼烟的人。”

“你又想胡扯什么？”

“我问你们，最近一段时间除了迟源，还有谁去过狼烟的家？”

刘崎想了一下，很负责任地回答道：“迟源醉酒那天晚上曾单独去过一次，后来又跟他们事务所的一个同事去过一次，除此之外就没有别人了。”

“所以我认为迟源有这个嫌疑。”狄安仍然坚持自己的观点。

“你的依据是什么？”迟岳明不服输地问道。

狄安深吸了一口气，仿佛酝酿了一股巨大的能量。他并不想包庇谁，或是针对谁，他只想快点解决心中的疑惑。他清了下嗓子，眼神中流露出惯有的冷静，随后一口气说出了他的想法。“先来说说我对狼烟的了解吧。他这个人非常与众不同，从小就性格孤僻，心理阴暗，我从来没想过自己会跟这样的人成为朋友。之所以被他吸引完全是因为他的创作才华。人家都说天才是上帝的宠儿，但是在我看来，狼烟更像是魔鬼的宠儿。他写的故事总能让人联想到恐怖的地狱，好像不血腥、不变态就不是他的风格。

“然而狼烟的新书《第 N+1 个》却是一本比较常规，甚至可以说是比较平庸的小说，我的意思不是说他写的情节不好看，而是故事内容对他来说太保守了。因为憎恨女人，所以选择合适的目标将她们勒死，为了发泄不满，凶手疯狂鞭尸，而后又拿走受害者的戒指作为战利品，这个创意并不新鲜，几十年前就有连环杀手这么干了。既然不出奇不新鲜，狼烟为什么还要这样写，因为现实如此，他没得选择。如果他自己就是凶手，他完全可以让案件再扑朔迷离、疯狂大胆一些，哪怕他作案以后拿走的是女孩的手指而非戒指，我都可以勉强接受。但是现在，我完全不认为狼烟会对受害者的戒指感兴趣。

“如果你们觉得我的想法太主观，可以不当真，随便听听就好，但我还想继续把话说完。假设狼烟没有从犯罪现场拿走戒指，戒指又是怎样出现在他家里的？考虑到迟源曾有机会进出狼烟的家，我怀疑迟源很可能就是那个藏戒指的人，他这么做明摆着是要陷害狼烟，毕竟狼烟是警方列出的重点犯罪嫌疑人，戒指的出现对其非常不利。问题的关键在于，迟源是怎样得到那枚戒指的？他陷害狼烟的目的又是什么？

“前些天，我听曹医生说起了一件事情，他在第一起案件发生前不久，曾看见迟源和梁冰在医院附近的咖啡厅里见过面，两人当时似乎正在为了什么事情而争吵，我相信迟警官一定是知道这件事的。至于迟源跟梁冰之间有着怎样的恩怨我不清楚，你们警方调查过那两个人的关系，证明了他们的清白，但这也不能排除这其中另有隐情。

“说实话，我早就对迟源的行为有些不理解了。作为一个局外人，迟源的表现太过积极主动了。他先是故意接近我，然后又利用我潜入狼烟的家中做调查。他频繁出入杨子菡的病房，有种不达目的誓不罢休的姿态。他不遗余力地寻找线索，美其名曰为了帮助迟警官破案，可我认为他暗地里还隐藏着其他的目的。具体是什么我现在还不敢轻易推断，但我觉得你们应该在迟源身上多下点功夫。另外，我们必须尽快找到狼烟，我猜那家伙十有八九掌握了我们不知道的内幕。”

一番话讲完，狄安突然想起一件事情来。他表情一怔，自言自语般地说道：“如果狼烟是被人陷害的，那他为什么要畏罪潜逃呢？”不需要别人的回答，狄安已经隐约猜出了答案，“也许狼烟根本就没有畏罪潜逃，有人想要造成他畏罪潜逃的假象。换句话说，狼烟很有可能被陷害他的人带走了。”

第24章 冷血律师与变态作家

黑黢黢的房间里弥漫着一股腐败发霉的味道，几只老鼠在黑暗中四处流窜，时而发出吱吱的叫声。

也许是做了噩梦，也许是被老鼠咬醒了，狼烟恍然睁开眼睛，发现自己仍然被困在这个与世隔绝的地方。他不知道时间流逝了多久，只觉得每一秒钟都度日如年。他被捆绑在屋子正中央的一把铁皮椅子上，手脚被粗糙的麻绳勒得生疼。

这是他第二次从昏迷中醒来。他很庆幸自己还活着，但也同时感到绝望，因为他知道自己快要死了。那个恶魔不会再来管他了，如果连警察也找不到这个地方的话，用不了多久，他一定会死掉。

他早就知道那个人在千方百计地寻找他，但还是对自己的处境掉以轻心了。一切都发生得太快，他还来不及反抗就摇摇晃晃地倒在了那个人的怀里，紧接着便失去了知觉。时间是2015年1月11日晚上8点，地点是星河公寓六楼的电梯口，距离狄安家不到二十米的地方。

第一次醒来的时候，狼烟已经被关在这个布满灰尘和垃圾的小房间里了。他的嘴上被贴了两层胶布，四肢被牢牢地固定在椅子上。寒冬腊月，房间里阴冷潮湿，但凶手却有意脱了他的衣服，似乎做好了狠狠折磨他一番的打算。

借着微弱的光亮，狼烟看到一个高大英俊的男人站在不远处。

见狼烟醒了，迟源立即朝这边走来，从兜里摸出一部刚从狼烟身上搜出的手机，将屏幕锁定在一张画面上，厉声质问道："这张照片还有副本吗？"

狼烟一脸委屈地摇了摇头，他的嘴上还贴着胶布，只能不停地发出"呜呜"的声音，示意迟源赶紧把胶布扯下来。迟源犹豫了一下，他不想听狼烟耍嘴皮子，但是为了得到答案，他只能暂时忍受耳边的聒噪。果然，即使是在这么恶劣的环境下，狼烟依然没有一丝一毫的紧张情绪，他夸张地大喘了几口气，随后调侃迟源说："你这是有求于人的态度吗？既然你那么想知道答案，为什么不找个环境优雅的地方，心平气和地好好跟我谈谈呢？还有，你怎么知道我手里有这张照片？你抓我之前，心里到底有多少胜算呢？"

"少废话，照片到底还有没有副本？"迟源根本不理会狼烟的话，完全执着于这一个问题。他已经苦苦地找寻了这么久，煎熬了这么久，现在终于确定了内心的猜测，其他的一切对他来说都不重要了。

"有没有都无所谓了吧？"狼烟苦笑着回答道，"即使我告诉你，你也不会放我回去，那我说不说还有什么意义呢？"

"当然有意义了。你说了我可以让你死得痛快一点，你要是不想说，那我就折磨到你求饶为止。"迟源拿起一条皮鞭紧紧地握在手里。看到皮鞭，狼烟这才知道迟源为什么要脱光他的衣服。如果换成是别人，也许早在受刑前就已经被吓到腿肚子发软了，可狼烟却在这个时候开起了迟源的玩笑。"你这是要玩 SM 的节奏吗？没想到迟律师口味这么重。看你平时一本正经的样子，我还以为你……"没等狼烟把话说完，迟源就恶狠狠地抽了狼烟一鞭子。狼烟疼得咬了下嘴唇，脸上却没有露出任何痛苦的表情。

"你这个变态杀人魔，你不是喜欢鞭尸吗？现在让你也尝尝被鞭子抽打的滋味。"迟源愤怒地说着，话音刚落，又是一鞭子狠狠地打在了狼烟的身上。这一下比之前那次更狠，狼烟的肩膀上顿时裂开一道口子，鲜血从皮肤里慢慢地渗了出来。

“照片的副本在哪儿？”迟源再次问道，一边审问一边继续挥动着鞭子。数次过后，他以为狼烟已经受到了教训，是时候该松口了，没想到狼烟不但不求饶，反而说出了让他惊诧不已的话，“你就这点本事吗？光用鞭子就想让我开口，你的想法也太天真了。”

听到这句话，迟源的脸竟不自觉地抽搐了两下。他不是没看到狼烟身上那些数不清的旧伤疤，但他并没有想象到狼烟童年时期曾经遭受过怎样的虐待。经过小梅那些年的“悉心调教”，狼烟早已经对疼痛有了免疫。比这再大的苦他都受过，这几鞭子对他来说不算什么。

见狼烟不吃硬的，迟源便不再动手。他把鞭子扔在地上，态度也稍稍缓和了一些。“我刚才说那些话都是吓唬你的。你告诉我照片藏在哪里，我找到照片以后会立刻放了你的。”

狼烟不屑地摇摇头说：“少跟我来这套，我知道你不可能放了我。就算我告诉你照片藏在哪儿，你毁了证据之后还是会杀我灭口。反正你身上已经背负了一条人命，现在多杀一个少杀一个已经没什么影响了。”

“行，算你有种。”迟源咬牙切齿地说道，脸上立刻恢复了魔鬼般狰狞的表情。“既然你死活都不肯说，那我就自己去找。至于你的话……”迟源上下打量着遍体鳞伤的狼烟，“你就留在这个鬼地方慢慢等死好了。”

“就算我死了，你的下场也好不到哪儿去。”

迟源不以为然，冷笑着说道：“事到如今你还想要什么花招？你知不知道警方已经在你家里搜出了第一起案件中丢失的那枚戒指？”

听到“戒指”一词，狼烟先是愣了一下，但是很快，他就明白了所有事情的前因后果。“你之前去我家里的时候偷偷地藏了那枚戒指，你知道我平时不爱整理房间，所以很长时间都发现不了你藏的东西。警方今天对我家里进行了彻底搜查，戒指被他们找到了，结合我的失踪，警方有足够的理由认为我就是杀害梁冰的凶手，同时也是一系列案件的罪魁祸首，我的失踪在他们看来就等同于畏罪潜逃。现在，你在这里把我杀了，我的尸体会腐烂在这个无人问津的破房子里，你的秘密也会随着我的死亡而石沉大海。”

“没错，你果然很聪明。”迟源有些赞赏地看着狼烟，同时也露出一副遗憾的表情。“只可惜你明白得太晚了，你必死无疑。”

“为了除掉我这个威胁，你还真是处心积虑啊！可是……”说到这儿，狼烟突然毫无征兆地哈哈大笑了起来，表情十分怪异。迟源被这突如其来的笑声吓了一跳，心生疑惑地问道：“你……你笑什么？”

“笑你太天真了。”狼烟回答道，甚至有些怜悯地看着迟源，“你的计划听起来确实还不错，但你是不是忽略了什么呢？”

“我没有留下什么破绽，也没有人知道你在我手上。你死了以后，我会把你的尸体处理掉，警方也会把所有的罪行都归咎在你的头上。我继续过我的生活，你就作为一个潜逃的罪犯下你的地狱吧，你说我忽略了什么？”

“迟律师怎么能在关键时刻犯糊涂呢，你分明忘记了一个很重要的人啊！”

经过狼烟的提醒，迟源的脑海中突然蹦出了一张阳光干净的脸孔，他的心里突然咯噔了一下，喃喃地吐出两个字来：“狄安。”是啊，他怎么把这么重要的人物给忘记了呢？狄安跟狼烟可是多年的好友，难不成……“浑蛋，你是不是把我的事情都告诉狄安了？”

狼烟摇了摇头，十分后悔地说道：“我本想再给他一些时间让他去查明真相，也准备下次见面时毫无保留地交代这一切，没想到自己已经没有这个机会了。”

“是的，你没机会了。”迟源冷笑着说道，“你就背负着连环杀手的罪名去死吧。”

“你也别做白日梦了，狄安不会轻易放过你的，我相信他一定会找到答案。你要是还有点良心就放了我去自首，别再为难迟警官了。”

“你个变态杀人狂，有什么资格劝我自首？我杀的人数连你的零头都不到，杀了你也算是替天行道，你这种人死有余辜。”

“迟源，我想你到现在还没有搞清楚这复杂的状况。那张照片确实是我拍的，我也的确是你一直在寻找的人，但我并不是警方要找的连环杀人魔。”

“鬼才信你的话。”

“我知道这很难相信，但我真的没杀过人。”

“这些话你就留着到地狱以后跟阎王讲吧。”迟源说着将手机放回了口袋，重新将胶布贴回到狼烟的嘴上。显然，迟源已经做好了首次交战失败的准备，他知道狼烟不是一个会轻易投降的人，既然鞭子不能让狼烟开口，那就在黑暗的地下室里多关他几天，饱受寒冷、饥饿、恐惧的折磨以后，看他那个时候会不会松口。

毕竟人在临死前的一刻，为了求生，什么秘密都有可能吐露出来。

因为疼痛和虚弱，狼烟在迟源走后没多久就晕了过去。

再次醒来已经不知道是什么时候了，在绝对的黑暗之中，狼烟彻底失去了对时间的感觉。

狄安会来救他吗？

“下次见面的时候我再告诉你答案……”还有下一次见面吗？狼烟难过地想着，心中已是万念俱灰。“希望下一次见面的时候我还没有化成一堆白骨，希望下一次见面的时候你还能把我当成朋友……”

第 25 章　来不及告别

离开刑警大队前，狄安发誓说他一定会找到狼烟，无论狼烟是被人抓走还是真的畏罪潜逃，有些事情他一定要当面对质清楚。

由于案情发生了一些转变，迟岳明被迫回避此案，专案组暂时由副队长周海接管。

周海是一个四十岁出头的中年男人，头发不多，眼睛不大，一张饱经沧桑的脸上写满了十足的正义。虽然他没有迟岳明那么精明能干，却细心负责，胆识过人。他派人暗中盯住了迟源，同时调动大量警力全力搜查狼烟的下落。

之后的两天时间里，迟源并没有任何奇怪的举动。他一如既往地努力工作，闲暇时也会跟朋友吃饭，聊天。周海怀疑狄安的推断有错误，也许狼烟的失踪跟迟源没有关系。经过两天的搜查，警察也没有找到狼烟的任何动向。

随着时间的流逝，狄安开始变得焦躁不安。他给狼烟拨打过无数次电话，每次听到的都是电话已经关机的提示。事到如今，狼烟究竟会躲到哪儿去呢？他没有开车，没准备跑路用的行李，他的银行账户分文未动，他的小说网站几天都没有更新。

快要走投无路的时候，狄安意外地接到了第二人民医院秦副主任的消息，称杨子菡想要见他。听到这个消息，狄安的第一反应就是：子菡是不是又回想起了什么重要的信息？难道案发那天她真的看到了凶手的脸吗？

自从被卷入连环杀人案件以来，狄安的工作已经彻底被打乱了。他顾不上老板和身边同事对他的看法，只要一听说跟案件有关的消息，他总会在第一时间撤离公司，竭尽所能弄清楚自己想知道的一切。

打车来到第二人民医院，狄安迫不及待地往住院部走去。因为满脑子都在思考案情，狄安完全没听到有人在叫他的名字。那个人叫了几声，见他没反应，便直接走到他身后拍了拍他的肩膀说："想什么呢？叫你好几声都没听见。"

狄安回过神来，抬起头来看了那人一眼，禁不住惊讶地问道："曹医生？你怎么会在这里？"

"今天凌晨急诊科收治的一个病人转到住院部来了，我过来看下情况。"说完他又好奇地问狄安，"你呢？"

狄安这才反应过来对方本来就是在这家医院上班的。由于急诊部跟住院部不在一个楼里，加上狄安今天又有点思想溜号，所以一时间对曹阳的出现感到有些惊讶。他抱歉地笑了一下，随即回答道："我来住院部看一个朋友。"

"上班时间请假来看朋友，那应该是对你很重要的人吧？"

"是，是啊……"狄安模棱两可地回答道，心想曹阳这个人真敏锐，一下子就问到了问题的最关键处。还没等他继续往下解释，曹阳就本着职业精神问他："你朋友生什么病了？治疗得怎么样了？"

"遇到点意外。身体方面恢复得差不多了，心理方面还有点……"

"正好我现在不当班，跟你一起去看看他吧。我有个校友是心理方面的专家，美国留学回来的博士，如果有需要我可以帮忙联系。"

看到曹阳一脸认真的表情，狄安实在想不出合适的拒绝理由。犹豫了片刻，他只好答应带曹阳一起去看望子菡，只能到时候再随便编个故事将子菡的身份糊弄过去，毕竟曹阳也是嫌疑人之一，让他知晓子涵的身份可能会给子涵带来危险。

两个人往子菡的病房走去，狄安找话跟曹阳聊天：“曹医生总说自己不擅长交际，在我看来，你的人脉资源还是挺广泛的啊。”

“我跟别人的交流基本都停留在工作和学术方面，再深入的交往我真的不擅长。”

“是吗？我倒觉得我们相处得挺融洽的。”

“那是因为……”曹阳停顿了一下，然后跳过那句话说道，“我觉得你这个人好像跟任何人都能相处得很融洽。”

“哪有那么厉害。”狄安苦笑着说，“当年跟狼烟做同桌的时候，我可没少受他冷言冷语的招待。我当时就在想，这种人我还理他干吗，纯属自讨没趣。”

“但是后来，你们还是成了好朋友。”

“是啊，只可惜……”说到这儿，狄安又想起了狼烟下落不明的事情，眼神突然变得黯淡了许多。

说话间，两个人已经来到了子菡的病房。子菡事先并不知道狄安会带其他人过来，看到曹阳的那一瞬间，她感到非常惊讶。狄安冲她使了个眼色，表情中带着些许无奈，子菡立刻明白狄安带这个人过来并非出于本意。

曹阳穿着医院的白大褂，这让子菡多少放轻松了一点。她像狄安之前交代的那样，在外人面前继续装作神志不清的样子，不出声也不理人，只管一个人坐在病床上看书。

“子菡，见到我怎么也不打招呼啊？亏我还特意请了假来看你呢。”狄安故意装出一副生气的样子逗子菡，子菡这才又抬起头来对狄安眨了眨眼睛。

曹阳对子菡怪异的表现很是疑惑，于是问狄安：“她这是怎么了？不记得你了吗？”

“唉，她呀……”狄安叹了口气回答道，“她精神受了点刺激，上吊自杀的时候被家人发现了。还好抢救及时保住了性命。你看，她脖子上不是还有道印子吗？”

“是的，刚一进门我就看见了。我还以为是被别人勒的。”

一听到这话，狄安不禁在心里感叹：果然很敏锐啊，还好我编的理由比较靠谱，否则一定会被他刨根问底，甚至当面拆穿。为了转移话题，狄安笑着对子菡说道：“子菡，这位是我的朋友，急诊部的曹医生，他特意抽时间来看你，你也跟人家打个招呼吧。”

子菡点了下头，随后将目光落到曹阳身上，仔细打量起来。除了好奇和疑惑，子菡的脸上没有多余的表情，这说明了两种可能性：第一，子菡看到了凶手的脸，但曹阳不是凶手；第二，子菡没看到凶手的脸，曹阳是否是凶手无法判断。

就在这时，狄安突然想起了一件事情，子菡曾在案发当晚闻到凶手的手上有一种奇怪的味道，他在狼烟那里做过测试，结果没发现异样。如果现在能让子菡对曹阳做下检验，说不定能有意想不到的收获。问题是怎么做才显得自然，不让曹阳有所察觉呢？

思索了片刻，狄安像煞有介事地对子菡说道：“我记得上次来看你的时候，你眼睛好像出了点问题，不如趁现在这个机会让曹医生帮你检查一下吧。你别看他是急诊科医生，他可什么病都能看呢。”说完便转头看向曹阳，“曹医生，帮个忙吧。”

子菡头脑很机灵，听狄安说起这件子虚乌有的事情就知道他另有打算，特别是当曹阳走近病床的时候，狄安快速在曹阳的背后指了指自己的手掌和鼻子时，子菡明白了狄安的用意所在。

做完指示，狄安站在一旁等待验收结果，没想到曹阳刚走到病床前，正准备伸手去碰子菡的眼皮时，兜里的电话突然响了起来。

“知道了，我这就赶来。”曹阳只回了一句就匆忙挂掉电话并对狄安解释道，“重大交通事故，十几名患者被送到急诊室，我得赶过去帮忙。”走到门口，他又叮嘱狄安，“给你朋友找个眼科医生过来看一下吧，我帮不了忙了。”

“行，你快去吧，别耽误患者的抢救。”狄安神情紧张地对曹阳说道，心想急诊医生的工作真辛苦，随时都处于待命状态。

曹阳刚一离开，杨子菡就瞬间变成了另外一个人，或者说变回了她原有的样子。她皱着眉头，表情严肃地看着狄安问：“那个曹医生是怎么回事？你为什么要让我试探他？”

狄安没有正面回答，急着问子菡，“怎么样，你对刚才那个人有印象吗？”

“没有。”子菡摇摇头道，“你怀疑他是凶手吗？”

“不，只是个犯罪嫌疑人罢了。好了，先不说他，你今天找我有什么事？”

“怪事，你等我一下。”子菡说着从储物柜里拿出一个黑色的书包放在病床上，那是她遇害时背的书包，里面装着她给高中生补习用的英文资料。“今天下午整理东西的时候，我发现我家的钥匙和门禁卡都不见了，我怀疑……”

“你确信那两样东西在你的书包里吗？”

“当然啊，一个星期前我还看到过的。”子菡确信不疑地回答道，她并不是那种粗心大意的人，不可能把家门钥匙随处乱丢。看到子菡认真的表情，狄安也突然意识到了事态的严重性。他盯着那个黑色的书包，若有所思地问道：“你知道是谁拿的，对吗？”

子菡皱了下眉头，随后有些自责地说：“你之前嘱咐过我要小心那个律师，看来我还是有点疏忽了。四天前他来过我的病房，像每次一样给我买了很多礼物，对我关心备至。尴尬的是，我那个时候刚好肚子不太舒服，于是就让迟律师一个人在病房里等我。现在想想，好像除了迟律师之外，没有人单独在我的病房里待过那么久，所以我……”

“糟糕。”还没等子菡把话说完，狄安就隐约猜到了什么。他快速回想了一下最近发生的事情，随后感激地对子菡说道，“谢谢你提供这么重要的线索。我现在得跟警方好好沟通一下，你好好保护自己，我们有空再联系。”

“你也是。”子菡轻声提醒道。虽然她不太清楚狄安发现了什么，但心里却不由得担忧起狄安的处境。

离开病房，狄安立刻联络了周警官，不到二十分钟，双方便在星河公寓的六楼会和了。公寓管理员用备用钥匙打开了605室，也就是杨子菡家的房门。经过痕检人员的检查，房间里虽然没有可疑的指纹和足迹，但却有近期内被人打扫过的痕迹。

狄安回想起了一个可疑的细节，2015年1月11日晚上，狼烟离开他家没过多久，他曾听到走廊里传来另外一声关门声。狄安当时没有在意，现在想来，那个声音似乎就是从隔壁605室，杨子菡的家里传出来的。结合狼烟的失踪，狄安想到了一种可能性：

迟源事先潜伏在杨子菡的房间里，密切监听狼烟的动向，一听到狼烟离开，迟源就趁其不备对其下手。考虑到公寓的四部电梯均没有拍摄到狼烟的身影，狄安觉得狼烟的遇袭地点应该就在电梯口附近。劫持狼烟以后，迟源带其返回子菡的房间，待到夜深人静，人烟稀少之时再将其转移，说不定警方到他家要人的时候两个人还躲在隔壁，毕竟没有人想到狼烟会躲到杨子菡的房间里，那是最危险也是最安全的地方。

为了避人耳目，迟源肯定不敢将车辆停在外面过久，所以他应该没有开车来，而经过这两天对全市出租车的检查，司机师傅们似乎并没有见过那两名可疑男子。两个人步行离开公寓的可能性很大，狼烟当时应该已经处于半昏迷或完全昏迷的状态，迟源带着他不会走得太远。那么，公寓附近最适合藏匿人质以及犯罪的地点应该就是那片待拆迁的住宅区了。

得出这个结论以后，警方对星河公寓附近的区域进行了地毯式的搜查。他们用了十几个小时的时间重点检查了那片破败的拆迁区。

就在狼烟失踪后的第三天清晨，警方终于在一栋四层居民楼的地下室里找到了奄奄一息的狼烟。手电的强光瞬间驱散了黑暗，肥硕的老鼠吓得四处逃窜起来。看到这一幕，狄安的心紧紧地揪了一下，他三步并作两步来到狼烟身边，半蹲在地上扯掉狼烟嘴上的胶布，试探性地问道：“狼烟，能听到我说话吗？我是狄安。”

借着手电的光亮，狄安看到狼烟满身的伤痕。那些绽裂的伤口已经开始结痂，每一道都令人感到触目惊心。更加让人意想不到的是，那些惨不忍睹的伤痕中还夹杂着很多旧日的伤疤，看上去已经有不少个年头。直到现在狄安也无法想象狼烟曾经经历过什么，但他终于明白了狼烟的怪癖以及那深邃眼眸中时而流露出来的孤独和绝望。

狼烟痛苦地呻吟了两声，艰难地睁开眼睛，濒临死亡的他已经隐约产生幻觉。眼前只剩下一片白茫茫的世界，如此安静，如此温暖，仿佛梦里的天堂。他看见有人在面前晃动，身影很熟悉，不知道是不是上天派来拯救他的天使。

“已经没事了，我们来救你了。”

狼烟听不太清楚狄安的声音，但适应了片刻过后，眼前的身影就逐渐变得清晰起来。他的喉咙很干，很疼，想说话却使不上力气，努力了半天只是异常费力、断断续续地说道：“我就知道……你会来……救我……能再看你一眼……真是太好了……”

狄安点了点头，一边安慰狼烟一边帮狼烟解绳子，可是他的手却因为难过和愤怒不由自主地颤抖着。绳结紧得几乎让他抓狂，弄了半天也不见绳子有半点松动，他急得大骂了两声，完全失去了平日的温和与冷静。

搜查人员见状立马过来帮忙，绳子打了死结，只能用刀子割断。当狼烟的手脚全都被松绑并跟铁皮椅子分开的时候，狼烟再也没有力气支撑自己的身体，一下子瘫倒在了狄安的怀里。每一次呼吸，每一次眨眼都耗费着他仅存的体力，他知道自己已经没希望了，他之所以能撑到现在只是因为他还想再见狄安最后一面，想亲口告诉狄安一句话：“我没有杀人……请你……相信我……”

“我们现在不说这个，等你恢复好了自然有人审问你。”狄安拼命制止狼烟说话，眼泪终于不争气地流了下来。狼烟却不听劝告，依然固执地问道：“那你……相信我吗？”

“相信，我相信你，你什么都别说了！”狄安握着狼烟的手大声回答道，生怕狼烟听不清楚。他看见狼烟心满意足地笑了，笑得那么释然，那么好看，像这冬日里温暖的阳光，而他的心却好像被什么东西狠狠地扎了一下，心脏滴血般地疼痛。

来不及告别，也来不及说出真相，狼烟在狄安的怀里咽下了最后一口气。

后来发生了什么狄安已经记不太清了。房间里变得嘈杂起来，警方忙碌着展开了各自的工作。有人将狼烟的尸体抬走了，有人搀着他走出了幽暗阴冷的地下室。他没有再见到那一日清早的阳光，重新回到地面之前，他失去了知觉，眼前仅剩下一片漆黑的世界。

再次醒来时，狄安发现自己在医院的病房里，由于沉浸在狼烟死亡的悲伤中，狄安起先并没有注意到病房里还有另外一个人，等他终于稍稍平复了内心的悲痛时，他恍然发现窗边竟然立着一个高大的身影。“你怎么知道我住院了？”狄安惊讶地问道，随即就意识到自己所处的位置是第二人民医院。

听到狄安的声音，曹阳忽然转过身来说：“我当然知道你住院了，这病床还是我帮你安排的呢。”

“是吗，又给你添麻烦了。”狄安抱歉地说，心想这家医院都快成为连环杀人案相关人员的聚集地了。不过仔细一想也不奇怪，第一起案件的受害者是这家医院的护士，该医院的医生成为犯罪嫌疑人是顺理成章的事。杨子菡的遇害地点是星河公寓附近的拆迁区，周边最大的医院就是这家医院，而他也是在拆迁区一带晕倒的，自然而然会被送到这里来治疗。

“你就别跟我客气了。现在感觉怎么样？”

“我没事，只是……”狄安说着渐渐皱起了眉头。曹阳走近病床，搬了把椅子坐下来，表情严肃地看着狄安问道：“狼烟真的死了吗？这到底是怎么回事？”

“你听谁说的？”

“你昏迷的时候我见到过你的女朋友，她跟我说你的一个朋友去世了，你很伤心，晕了过去。我问她那个朋友叫什么名字，她说不知道，好像是一个网络小说家，我一猜就是狼烟了。你能不能告诉我狼烟到底出什么事了？怎么突然就死掉了呢？”

“对不起，这件事……”狄安的内心十分纠结。他不能跟曹阳说实话，因为这涉及案件的机密内容。不仅如此，曹阳也是犯罪嫌疑人名单上的一员，在真相没有水落石出之前，任何情况都有可能发生，任何人都不能轻易相信。思索了片刻，狄安敷衍地说道，“具体情况我也不太了解，警方还在调查。”

曹阳叹了口气，表情看起来有些悲痛，过了好半天才开口说道：“我跟狼烟的交情虽然无法跟你相比，但我也很欣赏他，很喜欢他写的故事。发生这样的事我心里也很难过。希望警方这次办事能有点效率，别再像某些案件一样一拖拖一年。”

狄安知道曹阳在暗指很久都没有侦破的连环杀人案，不由得在心中感慨：这一次的案件就是跟连环杀人案有关，只要能找到迟源的犯罪证据，所有的问题应该都能迎刃而解。连环杀人魔的身份也会随之浮出水面。想到这儿，狄安突然问曹阳：“曹医生，你觉得狼烟是连环杀人魔吗？”

曹阳对这个问题并不感觉意外，因为狼烟被警方怀疑早已经不是什么新鲜事了，就连狼烟自己也经常在书评区里爆料：警方某某日又警告他删掉书里的某些涉案情节，几月几日又找他去刑警大队谈话，等。稍微考虑了一下，曹阳回答狄安：“我当然希望他不是，但很多迹象都表明他的犯罪嫌疑是最大的，不是吗？”

“没想到，连你也这么说……”狄安对这个答案很失望，看来除了他自己之外，所有人都不相信狼烟是清白的。愤怒甚至是屈辱感缓缓从心底升起，为什么大家都要这样怀疑他的朋友呢？“对不起，我想一个人待会儿，你能不能……”狄安心灰意懒，顾不上礼节问题就要赶曹阳离开。

曹阳能理解狄安此时的心情，没说什么便起身要走。不过在离开之前，他还是留下了一句话给狄安：“如果你相信狼烟是清白的，那就赶紧振作起来，找出真相吧！”

第26章 小狼

休息一天过后，狄安的情绪稍微有些好转。他向公司请了个长假，做好了跟凶手斗争到底的准备。

警方未能从迟源身上找到任何突破。作为一名身经百战的律师，迟源深谙与警方打交道的技巧。他拒不承认自己偷过杨子菡的钥匙和门禁卡，关于狼烟失踪那一晚的行踪，他也只是淡定地回答自己在帮一个委托人调查一些事情，其中涉及委托人的个人隐私，他不便详细透露。

警方对迟源很没辙，狄安却觉得这些事情其实都无所谓了。对于迟源那种不见棺材不掉泪的家伙，用证据打败他才是最快捷、最省力的方法。

然而说到证据，警方对此却是毫无头绪。但是狄安相信，凭狼烟的做事风格，不留下相关线索就去见阎王应该是不可能的。

简单吃过午饭，狄安搭出租车找到了狼烟生前的住所。

狼烟去世后，周副队长已经派人把狼烟的家里翻了一遍又一遍。狄安到那儿的时候，仍然有警察在房间里专心致志地查找着什么。一看到狄安，刘崎放下手头的工作关切地打起招呼来："这么快就出院了，身体好些了吗？"

狄安苦笑了一下说："本来也没事，一定是太累了才会晕倒的。"

“是啊，前几天真是辛苦你了。”刘崎拍拍狄安的肩膀说。他当然知道狄安晕倒的真正原因，但他并不想拆穿对方的心事。失去挚友的心情他又何尝不懂，当他得知自己的同窗室友在执行任务中英勇牺牲的消息时，他的内心又何尝不是遭受了异常沉重的打击。更不用说狼烟死得那么凄惨，并且还是在狄安怀里咽下了最后一口气，换成任何人都无法接受这样的结果吧。“接下来的工作就交给我们吧，我们一定会把事情查个水落石出的。”

“我也来帮忙吧。我已经跟公司请好假了，抓不到凶手我就不回去上班了。”

听到这句话，刘崎愣了一下，他本以为狄安只是随口说说而已，可是一看到对方那毅然决然的眼神，他就不打算再劝阻了。“如果你是认真的，我不会阻止你。只是我们目前找到的线索实在太少，真不知道什么时候才能有结果……”

“很快就会有结果了。我相信狼烟一定留了线索给我，如果他想让我发现真相的话。”

“可是我们翻遍了他的东西也没找到任何问题啊！”刘崎无奈地叹了口气说，话音刚落他就想起一件非常重要的事情。“不过，狼烟的手机不见了，很可能是被凶手拿走了。”

“一定是被凶手拿走的，狼烟失踪前还带在身上的。”狄安若有所思地说道，这条信息给了他很大的启发。联想到狼烟死前经历过的痛苦折磨，以及警方始终想不通的杀人动机，狄安恍然明白了这其中的缘由。但在说出自己的推测之前，他先问了刘崎这样一个问题，“根据你们的了解，迟源有没有什么变态的嗜好？比如虐待之类的？”

“绝对没有，我们调查过了，这一点你可以放心。”

“如果不是为了虐待，一个人如此狠毒地抽打另外一个人，原因会是什么呢？”

“报复，憎恨，发泄心中的不满？”

“可是你们到头来也没有查出迟源跟狼烟之间存在私人恩怨。通过我在酒吧接触之前，他们两人甚至从来没见过面，也就是说，迟源根本就没有杀害狼烟的动机。”

“是啊，这一点很奇怪。”刘崎皱了下眉头说，“没有杀人动机却要用如此极端的方式把一个人活活折磨死，这想来想去还是一个变态的所作所为啊！”

“按照之前的推测，有人把戒指藏在狼烟的家里并将其绑架，是为了造成狼烟畏罪潜逃的假象。如果只是为了嫁祸狼烟并让其从这个世界上消失，凶手没必要大费周章用那么残忍的方式活活将狼烟折磨死，直接杀人毁尸灭迹就够了。如果凶手没有虐待倾向，又跟狼烟无冤无仇，他用鞭子抽打狼烟，并让其困死在地下室里，这么做用意何在呢？”

“就是想不出凶手折磨杀害狼烟的理由啊！难道我们的推断是错的？”

“先别急着否定。”狄安打断了刘崎的想法，继续说道：“除了虐待和报复，凶手对狼烟的所作所为更像是一种严刑逼供。我觉得，凶手折磨狼烟的理由，很可能是想从狼烟的口中得知什么信息，并且这个信息是值得他付出任何代价来换取的。但是很显然，凶手的计划并没有得逞，因为一旦问出结果，狼烟的存在就对他没有任何意义了，他会立刻杀人灭口，处理尸体。可我们最终找到狼烟的时候，狼烟还没有死，这说明凶手想通过进一步的折磨让狼烟松口。可惜警方的行动让凶手产生了警惕，他绑架狼烟以后再也没有回过那间地下室，所以到头来，我们找到的是还没有被凶手处理掉的人质。

“毫无疑问，狼烟的手机是被绑架者拿走的，问题在于，绑架狼烟的人为什么要拿走那部手机？那部手机里是否存有什么对他不利的东西？凶手对狼烟的严刑逼供是否跟手机里的东西有关？那个东西到底是什么？虽然我现在还不太敢肯定，但我觉得那个东西十有八九就是破案的关键，而且……”狄安停顿了一下，脸上的表情稍微放轻松了一些，“那东西说不定还有副本。”

“会不会是图片或者视频之类的？手机里能存的东西无非就是这

些了。”

“这似乎是一种可能。”

“这么说我们还得重新检查一下狼烟的电子设备。”

“检查一下当然最好，不过狼烟倒也未必会把东西藏在家里。我可以四处看看吗？”“看看可以，但你不能随便碰房间里的东西。”刘崎抱歉地提醒道，狄安理解地点了下头，随后在房间里四处走动起来。

不知道是狼烟的家里本来就很乱，还是被警察几次三番折腾成眼前这幅景象，狄安觉得狼烟的卧室里根本就没有能下脚的地方。他呆呆狄伫立在门前，远远地望着那一整面墙的大书柜，内心再次泛起一阵无法抑制的悲痛。

狄安不敢再去回想地下室里发生的一切，他感觉眼睛有些模糊，于是强撑着不让泪水掉下来。他绕开脚边的杂物，缓缓地向书柜走去。第五排靠窗边的位置有一堆熟悉的笔记本，那是狼烟上高中时用来写故事的本子，狄安几乎读过里面所有的故事，很多内容到现在还记忆犹新。

看着看着，狄安忍不住从书架上取出其中一本，刚翻看两三页就听见身后传来一声警告：“不要随便碰房间里的东西！让你进来已经是破例了。”狄安转过身来，表情麻木地看着刘崎，刘崎一时间感到为难，僵持了一会儿便主动化解尴尬地问道，“你手里拿的是什么？”

“狼烟的手稿。这是他上高二的时候写的一个故事大纲，因为唐叔叔的反对，这本书还没开始写就遗憾夭折了，听说当时已经有编辑看中了这个故事……”

“如果你想要这些东西，也得等我们详细检查过后，现在你还不能带走他的任何物品。”

“我知道。”狄安识趣地把本子放回原处，随便转了转就退出了卧室。回到客厅，狄安看到沙发旁边的地板上有一个柔软舒适的小垫子，上面还粘着几坨黑色的毛团。就在这时，狄安突然想起这个家里似乎缺少了一个非常重要的东西，于是迫不及待地询问道，“小狼去哪儿了？我怎么没看到小狼呢？”

“小狼？”刘崎迟疑了一下回答道，“哦，你说的是狼烟养的那只黑猫吗？我们把它送到程恬家里去了。除了那个女孩，我们暂时也找不到别人帮忙养那只猫了。”

“程恬是谁？”狄安好奇地打探道，他从来没听说过这个名字，难不成是狼烟的女朋友？

“怎么说呢，那女孩应该算是狼烟的朋友吧。”刘崎快速跟狄安解释了一下程恬的事情。“她家里也有只小猫，照顾小狼应该不成问题。”

“能告诉我那女孩子住在哪里吗？我想见见她。”

刘崎觉得这个要求并没有什么不妥，二话不说就掏出记事本来写个了地址交给狄安。狄安说了声谢谢，出门前还郑重其事地请求道：“刘警官，狼烟的小猫可以交给我来饲养吗？”

“那真是再好不过了。”刘崎笑着回答，“我猜狼烟也希望小狼可以留在你的身边吧。”

“谢谢！”

十几平方米的小客厅里，两只可爱的猫咪一左一右围在女孩的身边打盹。灰白相间的苏格兰折耳猫叫布丁，害羞，黏人，四个月零三天，纯黑色的孟买猫叫小狼，机灵，淘气，三年六个月零十二天。女孩穿着一套绒睡衣，双手抱膝窝在扶手椅里看电视。电视机开了很大的声音，透过四壁传到左邻右舍的耳朵里，女孩儿却一点也不觉得吵闹。她目光呆滞地盯着屏幕，完全不知道电视里在演些什么。

自从得知狼烟去世的消息，程恬整个人就像是傻掉了一样。她推掉了最近几天的拍摄任务，便利店的工作也懒得去应付。身边的朋友都以为她生病了，却没有人知道她得的是“相思病”。

程恬喜欢狼烟，即使在被警察告知狼烟很可能是杀人犯以后，程恬还是无药可救地喜欢那个人。单纯善良的她不相信自己被人利用，也不相信狼烟会做出那些丧尽天良的事情。就在一个星期前，狼烟还主动到便利店找她，针对前段时间给她带来的诸多麻烦表示抱歉。两人本来约好了这个星期天一起吃晚饭，没想到到头来，程恬等到的却是狼烟被一个真正的魔鬼残忍杀害的消息。程恬接受不了这样的结果，可她没有能力找凶手报仇，唯一能做的事情就是帮狼烟照顾好那只小猫。

也许是电视机的声音掩盖了周围的一切，也许是程恬的注意力全都放在别处，狄安在外面足足敲了五分钟的门，程恬才反应过来有人在门外。

开门后，程恬没有多想，自然而然地把狄安当成了警察。她略带歉意地把狄安请进屋里，没等狄安开口就焦急地打探道："你们抓着凶手了吗？凶手到底是谁？"

狄安有些纳闷地看着眼前这个娇小可爱的女孩，不明所以地回答了一句："目前还没抓到，我们仍然在寻找证据。"

"我能帮什么忙吗？"程恬上下打量着狄安，随后补充了一句，"请问警官贵姓？"

狄安愣了一下，解释道："你误会了，我不是警察，我……"正说着，狄安刚好看到窝在椅子里打盹的小狼，内心顿时感到一阵欣喜。"太好了，小狼果然在你这里啊，我可以接它回家吗？"

一听说对方是冲着小狼来的，程恬赶紧拦在狄安面前，警惕地问道："你是谁啊？你要把小狼带到哪儿去？"

"忘了做自我介绍。"狄安抱歉地笑笑，"我叫狄安，是狼烟最好的朋友，我想帮他照顾这只小猫。"

"原来是这样啊！"程恬如释重负地喘了口气，脸上的表情随之放松下来。"对不起，快点进来坐吧！"程恬一边道歉，一边快速拾掇起散落在沙发上的杂物，给客人腾出了空间。趁着这个工夫，狄安走到扶手椅前，饶有兴趣地看了看那两个相互依偎在一起的毛团。

布丁还沉浸在美梦里，小狼已经醒了，此时正瞪着一双蓝宝石般的眼睛，好奇地打量着狄安。小狼不怕生人，见到客人就喜欢撒娇。对视一番过后，小狼拱起后背伸了个舒服的懒腰，随后便冲着狄安“喵喵”地叫了起来。狄安轻轻挠挠小狼的下巴，笑眯眯地夸奖道：“真乖，你可比你那可恶的主人讨人喜欢多了。”

“是啊，小狼很听话，一开始我还担心它适应不了新家的生活呢。”程恬把杂物堆放到一边，随口回应道。

“看来它的适应能力很强啊，那我就放心了。我可以帮它收拾东西了吗？”

“嗯……”程恬停下了手里的动作，不太情愿地应了一句。少顷，她犹豫着说，“其实小狼在我这儿挺好的，布丁很喜欢它，能不能让它继续留在这里呢？”

“这个……”

“我真的很喜欢狼烟，小狼留在这里能让我感到安心一点，这么说你能理解吧？”

“我明白，可是……”面对一个楚楚可怜、心灵刚刚受到伤害的柔弱女孩，狄安一时间竟想不出拒绝的言辞。正琢磨着要不要做出让步的时候，程恬突然自嘲地笑了笑说：“你一定觉得我很傻吧？明明就是不了解他，还这样无药可救地喜欢他。警察说他是连环杀人犯，我死都不相信他会做出那些丧心病狂的事情。”

“是吗？那说明你真的不了解他。其实狼烟那个人跟你想象的完全不……”刚要开口解释，狄安突然意识到自己不该破坏狼烟在程恬心目中的美好形象。

“我能看出你跟狼烟关系很好。你能如实回答我一个问题吗？你相不相信狼烟是连环杀人魔？”

“狼烟没有杀人，这一点你可以放心。”

“你怎么这么确信？”

“因为狼烟在生命的最后一刻请求我相信他。人之将死，其言也善。”狄安语气坚定地回答道，脸上却满是伤感寂寞的表情。

狄安的回答让程恬陷入了沉默。她爱怜地看着小狼，过了好半天才缓缓开口道："算了，你还是把小狼带走吧，我相信这才是狼烟最后的心愿。"说完，程恬抱起小狼，不舍地将它装进一个灰色的便携运输箱里，然后又从房间各处拾起一些专用物品，打包交给了狄安。

回到公寓，狄安立马将小狼从运输箱里放了出来。小狼完全不怯场，快速扫视了一下周围的新环境就大摇大摆地在客厅里散起步来。狄安总觉得小狼有些奇怪，好像上一次在狼烟的手机照片里没见着小狼的脖子上扎着蝴蝶结。

出于好奇，狄安抱起小狼仔细摸索了一番，不一会儿的工夫就从蝴蝶结里摸出一张小卡片来。除了狼烟，还能有谁把SD卡藏在这种地方呢？警察搜遍了狼烟的私人物品也没发现任何问题，唯独没想到狼烟竟然在宠物身上做了文章。如果没有猜错，SD卡里应该就是狼烟留给他的线索。

怀着无比激动的心情，狄安将卡片放到读卡器里连接到电脑上。SD卡里有一张照片和一个Word文档，狄安先打开的是照片，虽然此前已经做好了十足的心理准备，但是看到照片上的内容，狄安还是忍不住倒吸了一口凉气。

"真他妈不是人！"狄安愤怒地砸了下桌子，恨不得立刻将照片里的人碎尸万段。他狠狠地拍了下桌子，就在这个时候，狄安觉察到自己的身后有一股十分强大的压迫感，正想回头看看情况，一把手枪悄无声息地抵住了他的太阳穴。

"把照片交出来！"迟岳明冷冷地威胁道，"要不然我一枪崩了你的脑袋。"

生死攸关，狄安不敢轻举妄动。他缓缓地举起双手，用一种商量的语气对迟岳明说道："好，我把照片交给你，你千万别开枪。"看到狄安这么快就缴械投降，迟岳明反倒觉得奇怪。他扳住狄安的胳膊，让其彻底失去反抗能力，同时诧异地问道："这么轻易就放弃了？你不想替朋友报仇了吗？"

狄安苦笑了一下，委屈地回答道："迟警官，你就饶了我吧。赤手空拳我都不是你的对手，更何况你手里还有枪。报仇跟活命相比，我当然是选择后者了。"

"看来你还是很理智的。我也不想伤害你，我只要拿到证据就够了。"迟岳明说着就要拔出电脑上的SD卡。

"等等。"狄安出声道。

"怎么，你还有什么要求吗？"

"储存卡里有一个Word文档，那应该是狼烟写给我的东西。你拿走卡片之前能不能让我看看里面的内容呢？"

"看在你帮我找到证据的分上，我就让你看一眼好了。"迟岳明爽快地答应道。为了防止狄安耍花招，他不得不腾出一只手来，亲自打开狼烟留下的信件，可他的枪口却始终未离开过狄安的脑袋。他本以为这封信是狼烟对于一些犯罪过程的坦白，可以揭开连环杀人案的真相，结果却大大出乎他的意料。

以下便是狼烟写在信里的内容：

狄安，当你看到这封信的时候，我应该已经跑到地狱去见阎王了。很抱歉一直以来对你的欺骗和戏弄。我承认我跟踪过你，但我绝不是警方要找的连环杀人凶手。

跟你分开的这八年时间里，我一直待在这座城市。为了实现父亲的心愿，我按部就班地念书，工作，尝试着过正常人的生活。直到三年前，我的父亲，我唯一的亲人因病去世了，我才重新拿起笔来，开始了漫无边际的创作生涯。不得不说，我的人生在那段时间里简直是一片黑暗，除了写作，我找不到任何想做的事情。我时常感到痛苦和迷惘，时常在黑暗中辗转反侧，夜不能寐。久而久之，我的生活再次陷入了混乱之中。我白天睡觉，夜晚出行，我远离人群，渐渐成为一只孤独的野兽。

也许你早就发现我们的重逢蕴藏着一场阴谋，我必须承认，医院里的那次相遇的确是我故意安排的，但你千万不要因此误会我就是连环杀人魔。其实早在 2014 年 12 月 10 日，第十三起连环杀人案发生的前八天，我就已经在街上无意中发现了加班回家的你。

虽然我们已经有八年时间未见，我还是一眼就认出了你。你无法想象我当时的心情有多么激动，我深信这就是命运冥冥之中的安排。如果可以，我真想大声叫住你，真想出现在你的面前，告诉你这些年来我有多么想你，可我却没有勇气那么做。太久没联系，我怕你已经忘记我了，害怕见面时会出现尴尬。

还是等到下一次吧，我心里这样想着，脚步却停不下来。我一路跟着你走到公寓门口，眼睁睁地看着你走进公寓大楼，看着六楼的某一扇窗户亮起暖黄色的灯光，我才安然离开。此后的一个星期，我几乎每天都站在同样的地点等待你出现，不知不觉中，我发现自己竟然变成了一个跟踪狂。我知道这么做的确有点变态，所以当你问我为什么会跟踪你的时候，我始终没办法解释这其中的原因。

2014 年 12 月 18 日，淅沥的小雨下了一整天。由于前一周工作怠倦，我的存稿仅剩下寥寥几千字。唯独那一天，我没办法出门，也就是在那个雾气浓厚的夜晚，连环杀人魔再开杀戒。关于第二天早上报出的新闻，我的关注点并不是某个漂亮女子被魔鬼盯上，而是案件的发生地点。跟踪你那么多天，我知道案发的那条小巷正是你下班回家要经过的路线。新闻里说此次案件出现了一名前所未有的目击者，我担心那个所谓的目击者会不会就是你。

为了确认情况，我加紧了对你的跟踪。期间，我发现迟源主动找你了解案情，至于我跟迟源的关系，不用再多说，你应该已经非常明白了吧。我早就知道他是杀死梁冰的凶手，也知道他不遗余力地协助警方破案是为了亲手铲除我这个威胁。只可惜，这场危险的游戏是我输了，我为之付出了最惨痛的代价，那就是我的生命。除此之外，我还发现你去医院探望过一个被严密看护起来的神秘女子。基于以上两点，我确信你就是那个与凶手擦肩而过的目击者。

不瞒你说，早在几个月前我就有意将C市连环杀人案改编成犯罪推理小说。经过前期的素材搜集，小说已经有了初步的想法，但你的出现还是让我灵机一动，反正书里无论如何都需要一个跟凶手斗智斗勇的厉害角色，莫不如就让你成为这个角色的原型，从另一方面也算是完成我当年对你许下的承诺吧。

我努力克服内心的胆怯和担忧，假装在医院里与你相遇，除了想通过你了解案件的进展之外，我也很想在必要的时候给你一些帮助和提示，毕竟这案子不像是表面看起来那么简单。看到这里，你也许想问我：既然你早就知道真相，为什么不向警方说出实情呢？

如果你了解我，那么答案其实很简单：狼烟一向讨厌做无聊的事情。从念中学开始你就知道这一点，不是吗？

案件越来越复杂，越来越混乱，越来越多的人加入到寻找凶手的行列，警方忙得焦头烂额，迟源被逼到进退两难的境地，狄安终于坐不住板凳想要查明真相，这样的结果才称得上是有趣。而我所能做的，无非是在案件理不出头绪的时候再来添点小乱。既然说到这一点了就不能忽略一个看似不太重要的人，程恬。

警方一直以为我接近程恬是为了掩饰一些事情（比如生理缺陷什么的），干扰他们的视线。我承认，我确实有这种无耻的想法，可他们不知道我接近程恬还有另外一个目的，那就是给小狼留一条后路。我知道自己已经被魔鬼盯上了，无亲无故的我在世上也就这么一个放心不下的牵挂了。而且我发现自己的身体似乎是得了什么重病，虽然没去医院确诊，但我能感觉到生命正在渐渐流逝。当然，如果你愿意照顾小狼，那真是再好不过了，毕竟SD卡里的照片和文档都是为你而留的。我始终坚信，凶手最终一定会栽在你的手里。

好了，正经事交代得差不多了，该澄清一下警方对我的误解了。我呢，虽然从来没正经谈过一个女朋友，也没有为了摆脱嫌疑跟程恬发生肉体关系，但若因此怀疑我有生理缺陷也实在是太冤枉我了。

程恬是个很好的女孩子，如果有更多的机会，我还真想试试跟女孩子交往是什么样的感觉，因为在此之前，我对女人根本就没什么兴趣。事到如今，原因你应该懂的，我实在是被恶毒的女人给折磨怕了。

听我这么说，你是不是也害怕了呢？你会怀疑我性取向不正常吗？该怎么回答你呢，我其实也不喜欢男人，性情冷漠的我似乎并未对谁产生过特别的感情，除了你，狄安。

我曾经想过自杀，在寒冷的冬夜里，我一步步走向高楼的边 。你相不相信？（你一定相信的）就在我即将要跳下去的一瞬间，我耳畔出现了你鼓励我的话，眼前出现了你的身影，你像个天使，让我又充满活下去的希望。

如果没有你，我也许早就在那个寒冷的冬夜结束了自己的生命；如果没有你，我也许早就对这个残忍的世界失去了信心，没有了信仰，我也许真的会堕落成杀人不眨眼的恶魔。

人生从来都是不公平的，你我活在两个世界，隔在我们之间的是天堂到地狱的距离。因为有你，我的生命中才有光，因为有你，我的人生才变得有了那么一点点意义。

最后还是请你原谅我这个自私的浑蛋吧，只要你能平安幸福地生活下去，即便是活在地狱，我这辈子也没有任何遗憾了。

狼烟 2015 年 1 月 7 日夜

看完这封信，狄安的眼眶湿了，但再多的叹息也换不回好友的一个微笑。要不是迟岳明动作麻利地关掉文件，取出 SD 卡，狄安或许会在悲痛的世界里沉浸很久。看着迟岳明决然离去的背影，狄安心痛地央求道："迟警官，能不能把狼烟的信留给我……"

迟岳明停了一下脚步，抱歉地摇摇头说，"对不起，不行。"

“不行也得行！”狄安突然追了上来，说话的语气竟发生了三百六十度的转变。“你今天不把东西留下，休想离开这个房间半步。”

“你小子活得不耐烦了？”迟岳明惊讶地转过身来，再次拿枪对准了狄安的脑袋。

“你凭什么觉得我会轻易放弃这次机会？凭什么觉得我会放弃狼烟，放弃报仇？”

“凭你想要活命，凭你对狼烟的感情并没有深厚到可以为之付出生命的程度。”

“你错了！”狄安不惧威胁向前跨出一步，正义凛然地说道，“我没你想得那么贪生怕死，也绝不会眼睁睁地看着一个杀人魔鬼继续逍遥法外。如果我的努力能够换来真相，能为逝者的冤魂讨回公道，能够让凶手得到应有的制裁，就算陪狼烟一起下地狱我也认了，但是我从来不会去做那些没有脑子的事情。一个人把这么重要的证据带回家已经是一件相当危险的事情了，就算迟源被警方监视，不敢有过激的举动，但谁能保证他的哥哥不会因为亲情而做出错误的选择呢？所以……”

“你还干了些什么？”迟岳明警觉地朝四周扫视了一眼，狐疑地问道。

“其实也没什么大不了的。”狄安说着从衣服里扯出一个纽扣般大小的东西，不紧不慢地解释道，“周副队长说我一个人寻找证据太危险了，万一被凶手灭口可就麻烦了，所以在离开医院之前，他把这个监听装置交给我，并郑重地承诺道，一旦我遇到危险，支援人员一定会在十分钟之内赶来救我。我看了下时间，从你最开始拿枪指着我到现在已经过去了十六分钟，我猜门外的走廊应该已经被警方封死了吧，而我们之间的对话也是一个字不差地被他们监听到了。无论如何你都跑不掉了。”

听到狄安这样说，迟岳明半信半疑地看了一眼身后的房门。“这么说，你要看那个文档是为了……”

“当然是为了拖延时间。”狄安有些得意地回答道，“我知道狼烟废话很多，他写的东西肯定够我读上好几分钟了。”话音刚落，门外突然发出“砰”的一声巨响，六七个荷枪实弹的警察顿时冲进客厅，将房间里的两人团团包围了起来。

就算有三头六臂，迟岳明也不可能从这种局面中杀出重围。他知道自己跑不掉了，可他并不甘心。只是一眨眼的工夫，迟岳明拿着卡片的手指微微动弹了一下，大家还没来得及弄清楚那一瞬间发生了什么，狄安就奋不顾身地朝迟岳明扑了过去。他死死地扯着迟岳明的胳膊，大声叫道：“休想把卡片弄坏！那是狼烟留给我的东西，不是你的。”

两个人纠缠在一起，现场乱作一团。因为迟岳明手里有枪，在场的警察都不敢轻举妄动，他们绷紧了神经等待援助的时机，就在这个时候，一声枪响让房间里的一切都恢复了平静。狄安摇晃了几下便失去重心倒在地上，大量的鲜血从他肩膀附近涌出，浸透了半边衣裳。

“不许动，把枪放下！”有人举着手枪对迟岳明这样命令道。

“快叫救护车！”有人蹲在地上，一边帮狄安止血一边喊道。

谁也没有料到迟岳明的枪会在扭打的过程中不慎走火，包括迟岳明自己也被这突如其来的状况吓了一跳。鲜血刺激了他的神经，他渐渐冷静下来，渐渐恢复理智。最后，他松开双手，同时将手枪和SD卡扔在地上，并抱歉地说道：“对不起，请你们一定要救他！”

迟岳明从来没想过要伤害狄安，他也不想伤害任何人。从警十多年来，他凭借聪明的头脑和矫健的身手惩治了数以百计的罪人，是无数人心目当中真正的英雄。可是这一次，他终于在亲情面前败下阵来。作为一名警察，他知道自己的所作所为已经恶劣到了极点，但是作为迟源的亲哥哥，他实在没办法眼睁睁地看着弟弟锒铛入狱，走向刑场，哪怕迟源就是杀害梁冰的凶手，他也甘愿冒险，放手一搏。

一副冰冷的手铐戴在了迟岳明的手腕上，一场闹剧即将终结。时至今日，2013年圣诞前夕的凶杀案已基本确定凶手，但整起连环杀人案却还有很多未解的谜团。

迟源到底跟连环杀人案有没有关系？狼烟的话值得相信吗？如果狼烟

不是连环杀人魔，到底谁才是警方要找的人呢？从第一起案件到第十三起案件一直沿用下来的杀人凶器怎么解释？第十四起案件又是谁的杰作？

狄安因失血过多陷入昏迷。闭上眼睛之前，他的脑海中飞速闪过一个漆黑的背影。

原来在冰冷的雨夜与他擦肩而过的连环凶手竟然是那个人，他怎么会被如此简单的事情困扰了那么久。想明白了，但一切都来不及了。他想睡觉，眼皮重得好像再也抬不起来了……

第 27 章　真正的目击者

SD 卡里的照片直接指明了迟源杀害狼烟的动机。原来在 2013 年圣诞前夕的那起案件中，狼烟的真实身份竟然是目击者。他用手机拍下了迟源杀害梁冰的过程，并将证据一直保留到了现在。

面对无法赖掉的铁证，迟源的心理防线瞬间被击垮了。即使作为一名优秀的律师，他对自己当前的处境也再无回天之力。

专案组临时负责人周海副队长亲自对迟源进行了审讯，刘崎负责做笔录，另有一名一直积极参与此案的老刑警共同参加了此次审讯。

顶着巨大的心理压力，迟源交代了自己杀害梁冰的动机、过程，以及这一年多来为何要费尽心机参与警方的调查，苦苦寻找连环杀人魔下落的原因。

2013 年 4 月初，迟岳明在执行一起抢劫团伙的抓捕任务时不慎负伤，住院期间认识了一名年轻漂亮的女护士。这个女人就是后来故事里的女主角，也是连环杀人案的“第一个受害者”——梁冰。

俗话说英雄难过美人关，迟岳明对梁冰就属于一见钟情，不仅被她迷人的外表深深吸引，同时也被她直率开朗的性格所打动。由于自身条件优越，梁冰的身边从来不缺少追求者，这其中不乏年轻有为的富二代、腰缠万贯的土豪大叔，以及才华横溢的海归博士，然而梁冰几乎没怎么考虑就接受了迟岳明的表白。身边的小护士们不太能理解梁冰的选择，尽管她们觉得迟警官长得蛮精神的，身材挺拔，男人味十足，但财力方面明显比那些人逊色很多。

梁冰本人丝毫不在意他人的看法，她笑着跟朋友解释，她从小就梦想长大后能嫁给一名警察，并打心底尊重和崇拜这个职业。当她听说了迟岳明的从警经历以及曾经立下的无数功劳时，简直觉得那个男人就是她一直在等待的白马王子。

朋友听后调侃她说，女孩子有这种幻想很正常，可是考虑到以后聚少离多、提心吊胆的生活，很多女孩都会被现实活活吓退。梁冰不以为然，她坚定地认为自己不会成为爱情的逃兵，因为她可以想象朋友们形容的那种生活。不管怎么说，她的父亲就是一名受人尊敬的老刑警，尽管她早就听惯了母亲长年累月的抱怨，尽管她自己也经常埋怨父亲难得陪她们母女过节，但是一跟外人提起自家那位身体硬朗的小老头，无论是母亲还是她，内心总是禁不住涌上一阵自豪和骄傲。

对于迟岳明，梁冰的心里也是充满了各种向往。正式交往以后，两个人虽然不能经常见面，但感情发展一直很稳定，把医院里那些单身男医生羡慕得直叹气。那个时候，迟岳明的性格还没有扭曲成后来那个样子，他爱讲笑话，幽默感十足，经常把梁冰逗得开怀大笑。他不太懂浪漫，但很舍得为梁冰花钱，梁冰本来就不是为了钱才跟他在一起的，所以无论收到什么样的礼物，她都很开心，只要迟岳明有那份心意她就已经非常满足了。

假如没有那个人的出现，梁冰真的会觉得自己是这个世界上最幸福的女人，可命运的安排时常让人措手不及，似乎有些悲剧注定就逃脱不掉。

如果说女人的美貌是一种罪恶，那么男人的英俊也同样暗藏着危险。除了在影视作品中，梁冰从小到大还从来没见过那么英俊的男人。五官精致立体，身材高大挺拔也就算了，那个人的气质也是那样超凡脱俗，言谈举止都透着一股贵族的气息。

梁冰做梦也没有想到，那个男人竟然是迟岳明的亲弟弟，是她无论如何都不可以喜欢上的人。奈何本能超越了理智，仅仅见过两次面以后，迟源英俊潇洒的身影就在梁冰的脑海中深深地扎根了。她苦恼地问自己，为什么先出现的人偏偏是哥哥而不是弟弟？为什么这种俗套的爱情故事会发生在自己的身上？一想到今后还会时不时地跟迟源碰面，梁冰的内心就会感觉到深深的不安。

日子在百感交集中匆匆地度过。两个月后，迟岳明花了将近半年的积蓄为梁冰买了一枚璀璨华丽的订婚戒指，这大概是迟岳明自两人相识以来做过的最浪漫的事情。梁冰被感动了，她欣喜无比地从迟岳明手中接过戒指，幸福地说出“我愿意”三个字，而她的内心深处却还隐藏着一个无人知晓的想法：赶快嫁人，赶快对别的男人死心吧。

事实上，梁冰的心并没有死。她戴着迟源帮哥哥精心挑选的订婚戒指，心里越来越纠结，越来越矛盾。

2013 年 9 月 17 日是迟岳明三十四岁的生日，刑警队的弟兄们在寿星家里搞了一场聚会，如此热闹的场合自然少不了寿星的未婚妻和弟弟。就在那天晚上，两个不胜酒力的年轻男女单独躲到一旁，而在客厅的另一端，七八个铁骨铮铮的汉子正举着酒杯拼个你死我活。

也许是受到了现场热烈气氛的鼓舞，也许是之前的那点酒精起了催化作用，梁冰竟出乎意料地对迟源表露了自己的心声。由于这场突如其来的表白，两人之间一度陷入了令人尴尬的沉默。迟源当时并没有谈女朋友的打算，即便是有，他也不可能将魔掌伸向自己未来的嫂子。犹豫再三，迟源勉强挤出一丝笑容，故作镇定地说道：“冰冰，你是喝多了，还是故意试探我？这个玩笑可开得有点过火啊！”

“我没开玩笑。”梁冰一脸认真地回答道。既然已经暴露了自己的心声，她干脆一不做二不休，壮着胆子说出了一个在迟源听来非常可怕的想法。“我不想跟你哥结婚了，我想跟你在一起。”

听到这句话，迟源吓得差点从椅子上跌下来，连忙摆摆手说：“不行不行，我哥会杀了我的，我从小就怕他怕得要死。”

“可是我一闭上眼睛就会想起你，就连梦里也全都是你的身影。”

“那就想办法忘了我吧，我这个人缺点一大堆，没什么值得你喜欢的。”迟源挠挠脑袋，继续打哈哈，眼睛却盯着别处不敢与梁冰对视。

“怎么忘啊？我们以后可就是一家人了，逢年过节总有碰面的机会，我真不知道以后该怎么面对你。”

“等到那个时候说不定你就不喜欢我了。”迟源继续为自己也为对方寻找台阶下，在他看来，拒绝一个漂亮女人的表白简直比打一场人命官司还要艰难。“我看你啊，一定是得了那个什么婚前恐惧症。别胡思乱想了，好好跟我哥相处，你应该知道他有多爱你的。”

“可是我……”

“好了，不说了。”迟源突然站起身来打断了梁冰的话，“屋子里有点闷，我想出去透透气。”说完这句，他用余光瞥了一眼客厅的另一端，激烈的拼酒还在继续，没有人注意到他们这里发生的小插曲。这样最好，反正他也不打算把刚才发生的事情放在心上。

出了家门，迟源紧绷的神经一下子轻松了不少，想想自己竟然会被一个小女人逼到如此窘迫的地步，迟源暗自觉得可笑。幸好他刚才明确回绝了梁冰的心意，这场酒后的闹剧也许很快就会平息。他做梦也没有想到，梁冰对他的执着竟然会演变到无药可救的地步。

经历了一小段暴风雨前的宁静，一场轩然大波突然来临。

十月中旬，梁冰跟迟岳明分手了，原本在计划中的婚礼不得不戛然而止。

得知这件事以后，迟源的心情再次紧张起来。他回到父母留下的老住宅探望迟岳明，并急切追问两个人分手的原因。最开始，迟岳明不大愿意开口，只是一根接一根不停地抽着烟，客厅里烟雾缭绕，空气污浊，差点把迟源呛得背过气去。他捂着鼻子和嘴巴，坐在迟岳明身边，当他从近处看清楚哥哥的脸孔时，不禁被那毫无血色的嘴唇和失神的眼睛吓了一跳，明明只是前一夜发生的事情，迟岳明竟然憔悴得像是患了一场久未痊愈的重病。

别看迟岳明平日里总是威风八面，神气十足，坚毅得像块石头，但在感情方面，他脆弱得简直像个孩子。突然间被心爱的人抛弃，他难过、心痛、落寞、孤独，除此之外他也恨自己没有办法留住这段感情。

沉默了好半天，这位外表坚强内心脆弱的警官终于长叹了一口气，无奈地回答道："梁冰仔细考虑了很久，最终还是觉得成家过日子不应该找我这样的男人。我也知道自己工作忙，没多少时间陪她，况且我的工作又那么危险，每次执行任务都害得她担惊受怕的，所以她离开我，我能理解，我也不怪她。我只是……很舍不得她……"

"这是她的真实想法吗？最开始她不是信誓旦旦地说她无论如何也不会打退堂鼓吗？"迟源试探着问道，他担心梁冰给出的分手理由或许只是个借口。

"谈恋爱是一回事，结婚又是另外一回事，就算她突然退缩了也情有可原，毕竟女人都希望自己的老公可以多抽出些时间陪陪她们。"

"她该不会是喜欢上别人了吧？我听说她身边的追求者可不少啊……"迟源继续旁敲侧击地打听这其中的内幕，尽管他敢发毒誓说自己没有做过任何对不起哥哥的事情，可他的心里仍然充斥着一股十分强烈的罪恶感。

迟岳明认真思考了一番，再次叹了口气说，"我还真没发现她最近有什么奇怪的举动，也没听说她跟哪个男的走得特别近。我想，我还是愿意相信她的。"

"是吗？那就先这么着吧。"迟源稍微松了一口气，拍拍迟岳明的肩膀安慰他道，"改天我帮你问问那丫头，看看这段感情还有没有挽回的余地。"

听到这句话，迟岳明不禁苦笑着摇了摇头。他动作机械地点上一根烟，吸了一小口后不抱希望地说道："如果她离开我真是因为我的工作，那我们之间就没什么可挽回的了。虽然我舍不得她，但我也绝不可能为了她放弃刑警这个职业。我能做的只有祝福她早日找到那个能够好好陪伴她、照顾她的人。"

“你说得倒是容易……”迟源心疼地念叨着，一时间也想不出办法来解决迟岳明的苦恼。

很多祝福根本只是嘴上说说而已，当一个男人想到自己昔日最爱的女人投入另一个男人的怀抱时，内心的感受怎么可能会是真正的祝福？迟岳明虽然放手了，但的他心里却一刻也没有停止过对梁冰的思念。

日子一天天过去，迟岳明比从前消瘦了许多，尽管身材依然挺拔，但坚毅刚强的脸上总会在不经意间流露出失落或难过的表情。向来精力充沛、反应敏捷的他竟然在工作中出现了几次走神溜号的现象。同事们心知肚明，但谁也不敢去揭穿，他们都知道身边这个威武勇猛的刑警队长被上一段感情伤得很深、很彻底。

迟源看在眼里，急在心上。为了解开心中的谜团，他打算去见见梁冰。

第二人民医院附近的咖啡店里，梁冰穿着一套黑白色调的裙装前来赴约。两个多月没见，梁冰还是那么美丽迷人，一颦一笑都让人觉得赏心悦目。如果没有梁冰跟迟岳明之间的关系，迟源会打心底觉得拥有这样一个女性朋友是一件幸福乃至幸运的事情，然而现在，对方的存在于他来说根本就是个负担。

“看你气色这么好，想必分手没有对你造成太大的打击吧？”简单寒暄几句过后，迟源用略带讽刺的口吻调侃梁冰，后者露出一副尴尬的表情，竭力为自己辩解道：“迟源，别把我说得那么无情，其实我也很舍不得你哥哥。”

“既然舍不得，为什么还要跟他分手？”迟源开门见山地问道，在他看来，梁冰的回答分明有种猫哭耗子假慈悲的味道。

梁冰不急不慢地喝了口咖啡，看样子像是有备而来。她低垂眼帘，浓密卷曲的睫毛微微闪动了两下。片刻后，她用一双水汪汪的眼睛看着迟源，为难地说：“我跟你哥分手的原因你肯定听说了，他的职业真的不适合我。”

迟源冷笑了一声，不屑地问道：“那你早干吗去了？现在拿这种理由糊弄谁呢？”

“我没糊弄你啊，我说的是实话。”

“行了，你就别装了。”迟源厌恶地皱了下眉头，丝毫不给梁冰留面子，“这儿又没外人，你就老实告诉我，你们之所以分手是不是因为你变心了？”

“我……没……没有啊……”梁冰被问得有些不知所措，刚刚还红润迷人的脸颊这会儿有点发白了。

见此情景，迟源忍不住心中一颤，原来那个不好的猜测竟然是真的。犹豫了几秒钟，他替梁冰说出了答案，“你该不会是还没忘了我吧？”

“要是能忘我早就忘了。”梁冰不再隐瞒，脸上的表情显得痛苦而纠结。“我忘不了你，所以我不能带着这样的心态跟你哥结婚，这样对谁都不负责任。”

“你现在的做法就很负责任吗？”迟源激动地拍了下桌子，面前的咖啡杯微微颤抖了几下，溅了几滴出来，落在杯子旁边折叠整齐的纸巾上。“你知不知道分手以后我哥有多痛苦。他瘦了你知道吗？他抽烟抽得更凶了你知道吗？他在案情讨论会上发呆你知道吗？他说他再也不会找女朋友了你知道吗？你害我哥变成这个样子，难道你心里就一点都不愧疚吗？”

“对不起……”梁冰低下头，无言以对。

“道歉有什么用，你对他的伤害已经造成了，而且还是因为……”迟源哀怨地叹了口气，实在没办法将后半句话说出口。突然，他看到对方的手指上闪过一道璀璨的光芒，不由心生疑惑。“等一下，你怎么到现在还戴着我哥送给你的订婚戒指？既然你们分手了，那就干脆把戒指还给他吧。”

梁冰下意识地摸了摸左手的戒指，“迟警官说，我可以保留这枚戒指做纪念。而且……”她停顿了一下，貌似有些难为情地说：“这枚戒指是你帮我挑的，不是吗？”

“什么，你竟然……”迟源对这个回答感到非常震惊，思考了半晌他才难以置信地说道，“梁冰，你脑子是不是有问题？我早就跟你说过别再对我执迷不悟了，我们之间是不可能有结果的。”

“现在不能，以后也不能吗？等分手的风波过去以后，等你哥的情绪稳定以后，那时候我们再在一起，那样也不行吗？”

“你就死了这条心吧，我不可能喜欢上你的。”

“为什么？”梁冰瞪大了眼睛，难以理解地看着迟源，“你明明就没有女朋友，而且我无论从哪方面来讲都完全配得上你啊！你到底嫌弃我什么呢？”

“事情没你说得那么简单。我们两个是不可能的，请你别再……”

“我等你，等多久都可以！”不等迟源把话说完，梁冰就抢着表明了自己的态度。“我一定会让你对我产生好感的。”

既然话都说到这个份上了，迟源觉得再纠缠下去也没多大意义。就算面前的女人美若天仙，就算全世界的男人都排着队想跟她约会，迟源也绝不可能对她动心。原因很简单，梁冰是哥哥的女人，而哥哥是他的恩人，如同父亲一般，他绝不允许自己伤害他。他无法想象迟岳明发现梁冰移情别恋的对象是自己时，内心会受到多大的伤害，就算迟岳明不怪罪他，兄弟间的感情也会或多或少产生裂痕，他不允许有那样的裂痕存在。跟哥哥比起来，一个女人算得了什么，他死也不会动心，绝对不会动心。

为了稳住梁冰的情绪，迟源稍稍改变了一下说话的语气，不管怎么说，别再让梁冰继续纠缠下去才是他的首要任务，毕竟有了刚才的“坦白”，帮哥哥求和的希望已经彻底落空了。

“对不起，我刚才太激动了。你让我好好考虑一下行吗？”迟源假装赔笑，内心却厌恶得想要骂人。“让我们都冷静一下吧，这段时间谁都别再谈论这件事情了，我们两个也最好不要单独见面，等我想好了一定会给你答复的。”

“还是那句话，我等着你。”梁冰态度坚决地说。性格直爽、敢爱敢恨本来算是她的优点，此时却让迟源吃尽了苦头。如果她能深入了解一下迟源的成长经历，了解迟源对哥哥的依赖、尊重、感恩和崇敬，她也许就能够理解迟源那份抗拒的心态从何而来了。然而，她什么都不知道，只是自私地表达出自己的爱意，想努力抓住一次爱的机会，却未曾料到这份浓厚的爱莫名地激怒了一个眼睛里容不得半点沙子的完美主义者。

那次见面结束后，迟源的头脑中渐渐萌生出杀意。他不知道那颗美丽的炸弹会不会引爆、何时引爆，届时会不会殃及他平静的生活？越是看到哥哥心不在焉的样子，迟源的恨意就变得越发强烈。最终，他下定决心要彻底排除那个潜在的危险。

2013 年 12 月 21 日，星期六，迟源跟朋友合伙经营的律师事务所刚刚获得了一笔不小的收益，几个人合计过后，打算在段学长家里来一番小小的庆祝。段学长家住在九十年代初期修建的老式居民区里，监控设施并不完善，迟源就是看准了这一点才决定夜里出去作案，然后再神不知鬼不觉地悄悄摸回来。

他事先打听好了梁冰的值班时间，并在当晚喝的酒水里做了手脚。由于他平时酒量就不怎么样，没喝几杯就晕晕乎乎地倒了下去，当然，他跟其他人喝的并不是同一个瓶子里的酒。朋友们以为他早早结束了战斗，没有多想就把他抬到一间空房间安顿好，随后继续吃饭喝酒。气氛欢畅融洽，谁也没有料到自己的酒里被人下了迷药。

将近午夜的时候，屋子里的所有人都睡得不省人事。迟源轻手轻脚地溜出段学长的家门，来到医院后门的一条小路上，在预计的时间将梁冰劫持。他本来准备了一把锋利的水果刀，但是临时起意又将凶器改成了梁冰的红色腰带。

梁冰身材纤细，手无缚鸡之力，被劫持后，没挣扎几下就像玩偶一样瘫软在迟源的怀里。等待梁冰咽气的几十秒时间里，迟源的大脑几乎是一片空白，他听不到任何声音，也感觉不到身边的任何事物，仿佛整个世界都静止了一样。漫长的等待过后，迟源的腿肚子有些发软，虽然没见到什么血腥，但尸体最终呈现出来的那副狰狞的表情也相当瘆人。好在这是一场预谋杀人，迟源的头脑很快就恢复了理智。他拿走了梁冰身上所有值钱的东西，欲把这场谋杀伪装成一起夜路抢劫案。

安排好一切正准备离开时，迟源突然看到梁冰手指上仍然戴着那枚价值不菲的订婚戒指。迟源心想哪有抢劫不抢钻石戒指的，于是便伸手去摘那明晃晃的东西。也不知道是梁冰最近变胖了一些，还是手指头肿胀的原因，迟源用了很大的力气都无法将戒指取下来，迫于无奈，他只好捡来路边的石头，一狠心砸烂了梁冰的手指，强行把戒指拿走了。

戒指到手的时候，迟源如释重负地喘了口气，他冷冷地盯着地上的尸体，不屑地说了一句，“你这个背叛者没有资格戴这枚戒指。”

沉重的回忆到这里就被周副队长给打断了，他现在终于弄清了迟源杀害梁冰的动机。难怪警方之前怎么查都查不出那两人之间的问题，因为这根本就不是一场普通的情杀。然而周海无论如何也想不通的是，拿走戒指以后，迟源在案发现场到底还做了些什么呢？

“把人勒死也就算了，你为什么还要鞭尸？这么变态的行为你怎么做得出来啊？”这样想着，周海已经将心中的疑问情不自禁地脱口而出了。

听到周警官问出这样的问题，迟源先是惊讶地扫视了一下坐在对面的两位警官，紧接着便苦笑了一声，忙替自己申冤道：“周警官，你也太抬举我了吧？拿走戒指以后我整个人都吓得快要晕死过去了，哪还有那么好的心理素质在犯罪现场逗留啊？原本就没什么深仇大恨，我不至于把死者的尸体破坏成那个样子吧？这根本就不符合我的逻辑。”

周海拧着眉毛仔细思索了一下，确实觉得自己的提问过于草率了。既然梁冰的案子能跟连环杀人案扯上关系，那说明后来肯定是发生了一些让人意想不到的事情。

“如果鞭尸的行为不是你做的，那会是谁做的？”周海说着眯起一双本来就不大的眼睛，两条窄窄的缝隙间闪过一道寒光，“老实交代，你杀了梁冰以后又发生了什么？”

“这就是我接下来要讲的了。”迟源咽了下口水，把身体往椅背上一靠，继续讲起了之后发生的事情：

“拿走戒指以后我就悄悄地返回了段学长的家中，他们一个个都睡得很死，没有人发现我中途离开过。早上八点多钟，我们陆续醒来，我抢在他们之前将昨夜喝过的啤酒瓶以及容器清理干净，就这样销毁了证据。说实话，我并不是很担心警方会调查到我的头上：其一，我没有明显的杀人动机；其二，我对犯罪现场的伪装比较自信；其三，就算警方怀疑到情杀，我跟梁冰之间也没有任何见不得人的关系，何况梁冰身边一直有很多追求者，被拒绝的人一抓一大把，论情杀怎么也轮不到我；最后，事务所的三个朋友都可以证明案发的时候我醉了酒，一直躺在段学长的床上睡觉。

“然而整个事件的发展跟我预计的相比发生了很大的偏差。在律师事务所里接到我哥的电话时，我整个人都傻掉了。梁冰的尸体是被医院附近的一个拾荒老头发现的，可案发现场的情况却跟我离开的时候完全不一样。死者不仅被人扒光了衣服，还被人用皮带狠狠地抽打过。很显然，有人在我离开以后对尸体动了手脚。不过我转念一想，那个人也不一定是在我走后才出现的，万一他早就站在什么地方目击到我的杀人过程怎么办？我听说那个人鞭尸以后还把犯罪凶器从现场拿走了。

“一想到这些，我的脑袋就疼得嗡嗡直响。我实在搞不明白那个人为什么要鞭尸，为什么要拿走凶器？如果那个人真的是案件的目击者，那我的处境可就变得非常不妙了。更可怕的是，那个目击者很可能是一个精神不正常的疯子。

“后来发生的事情就更加出人意料了。翌年一月份，又发生了一起性质恶劣的杀人鞭尸案，凶手所使用的杀人凶器正是我勒死梁冰的那条腰带。警方把这两起案子归咎到一个凶手的身上，并认为他们所面临的是一个非常可怕的连环杀人魔。有人替我背了黑锅，我当然很庆幸，但与此同时，我也必须要找到那个人，以确认我杀害梁冰的时候他到底在不在场。

“我以帮助哥哥破案为由不断接触连环杀人案，目的就是要找出那个潜在的目击者，因为那个人对我来说简直就是一颗不定时炸弹。万一有一天他不小心失手被警方抓到了，或者干脆去投案自首了，交代案情的时候把我的事情抖出来怎么办？所以我必须要赶在警方之前找到那个人，并亲手把他解决掉。”

“所以，这就是你杀害狼烟的动机？”听完了迟源的叙述，周海直奔重点问道。

迟源咬着嘴唇沉默不语，表情纠结而痛苦，似乎是在说服自己做出某个重大的决定。大约过了两三分钟，他终于一捏拳头，鼓足勇气承认道：“是，狼烟是我杀的。我本想问出照片的副本下落再杀他灭口，万万没想到那个人竟然那么变态，就连严刑逼供都对他起不了作用。我也真的没想到他会把证据藏在那种地方，都怪狄安那个多管闲事的家伙……”

“你说的情况我基本上都清楚了。”周海比较满意地看了看迟源，但转瞬之间，他的表情又变得沉重起来。“还有一点我不太明白，你是怎么确定狼烟就是你要寻找的那个人呢？又是怎么知道狼烟手上有你犯罪的照片呢？”

“我并不是确定，只是非常怀疑他。”

“光凭怀疑就把人给绑架了，你就不怕弄错了吗？”

“我可管不了那么多了。”迟源继续狡辩道，“反正结果证明他就是当时的目击者。我绑架了他，翻了他的东西，最后在手机里发现了那张照片。我逼问他照片还有没有副本，他死活都不肯告诉我，我就把他留在那里等死，顺便也帮你们铲除了一个恶魔。”提到“恶魔”两个字的时候，迟源不经意地冷笑了一声，似乎并没有对害死狼烟这件事感到后悔。

“就算他是杀人魔也轮不到你来惩治。亏你还是个律师，法律意识竟然这么淡薄。”周海态度严肃地提醒道，心里总觉得什么地方不大对劲。

解救狼烟的那天清晨，他也在地下室里，他亲耳听到狼烟对狄安发誓，说自己不是警方要找的连环杀人魔。后来在保存证据的 SD 卡里发现的 Word 文档中，狼烟再次提到了这件事情，并将自己在一系列事件中的身份写得清清楚楚的。那封信应该算是狼烟的遗书，而且是留给挚友的书信，狼烟没道理在那样的关头还替自己编造一大篇谎话出来。如果狼烟确实希望狄安能够破案，他留下一篇谎话糊弄狄安，岂不是跟这个想法背道而驰了？

周海把前前后后的事情在脑海中大概串联了一遍。突然，他睁大了眼睛，用异常迫切的口吻问迟源，“你离开案发现场的时候，有没有在医院附近看到什么奇怪的人？”

迟源被问得愣了一下，蹙眉思索了片刻，不解地回答道：“深更半夜的，那地方连个鬼都没有怎么会有人，我真想不明白狼烟怎么会跑到那种地方去。不过话说回来，我当时也只顾着逃跑了，没怎么注意身边的事物。你为什么要问这个？”

“我担心你会不会看到过那个连环杀人魔。”

听到这句话，迟源更觉得一头雾水，甚至怀疑周警官的脑袋是不是不太灵光。那连环杀人魔不就是狼烟吗，两个人在审讯室里叽里呱啦地说了那么半天，难道周警官还没听明白事情的前因后果吗？迟源并不知道狼烟临死时对朋友发了什么誓，也不知道狼烟留了封遗书给狄安，他从来就没想过狼烟跟连环杀人魔可能根本就不是同一个人。

周海看出了迟源的疑惑，他知道迟源一直痛恨狼烟，早就对对方的身份形成思维定式了，于是连忙解释道：“我说的不是狼烟，是另外的人，你再仔细回忆一下。”

这句话如同醍醐灌顶一般瞬间将迟源浇醒了，他恍然大悟地发出一声感叹，接着便说：“我不知道你们警方根据什么做出了这样的判断，但我实在回想不出逃跑时的情景了。如果你们认为连环杀人魔跟狼烟不是同一个人，那就去找狄安再问问情况吧，毕竟在所有的连环杀人案中，狄安是唯一一个接触过凶手的人。”

一提到“狄安”的名字，周海忍不住叹了口气，“要问也只能等他醒了再问，他已经昏迷了一天一夜，现在还躺在重症监护室里。”

迟源一听，惊讶地张了下嘴巴，忙问道：“狄安怎么了？”

周海叹了口气，如实向迟源讲述了狄安公寓里发生的那场“火拼”。尽管子弹没有伤到狄安的重要器官，但因失血过多，情况也不容乐观。

很显然，听过周海的描述，迟源的注意力已经不在狄安身上了，他最担心的是迟岳明当前的处境。虽然手枪是在打斗过程中不慎走火的，但迟岳明的所作所为却恶劣到了极点。经过这么一折腾，别说刑警队长的位置保不住，就连牢狱之灾恐怕也逃不掉了。

直到这时，迟源才深刻地意识到自己最初的邪念牵连了很多无辜的人，尤其是迟岳明，那个他倾其所有也要保护和报答的人，现如今却因为他的过错吃尽了苦头。

他悔恨地低下了头，目光变得非常黯淡。他想起了十几年前那个大雨滂沱的夜晚，父母遭遇车祸同时身亡，他哭得几乎快要昏厥过去，内心感到无助和绝望。年长的哥哥成为他那时唯一的依靠。在那个本该淘气捣蛋的年龄，他早早地懂事成熟起来，从不让哥哥操心，因为他知道，哥哥为了抚养他长大，供他念书，付出了太多的时间和心血。他总是幻想着长大以后能出人头地，能赚很多很多钱报答哥哥对他的恩情。

如今，这个美好的愿望已经再也不可能实现了，他不仅毁掉了自己的人生，同时也毁掉了哥哥的未来。他早就该料到这样的结果，早就该料到哥哥会拼尽全力保护他，哪怕只能为他争取到一丝渺茫的希望，哥哥也不会放弃任何一个机会。

相依为命了这么多年，他们兄弟两个其实谁都离不开谁，这么显而易见的事情他为什么早没想到呢？尽管哥哥不善于表达内心的真实情感，但那个时而严肃、时而沉默的男人不是一直都在暗中保护着自己吗？

审讯到此为止已经无法再进行下去了，迟源再也不回答警方的任何提问。他只是绝望地抱着头，失声痛哭，嘴里不停地重复着一句话，“哥，我对不起你……”

第 28 章　连环杀人魔 X

两天后，狄安终于醒了。医生将他转移到普通病房，并在第一时间通知刑警大队的周副队长，病人已恢复清醒的意志，警方那边可随时派人过来问话。

一听说这个消息，周海火急火燎地赶到医院。虽然已经连续工作了二十几个小时，他不但不感觉疲惫，反而浑身充满了干劲。

敲门进入病房时，周海跟一个身材苗条的漂亮女生打了个照面，对方脸上带着倦容，一看就是连着几天没好好休息过的样子。周海在狄安的公寓里见过这个女生的照片，知道她就是狄安的女朋友，于是略感歉意地对她说：“这段时间真是辛苦你了。”

佟潇不知道来者的身份，她纳闷地打量了周海几眼，还没等做出回应，狄安就赶在她前面热情地招呼道：“周警官，你来得正好，我有件非常重要的事情想跟你说。”

“哦，原来是警察啊，你们对我男朋友还真是够执着的。”佟潇冷冷地搭了一句，言语中透露出她对警方的埋怨。周海并不怪她，毕竟狄安这次受伤属于警方的工作疏忽，他这个临时负责人有着不可推卸的责任。

“他现在身体还很虚弱，你最好别打扰他太久。”佟潇说着回头望了狄安一眼，后者有些尴尬，忙朝周海做了个无奈的表情，接着便对自己的女友说道："潇潇，你先回去吧，我的伤应该没什么大碍了。"

"好，我不耽误你们谈正事了，我明天再来看你。"佟潇识趣地说道，随后轻轻关上房门。就算再怎么不高兴，她也不忍心把火撒在狄安的身上。

她不是不能理解警方如此看重狄安的原因，只是近来发生的一连串状况令她整日忧心忡忡，生怕狄安被卷入到更深的旋涡之中。而且自从那个叫狼烟的人去世以后，狄安好像完全变了个人一样。佟潇很少能再看到狄安的笑容，那温柔的眼眸中时常流露着悲伤，仿佛在看向一个他人看不到的世界。若是不能查出真相，这暗无天日的生活将会无休止地进行下去，佟潇明白这个道理，所以她不去干涉狄安的选择。可她隐约察觉到，除非案件水落石出，真凶落网，否则，他们的生活也不可能再回到从前了。

周海来到病床前，简单询问过狄安的伤势就快速进入了今天的正题。他向狄安简明地叙述了 2013 年圣诞节前夕的那起凶杀案，其中大部分情节都在狄安的意料之中，唯独没想到的就是迟源杀害梁冰的动机。关于狼烟的遇害过程，周海怕狄安想起那些伤心往事，影响情绪，只用几句话就粗略带过了。狄安也没仔细追问，悲痛的表情只是一闪而过，随即便用异常严肃的口吻问周海，"连环杀人魔的身份有着落了吗？"

"没有。"周海失望地摇了摇头，"就目前的情形看来，狼烟也不是没有说谎的可能。不过我们还没有找到任何可以指控狼烟犯罪的证据。"

听周海这么一说，狄安的心里瞬间燃起一股怒火。他不顾身体的虚弱大声吼道："你们这些人怎么到现在还在怀疑……哎哟……"狄安话还没说完，就感觉到左前胸连着肩膀的位置被牵扯得剧烈疼了几下，于是只好放低声音，改用平常的口吻说道，"狼烟不是凶手，你们怎么都不相信他呢？"

"我本来想相信他来着，但仔细一想又觉得那件事太巧了。"

狄安早就知道周海所谓的巧事指的是什么，但他还是装作没太听明白的样子，茫然地问道："什么事太巧了？说来听听。"

"就是迟源杀害梁冰的那天晚上，犯罪现场曾出现过两个不速之客。

按理来说，凌晨一两点钟，迟源所选择的作案地点基本上是没人会经过的，狼烟神不知鬼不觉地游荡到那里，并亲眼目睹凶杀过程已经是一个非常难得的偶然。若是在案发后不久，犯罪现场又出现了一名心理极度变态的恶魔，这概率算起来该有多低啊！”

“低到可以中彩票了。”狄安半开玩笑地说道，周海紧接话茬：“是啊，所以我觉得狼烟很可能先是目击了凶杀现场，然后摇身一变就成了灭绝人性的连环杀人魔。”

“我倒是跟你有不一样的看法。”狄安连忙否定了周海的推测，“如果那第二个人并不是偶然出现在那里的，你们还会觉得一切都发生得太巧了吗？”

“你这话是什么意思？”

“我的意思是说……”狄安神秘地笑了一下，“答案很快就要见分晓了，你若是信得过我，不妨听我详细给你分析分析。”

傍晚时分，曹阳忙完了急诊室的工作专程到病房看望狄安。见到曹阳，狄安显得非常尴尬，挠着脑袋傻笑着说：“唉，让你见笑了，这才过了几天，我又住到医院里来了。”

“你能醒过来就好了。”曹阳没有任何嘲笑狄安的意思，只是表情严肃地说道，“真没想到你竟然是连环杀人案的目击者，之前跟你接触的时候完全没看出来。”

“这种事哪能随便张扬，要是被凶手知道了我的身份，搞不好我的小命都保不住了。”事到如今，狄安也无法再在曹阳面前隐瞒什么，毕竟他是受了枪伤被送到医院里来抢救的。专案组的警察前前后后出现在医院里，曹阳那么聪明的人自然会察觉到一些蹊跷的地方，并想方设法弄清事情的来龙去脉。

“这么说……”曹阳思索了一下，用比较确定的语气问狄安，“你之前去住院部看望的朋友就是第十三起案件的幸存者吧？”

“没错，案发当晚就是我救了她。”

“那她现在怎么样了？案件过去一个月了，她还没恢复清醒吗？”

“提到这件事，我今天倒是从周警官那里听到了一个振奋人心的消息。”

“哦？”曹阳轻轻挑了下眉毛，露出一副较为感兴趣的表情问，“难道凶手的下落有眉目了？”

狄安默默地点了点头，故意压低声音说：“我听说幸存者好像能开口说话了，而且警方确信案发当晚她看到了凶手的长相。周警官打算明天就叫人到医院来做模拟画像。真不容易啊，一个月了，幸存者终于能为警方提供有用的线索了。”

“是吗？”曹阳的脸上难得露出一丝笑容，“这么说凶手应该很快就会落网了，希望警方这次不要空欢喜一场。”

“不会的。”狄安自信地回答道，眼神中闪过一道狡黠的光芒。

夜里 11 点多，住院部的走廊已是一片寂静，一名身材高大的男子在走廊上徘徊了片刻，随后悄悄摸进了 621 特殊看护病房。

病房里只住着一名患者，此时已进入梦乡。她就是第十三起案件的幸存者——杨子菡。

进门后，男子动作轻盈地来到杨子菡的病床前，手中捏着一只装满不明液体的针管。他站在床前，仔细端详着女孩熟睡时的模样，少顷，他将目光落在了女孩颈部的勒痕上。

“上次没杀死你算你命大，这次你就乖乖地陪那些女人下地狱吧。”男子低声自言自语道，举起手中的针管就朝子菡的脖子扎下去。

突然，一个动作极其敏捷的年轻人从病床底下蹿了出来，用一把手枪紧紧地抵住男子的脑袋说：“放下针管，举起手来，要不然我就要开枪了。”

接着，病房的门被猛地踢开了，几个人快速冲了进来，病房里亮起了暖白色的灯光。打头阵的是专案组临时负责人周海警官，刘崎、冯凯等四名专案组成员紧随其后。在队伍的最后面，一名身体较为虚弱、肩膀上缠着绷带的病人在护士的搀扶下缓缓地走了进来。

见到这个阵势，曹阳不得不扔下针管，慢慢地将双手举过了头顶。对于警方的突然出现，曹阳并没有感到太多的惊讶，只是用略带抱怨的语气问狄安："好歹朋友一场，你就这样设套算计我吗？"

"说算计多难听啊，不如换个词，叫'诱捕'怎么样？"狄安微微地笑着回答，似乎对自己布下的陷阱感到非常满意。

杨子菡这时已经从病床上坐了起来，一脸惊愕地看着眼前发生的场景。虽然警方已经事先跟她沟通好了，保证这一次一定会保护好她的生命安全，但让子菡一下子重新面对连环杀人魔的袭击，内心的恐惧也不是说放下就能放下的。好在保护她的李林警官是个认真负责且身手极好的人，这多少让子菡稍稍有一点安心。

"狄安，你是从什么时候开始怀疑我的？"被李林戴上手铐以后，曹阳还有很多问题想问清楚。他没有不甘心，因为他认可狄安的能力，也觉得最终落在狄安手里是最好的收场方式。

"要说怀疑，我从一开始就没有对你们之中的任何一个人放松警惕，包括迟源和狼烟，我一直觉得他们的行为有些古怪。至于你，你是警方犯罪侧写名单里的一员，彻底排除你的作案嫌疑之前，我当然不会放松警惕。然而真正有把握确定你就是连环杀手应该是在迟源落网，供出伤害梁冰的凶手共有两人的时候。

"警方不相信狼烟没有杀人的说辞，固执地认为狼烟作为那起案件的目击者，事后摇身一变就成为杀人不眨眼的恶魔，他们这样想无疑限制了自己的思路，并在泥沼里越陷越深。我跟他们不一样，我之所以能猜到你是凶手，是因为我始终相信狼烟没有杀人。只有这样，我才会坚信迟源杀害梁冰的那天晚上，案发现场一定出现过第二个人。

"如果用概率和巧合来解释那第二个人的出现不能使人信服，那我干脆认定第二个人理所应当该在那个时候出现在那样一个地方。结合警方对犯罪嫌疑人的分析，那个人应该接受过高等教育，拥有较高的智商，做事严谨，思维缜密，如此一来，流浪汉，拾荒者等容易出现在附近的人群就被排除在外了。那么剩下的还有什么人呢？十有八九就是住在那附近的居民，或者跟梁冰一样，也是第二人民医院的工作人员。说到这一点，曹医生你不是刚好就在这家医院工作吗？而且你家就住在医院附近。

“至于在第一起案件中，你因没有犯罪动机、作案时间不符被排除在名单之外，现在看来，那一个小时的时间差其实是没有问题的，因为杀死梁冰的人根本就不是你，你只需要在离开急诊部以后发现梁冰的尸体，就可以完成接下来的犯罪。如果我猜得没错，所有的杀人案一定都发生在你没有值晚班的夜里。”

听完了狄安的解释，曹阳说道：“能栽在你的手里我没有什么遗憾，作为游戏胜利者的奖励，我再顺便告诉你一件事，第十四起案子也是我干的。你肯定很好奇我什么会选择那样一个特殊的受害者。我想澄清一点，我没有要陷害狼烟的意思，只是觉得杀掉狼烟的仇人会使案件变得更加扑朔迷离，能让警方更加晕头转向。我猜这也是狼烟的愿望，毕竟他这个人最害怕无聊了，不是吗？最后，我还有一句话要说：很高兴认识你。虽然我知道这段短暂的友谊未必是真实的，但我还是很高兴可以交到你这样的朋友，光是这一点，狼烟已经不知道要比我幸运多少了。”

面对曹阳的回答，狄安已无话可说，他很清楚那最后一句话里包含了多么复杂的情感。

他想起狼烟曾在信中对他说过：如果没有你，我也许早就对这个残忍的世界失去了信心，没有了信仰，我也许真的会堕落成杀人不眨眼的恶魔。

是的，人都不是一生下来就变成恶魔的，迫使一个人性格扭曲、心理变态的因素是多种多样的。不能说受到某些家庭环境或社会因素的影响，人就一定会堕落成魔鬼，但堕落成魔鬼的人基本上都有跟常人不太一样的成长经历。如果曹阳也能在绝望和堕落中得到某人的“拯救”，也许这所有的悲剧就不会发生在他的身上了。

2015 年 1 月 20 日夜，警方苦苦追查了一年多的连环杀人凶手终于落网，所有的案情全部水落石出。

据警方披露的材料，曹阳出生在一个十分普通的家庭里，父母共同经营着一个小超市，生活不算拮据但也不算富裕。最初的那些年，一家三口过着简单平静的小日子，跟别的家庭没有什么不同。曹阳的母亲没事喜欢打打小牌，这在当地属于很平常的行为，没必要过多在意，问题在于牌桌上遇到了什么样的人，导致了什么样的事情发生。

简单总结来说就是，女人为了贪图某个极其诱人的便宜被人骗走了全部家当。因为害怕事情曝光，她背着丈夫借了二十万元的高利贷，从此事情变得一发不可收拾。为了还钱，她从打小牌变成了参与赌博，想用这样的方式尽快回本，结果却是血本无归，把从高利贷借来的钱也输了个精光。

后来放高利贷的人亲自找上门来，几件事情一下子全都败露了。那些人不可能手下留情，他们抓了年仅七八岁的小曹阳说要拿去卖了抵债，吓得女人连忙下跪磕头，声称自己就算去卖身也会把债还了，千万不要伤害她的儿子。

男人哪肯让自己的老婆去卖身还债，但一时间也凑不出那么多钱来。要知道在那个年代，二十万元可不是一笔小数目，就算找人借也很难凑得全。

筹钱期间，放高利贷的人又来过很多次，每次都动手打人、砸店，动静闹得很大，却也没人敢管闲事。男人一时情急想到了卖器官，这真是一个糟糕透顶的决定。事发后，他肠子都悔青了，但也没能挽回术后感染一命呜呼的结果。

从黑诊所那里，女人只拿到了两万块钱的赔偿，加上之前东拼西凑的那些总共才七万块钱，离还清债务还有很大的差距。

或许这一次是真的走投无路了，女人只能被迫去夜总会陪酒赚钱。打那之后，她总是喝得醉醺醺地回家，在酒精的影响下，她的脾气开始变得喜怒无常（后来经过证实，女人在陪酒期间里还染上了毒瘾，这也是导致她性情大变的主要原因）。她经常因为一点小事，甚至无缘无故就把儿子暴打一顿，下手之狠毒根本就不是一个母亲能做得出来的。

曹阳经常被母亲打得遍体鳞伤，无处可躲。他们家的事情一传十十传百，弄得街坊四邻、老师同学无一不知。曹阳经常被人当面耻笑，那些难堪的辱骂已经远远超出了一个小男孩的内心承受范围。他渐渐不再跟人讲话，渐渐厌倦了这个无情的社会，渐渐将自己封闭在一个孤独的世界里，不再跟任何人亲近。他常常一个人偷偷地躲在角落里，试图用这样的方式逃避外界给他带来的伤害，然而嘲讽和讥笑却一刻都没有远离他的生活。

年龄稍大一点的时候，曹阳不再对母亲的虐待忍气吞声。他有时会还手，有时会离家出走。等到念初中之后，他就选择了寄宿生活，最大限度地减少了跟母亲碰面的机会。对于那个年轻漂亮却亲手毁掉家庭、毁掉父亲、毁掉他的童年、毁掉一切的母亲，曹阳的心里除了憎恨之外，已经再没有任何感情。

他曾无数次幻想过将那个毁灭他的女人杀掉，但因为法律和道德方面的限制，那些可怕的想法也仅仅存在于他的脑海中而已。他从没想过自己有一天真的会去杀人，而且还一发不可收拾。杀人的幻想最开始还仅限于他的母亲，但是因为感情的压抑，心态的扭曲，他的厌恶情绪竟逐渐扩散到身边那些同样年轻漂亮的女人身上。

转折点发生在 2013 年 12 月 22 日凌晨，曹阳在下班回家的路上隐约瞥到小巷子里有什么奇怪的东西躺在地上。曹阳的好奇心很重，胆子也很大，于是就打开手机灯光拐进身旁的小巷，缓缓朝那异样的东西走去。就在那里，他发现了一具被人勒死的女尸，左手完全被砸烂了，死亡时间也就是半个小时左右。

尽管死者面部有些狰狞，曹阳还是一眼就认出了那具尸体。那是他们医院最漂亮的女护士，很多男同事都向这个女人献过殷勤，然而在他看来，这样的女人死不足惜。

那一瞬间，沉睡在他心中许多年的恶魔似乎一下子被唤醒了。怪异的是，他对梁冰漂亮的脸蛋以及凹凸有致的身材并不感兴趣，他一心只想着报复和发泄，好像不对这具尸体做点什么就平息不了他心中熊熊燃烧的烈火。趁着尸体还没有僵硬，他脱掉了死者的衣服，随后便拿起绕在死者脖子上的红色腰带，一鞭接着一鞭抽打在死者光滑细腻的皮肤上。血痕刺激了他的神经，让他下手越发狠毒起来，抽打到最后，很多道伤口已经皮开肉绽，触目惊心。

那是他迈向连环杀人魔的第一步。从此，可怕的欲望便一发不可收拾。

他不断地寻找新的目标，制订犯罪计划，每一次犯罪都堪称完美。然而随着受害者数量的增加，一次次重复着同样的犯罪过程，他渐渐对这样的事情感到了厌倦。他想过停止犯罪，但每隔一段时间，杀人的欲望就像毒瘾发作一样，无论他用什么样的方法转移注意力，最终都会在欲望的支配下犯下新的罪行。

2014 年 12 月 18 日，第二个转折点出现了。就在他试图杀害杨子菡的时候，他听到漆黑的雨夜中传来一名男子讲电话的声音。“终于可以结束这场游戏了。”他在心里暗自高兴。此时，手中的猎物已经被他勒得奄奄一息，他一松手，女孩便如同烂泥一般瘫软在了地上。他留下那条红色腰带，步履匆匆地朝声音传来的方向走去，狠狠地撞在了那名男子的身上。那一下似乎撞坏了对方的手机，他听到身后不远处传来一声咒骂，脸上却止不住露出了得意的笑容。他心想：这一次我可是给你们留足了线索，如果你们再不能破案，我也无能为力了。

当曹阳在急诊室第一次正面接触到目击者狄安时，他有些惊讶，但他相信这一切并不是巧合。他首先想到的是自己又重新回到了警方的视线中，狄安作为解开谜题的关键角色已经开始发挥作用。发现狄安似乎有意跟自己套近乎，曹阳也没有退缩。他倒是想亲眼看看这个目击者能在整个过程中显露出多大的本领。

唯独让他意想不到的是，目击者狄安跟那个名叫狼烟的网络小说家竟然是朋友。曹阳早就对那个小说家有些兴趣，毕竟狼烟写的就是自己犯下的罪行。

如今，他终于明白狼烟的小说为何名为《第 N+1 个》了，这个看似普通的名字从一开始就暗示了某些信息。所谓的 N+1 其实应该拆开来看：N

指的是连环杀人案，背后有一个嗜血的杀人恶魔，而1指的是第一起蓄意谋杀案，凶手是另外一个人。通过一条红色腰带，这些本不相关的案子阴差阳错地联系在了一起，让警方一直误以为所有的案子都是同一个凶手所为。

至此，所有的谜题全部解开。

从第一起案件发生到案件全部侦破，历时一年零二十八天。

出于好奇，周海后来对狄安提供的一条信息做了验证。杨子菡说她在被凶手袭击的时候闻到了十分奇怪的味道，那其实是药物、烟草以及某种护肤用品混合而成的味道。如果让一个人在清醒的状态下仔细去辨认并不困难，但杨子菡当时惊吓过度，后来又出现创伤应激障碍，无法用准确的语言来形容也是可以理解的事情。

幸运的是，子菡在凶手落网后没多久就基本上走出了那起案件的阴影。只是当初救她的那个人，如今却失去了往日阳光般温柔的笑脸。

尾声

一个月后，狄安伤势痊愈。就在佟潇满怀希望地以为他们的生活会逐渐回归正轨的时候，狄安却突然辞掉了工作，退掉了房子，从此人间蒸发。

他带走的东西不多，除了必要的生活用品之外，跟随他一起离开的还有一只机灵活泼的孟买黑猫以及一些破旧的笔记，笔记的封面上无一例外全都写着狼烟的名字。

没有人知道他去了哪里，就连他的父母也只是接到过一个匆忙的告别电话，从此就再也联系不上他了。情急之下，佟潇找到刑警队的周警官帮忙，结果仍是一无所获。

周海推测狄安应该是出去散心了，安慰大家不要紧张，毕竟前段时间发生的事情对他的打击太大了，想要忘掉那些伤心事只能依靠时间的力量。

八个月后已是秋天。在一个阳光明媚、秋风醉人的午后，一辆黑色宝马 SUV 缓缓地驶入了 C 市西郊公墓外的停车场。车子停稳后，一名身穿黑色西装的年轻男子从里面走了出来。他个子不高，但容貌清秀，昔日阳光温柔的脸上如今透露着一点沧桑和忧郁的气质。他左手捧着一束鲜花，右手拿着一本书，深吸了一口车外的新鲜空气，便径直朝一个熟悉的墓碑走去。

半年多未见，一切都还是老样子，除了墓碑变得破旧了一点之外，照片上的那个人永远摆着一副麻木冰冷的表情，好像全世界的人都亏欠他什么似的。看到那张脸，狄安不由得苦笑了一下。他将鲜花放在墓前，颇感歉意地对老朋友说道："真对不起，过了这么久才来看你，你可别一气之下把我拉去那边做伴啊！"

停顿了片刻，他将手里的书拿在胸前继续说道："今天来主要是有个特别的礼物想送给你。这是你之前在网上连载的小说《第 N+1 个》，我帮你完成了故事的结尾并将它出版了，你看看是否还满意？虽然没有你的天赋，但我发现我已经喜欢上了写作这件事。最近一段时间读着你的笔记，我找到了很多灵感，我会将狼烟这个笔名一直使用下去，我要让你的灵魂永远延续在我的故事里……"